講談社文庫

義に生きるか裏切るか

名将がいて、愚者がいた

中村彰彦

講談社

目次

第五部　明治の伝説

義に生きるか裏切るか

名将がいて、愚者がいた

第一部　戦国を生きた男と女

知られざる勇将・松野主馬

伯父は信長に殉ず

戦国時代に材をもとめた作を中心とした短篇集『槍弾正の逆襲』（PHP研究所刊）には、「松野《まつの》主馬《しゆめ》は動かず」八十枚も収録した。同作が御縁となり、松野主馬の名古屋市在住の御子孫祐一氏から種々の資料をお送りいただいたので、改めて戦国の世を堂々と生きた松野主馬という人物について書いてみたい。

だがそれには、まずその伯父である松野平助重光《へいすけしげみつ》の人生について語らねばならない。

美濃《みの》国に生まれた松野平助は、初め斎藤道三《さいとうどうさん》の重臣安藤伊賀守守就《あんどういがのかみもりなり》に仕えたが、永禄《えいろく》十年（一五六七）織田信長《おだのぶなが》が美濃を奪って岐阜城を居城とすると、安藤守就とともに信長に降《くだ》ってその陪臣《ばいしん》となった。

当時の美濃衆の間には八幡講《はちまんこう》、愛宕講《あたごこう》という集まりが定期的におこなわれており、

若侍たちはそのたびごとにいつか武功を挙げたいと願をかける習慣があった。その願書の文句を調べてみると、

「大方平介（助）ニ不劣《おとらざる》ガゴトクト云《いう》札多カリシト也」（『武家事紀』）

というから、松野平助はよほどの武辺者だったのだろう。

天正《てんしょう》八年（一五八〇）八月、安藤守就は甲州武田《たけだ》家に通じた罪によって追放されたが、ひとり平助のみは信長に召し出され、岐阜城の大手先に屋敷を与えられた。

そして天正十年六月、信長が京都本能寺《ほんのうじ》に横死した時、平助は八幡（郡上《ぐじょう》郡八幡の八幡宮のことか）に参詣中で、その場に居合わせることができなかった。これを無念に思った平助は、信長の敵討《あだうち》を思い立つ。

「偽《いつわり》テ明智《あけち》ニ属シ、近侍〆《して》サシチガヘント志《こころざし》ケレドモ、明智不近付《ちかづけず》」（同）

敵討を果たせずして明智光秀《みつひで》に仕え、かれを主人と崇《あが》めていては武士の一分《いちぶん》が立たない。追腹《おいばら》を切って信長に殉じることを決意した平助は、妙顕寺《みょうけんじ》へ走りこむと辞世の和歌一首と両句の頌《しょう》とを書き遺《のこ》した。

其《そ》のきはに消え残る身のうき雲もつゐにはおなじ道の山風

手ニ活人三尺ノ剣ヲ握ル

即チ一乾坤《けんこん》ヲ裁断セシム

つづけて平助は、「腹掻《かきき》切り、臓腑《ぞうふ》を掴《つか》み出し死し畢《おわ》んぬ」と『信長記』にあるが、『信長公記』の方は、

「誠に誠に命ハ義ニ依ツテ軽シと申す本文、此節《この》に候《そうろう》なり」

と、この行動をきわめて高く評価している。松野平助は、〝義の人〟として人々の記憶に名を残したのである。

「楯裏の裏切り」は不義なり

さて、本稿の主人公松野主馬、諱《いみな》は重元《しげもと》は、この平助の弟平八重定《へいはちしげさだ》の嫡男として生まれた。まずはそのプロフィールを、阿部猛・西村圭子編『戦国人名事典』によって簡単に眺《なが》めてみよう。

「まつのしげもと　松野重元　?〜一六五五（?〜明暦《めいれき》元）（平八・三正・主馬首・従五位下）豊臣秀吉《とよとみひでよし》の臣。平八の男。天正十五年（一五八七）、父の死により継嗣《けいし》、秀吉に仕え、同十九年、丹波《たんば》国に三百石を与えられた。のち小早《こばや》川秀秋《かわひであき》の臣となり鉄砲頭《がしら》、叙位・任官し豊臣姓を授けられた。慶長《けいちょう》五年（一六〇〇）、関ヶ原合戦での主君の裏切りに不満で、戦わずして戦場から離脱した。（以下略）」（傍点筆者、以下同じ）

注意を惹《ひ》くのは、やはり傍点を付した部分であろう。以下、この時の松野主馬の胸中に、さらに詳しく分け入ってみると、——。

関ヶ原合戦当日、戦場西南端の松尾山《まつおやま》の山頂に布陣していた小早川秀秋勢は一万五千六百人。いくさもたけなわとなった正午までこの大軍は動きを見せなかったが、秀秋がかねてから徳川家康《とくがわいえやす》に西軍裏切りを約束していたのは周知のとおりである。

まず『改正三河後風土記』によれば、その裏切りの命令を伝えられた時の主馬のことばは次のごとし。

「今東西の合戦勝負まちまちにて、大切の時節裏切などせられんには、秀秋卿は天下へ対し不義不忠、世上の嘲《あざけ》りまぬがれ給ふまじ。（略）よしよし我は其《その》下知は聞《きか》ざる様して（聞かなかったことにして）、一人たりとも関東勢と合戦し、討死《うちじに》を遂《とぐ》べし」

こう答えて使者と激論を交わした主馬は、先手物頭《さきてものがしら》として兵たちを松尾山の麓《ふもと》へ移動させたものの、いよいよ小早川勢が動き出してからも「手のものを引まとひ終始手を出さず、見物」（同）していたという。

また『明良洪範《めいりようこうはん》』は、この時の主馬の反応を左のように記述している（句読点、注、二重カギカッコ筆者）。

「（小早川勢の）裏切延引の訳は、秀秋の先手一番備《そな》へは松野主馬と云《いう》者也《なり》しが、裏切の事は密事なれば、秀秋未《いま》だ主馬迄《まで》へは知らせざる故《ゆえ》也。されば主馬は西方（西軍）の心得故《ゆえ》東方（東軍）を一番に突崩《つきくず》さんと思ひ居る所へ、主人秀秋より使者来て、『是迄《これまで》は西方なれど故有《あり》て俄《にわか》に東方に成りければ、早々西方へ切掛《きりかか》り申《もう》べし』と云《いう》。主馬答《こたえ》て、『東方へ加勢の思召《おぼしめ》しならば、初めより東方と仰《おおせ》聞《きかせ》らるべきに、只今《ただいま》になりて東方に加勢するは楯裏《たてうら》の裏切り也。左様なる不義の軍法は、小早川家には無き事に候。我等《われら》に於《おい》ては同意仕《つかまつ》らず候』と申切《もうしきり》て、厳重に陣を構へ居《おり》ける。是《これ》に因《より》て秀秋大いに当惑し、家老石見《いわみ》（平岡石見守重定）を遣《つか》はして種々異見（意見）申せども、主馬一向承引せず」

ここには、「楯裏の裏切り」という興味深いことばが使われている。

いくさは敵に対して楯（盾）を並べ、その陰から弓や鉄砲を発射することによって兵端がひらかれる。この時代には「裏切り」は「返り忠」とも表現され、かならずしも「不義」であるとはみなされなかった。しかし、すでに盾を並べおわってからの裏切り、すなわち「楯裏の裏切り」だけはしてはならぬことだ、と主馬は主張したのである。

『明良洪範』が、特に「左様なる不義の軍法は、小早川家には無き事に候」と主馬にいわせているのもゆえなしとしない。

秀秋の養父小早川隆景《たかかげ》は、兄吉川元春《きつかわもとはる》とともに「毛利《もうり》の両川《りょうせん》」といわれた毛利元就《もとなり》の三男だが、その高潔な精神は、信長の死を知った秀吉が備中高松《びっちゅうたかまつ》で対陣していた毛利勢と和議を結び、いわゆる「中国大返し」を始めた時に発揮された。

すなわち、秀吉が急ぎ和議を願ったのは信長が死んだからだ、と知った時から、毛利勢は「ただちに追尾して秀吉を殲滅《せんめつ》すべし」と奮い立った。それを見た隆景は、諸将をこう諫《いさ》めたのである。

「戦ひ味方の利なかりし時は、和平を以《もっ》て其《その》約をなし、今敵大変出来て、不幸に陣を引払へばとて、其費《ついえ》（弱味）に乗じて約に背くは、是《これ》至極の表裏（二枚舌）にして、人道の恥づる所なり」（『芸侯三家誌』）

小早川家は、このような信義の人があったためにこそ豊臣家の体制の中に生き残ることができた。その小早川家が「不義の軍法」を採るとは何事か、と『明良洪範』は主馬にいわせているわけである。

「主馬さま」と呼ぶ子孫たち

ここまで読み進んで下さった読者諸氏は、筆者が主馬を主人公とする拙作をなぜ「松野主馬は動かず」と名づけたかを理解して下さったことと思う。

しかしここでひとつ白状してしまうならば、筆者はこの作を書いた時には、まだ松野平助という人物がいたことを知らなかった。そのため作中においても、主馬が「楯裏の裏切り」を断乎《だんこ》として認めなかった理由を、小早川隆景以来の信義を第一とする家風によって説明した。

だが平助が明智光秀の裏切り行為を激しく憎んだ事実を知ってみると、主馬が小早川秀秋にあえて反逆した時、その脳裡《のうり》には信長への恩義に殉じたこの伯父の姿が揺曳《ようえい》していたように思えてならなくなった。あえてふたたび、松野主馬を主題とする一文を草したゆえんである。

なお、先ほど引用した『戦国人名事典』「松野重元」の項のつづきは、以下のようになっている。

「その後、筑後《ちくご》国柳川《やながわ》城主田中吉政《たなかよしまさ》に仕え同国吉井城主で一万二千石を与えられた。主家の改易により駿河《するが》大納言徳川忠長《ただなが》に仕えたが、忠長の失脚と自刃（寛永《かんえい》十、一六三三）により浪人になった。明暦元年（一六五五）八月、奥州白河《しらかわ》で没したと伝える」

小早川秀秋は家康から関ヶ原返り忠の武功を称えられ、筑前《ちくぜん》その他三十五万石から備前《びぜん》・美作《みまさか》四十七万石の大大名へと出世して岡山城を居城とすることになった。主馬は戦線無断離脱の罪を問われることもなく、この岡山入りに同行。しかしその後まもなく始まった秀秋の乱行にほとほと愛想を尽かし、挨拶もせずに小早川家を退去したのである。

その後半生は、右に見たように転々と主家を替えるものになってしまった。だがおそらく主馬は、それを不幸とは感じなかったであろう。田中吉政や徳川忠長が相ついで主馬を召し抱えたのは、関ヶ原の裏切りを潔しとしなかった勇気を高く評価してのことだったと思われるからである。

ちなみに松野祐一氏からの便りによれば、すでに主馬の死から三百四十年を閲《けみ》した今日も、松野家の人々は主馬をいつも「主馬さま」と呼んで、一族の誇りとしているという。なかなかいい話なので、あえてここに紹介しておきたい。

細川ガラシャを見捨てた家臣

稲富流砲術開祖の人となり

史料を読んでいると、逆境に堪《た》えて才気をあらわした者、あるいは数奇な運命にもてあそばれながらも清冽《せいれつ》な精神によって節をまっとうした人物の事績を知り、胸を打たれることがある。

ところがすでに書かれた歴史小説を眺めわたすと、その人物の生涯を描いた作はまだ存在しない。――そうとわかった時にのみ、私は創作衝動を覚える性分なので、処女作『明治新選組』（角川文庫）の主人公相馬《そうま》主計《かずえ》から『海将伝』（文春文庫）の島村速雄《しまむらはやお》元帥、あるいは最新作『名君の 碑《いしぶみ》 』（同）の保科正之《ほしなまさゆき》まで、私の書く人物はすべて私好みのタイプの日本人と思っていただいてかまわない。

しかしそのような〝方針〟を守っていると、

（まったく許しがたい男だな。お前のことなど絶対に小説に書いてやらないからな）

と史料にむかって宣言したくなる厭《いや》なタイプの日本人にも、時に出会ってしまうことがある。今回紹介する稲富祐直《いなどめすけなお》は、その代表のような人物である。

そのプロフィールは以下のようなものとして知られているから、ご存じのむきも多かろう。

「いなどめすけなお　稲富（留）祐直　一五五二〜一六一一（天文《てんぶん》二十一〜慶長《けいちょう》十六）（松寿丸・弥四郎・直家・伊賀守・一夢）丹後《たんご》国田辺《たなべ》の砲術家で一色満信《いっしきみつのぶ》の臣。直秀《なおひで》の男。祖父直時《なおとき》に砲術を学ぶ。主家の滅亡後、細川忠興《ほそかわただおき》に仕え師範となる。慶長二年（一五九七）の朝鮮の役には蔚山（うるさん）籠城《ろうじょう》で活躍（以下略）」（『戦国人名事典』）

細川忠興といえば長岡藤孝《ながおかふじたか》（幽斎）の長男として生まれ、当時は太閤秀吉に属して丹後宮津《みやづ》十二万石を領有していた大名である。

一説に二千石で細川家に召しかかえられた稲富は、「鉄砲の上手」（『細川家記』）で秀吉にも射撃術を伝授したほどだが、生まれつき力が強く、具足《ぐそく》二領を重ね着して飛びまわることもできたので「二領具足」と渾名《あだな》されていた。諸大名家から入門を求める者は引きもきらなかったというから、この稲富流砲術の開祖は当時のスターのひとりだったようだ。

しかし、「名は体《たい》をあらわす」ということばはあっても「技は人をあらわす」とはいわない。稲富祐直も、「武士《もののふ》の鑑《かがみ》」とはとてもいえない卑劣漢にすぎなかった。

押し寄せた石田勢に寝返って

その本性は、秀吉の没後徳川家康と結んだ細川忠興が会津《あいづ》の上杉景勝《うえすぎかげかつ》討伐に加わり、大坂城玉造口《たまつくりぐち》にある細川家大坂上屋敷をあけた時にあらわになった。家康がその居城伏見城を留守にしたのを奇貨として家康追討を思い立った石田三成《いしだみつなり》は、大坂屋敷在住の諸大名の妻子を人質に取り、それを盾として諸将に服属を求めようとしたのである。

この慶長五年（一六〇〇）六月以降、細川邸を守っていたのは忠興の正室玉子《たまこ》、洗礼名ガラシャと小笠原少斎《おがさわらしょうさい》、河喜多石見《かわきたいわみ》のふたりの留守家老であった。

ガラシャは明智光秀の娘だったため、天正十年（一五八二）六月に光秀が本能寺の変を起こしてから二年間、ほかならぬ忠興の手によって丹波味土野《たんばみどの》の地に幽閉されていたことがある。ガラシャはその後秀吉に復縁を認められて上坂してきたのだが、忠興のガラシャに対する愛情には一種異様なものがあった。

ガラシャの信仰の対象であるキリストにすら男として嫉妬心を燃やす忠興は、庭からガラシャに挨拶した庭男をその場で斬殺、血塗られた刃《やいば》をつきつけたことさえあ

る。その時ガラシャが顔色ひとつ変えなかったため、

「そなたは蛇じゃ」

と忠興がなじった時、ガラシャは答えた。

「鬼の妻には、蛇が似合いでござりましょう」

このガラシャの身柄を石田方に奪われては、狂乱のあまり忠興に死を命じられるのは目に見えている。おそらくそう予見していたためであろう、いよいよ三成の使者が細川邸を訪れ、ガラシャを人質に出すことを求めると、小笠原少斎、河喜多石見、稲富祐直の三人は死を覚悟して抵抗することを誓い合った。

ただしガラシャもすでに死を決意していたため、三人の軍議はガラシャが最期をとげるまでいかにして時間を稼ぐか、という一点にしぼられた。

「少斎、石見、稲富、此《この》三人談合有《あり》て、稲富は表にて敵を防ぎ候へ、其隙《そのすき》に御上様《おかみさま》（ガラシャ＝筆者注）御最後候様《よう》に仕《つかまつ》るべき由《よし》、談合御座候故《ゆえ》、稲富は表門（西ノ門＝原注）へ居申候《おりもうし》」（『細川家記』「霜女覚書」、読点および濁点筆者）

稲富祐直のみ門外に布陣したのは、その精妙な砲術によってやがてあらわれるであろう石田勢を射すくめるのを期待されてのことだったに違いない。

だが少斎と石見は、まったく稲富の人物を見抜いていなかった。

「其日の初夜（午後八時＝筆者注）の頃、敵御門迄《まで》寄せ申候。稲富は心変りを仕り、敵と一所《（緒）》に成《なり》申候」（同）

なんとかれは、一戦もこころみずして石田勢に寝返ってしまったのである。それを報じられて愕然《がくぜん》とした少斎と石見は、ガラシャのもとへ走った。

「地震の間」

とは地震がきてもこわれないよう頑丈《がんじょう》に造った部屋のことだが、ガラシャの居室は八畳の地震の間であった。

「四方の壁に鉄砲の薬（火薬＝同）紙袋に入れ、懸並《かけなら》べ置《おき》候て、何時も大地震ゆり候はゞ、御内儀（ガラシャ＝同）右の座敷へ御入《おはいり》候て、焼御果《やけておはて》候筈に不断之仕置にて候由」（『小須賀覚書』）

という奇怪なしかけがほどこしてあったのも、もし地震に襲われてガラシャが邸外に逃れようとしても、その姿を断じて他の男どもに見せはしない、という忠興の狂的な発想ゆえのこと。

ちりぬべき時知りてこそ世の中の花も花なれ人も人なれ

夫忠興の言動に疲れきってもいたのだろう、その地震の間に入って心静かに辞世をしたためたガラシャは、切支丹《キリシタン》である以上自殺を禁じられている。

「御祝言之時、御目に懸《かか》り、今御目に懸り納《おさめ》にて御座候。おつつけ御供申すべし」
（同）

と挨拶した石見に介錯《かいしゃく》させ、はかなく散っていった。享年三十八であった。

忠興の立てた大蠟燭

少斎と石見はただちに地震の間に火を放ち、広間へもどってガラシャに殉じた。そのため細川家大坂上屋敷は焼け落ちたが、関ヶ原合戦のあとも長くそのままの姿で放置されたため、

「越中殿《えっちゅうどの》焼け屋敷」

と呼ばれたという。越中殿とは、越中守という受領名を与えられていた忠興のことである。

忠興はガラシャの死を聞いて号泣したと伝えられるが、稲富の卑劣なふるまいを知るや深く恨みをふくんだ。

「（忠興）大切の時に至り、節義を欠《かき》たるを甚《はなはだ》憎み思召《おぼしめし》、見逢《みあい》次第討ち放つべしと仰せられ候、稲富是《これ》を伝承《つたえ》り恐入《おそれいり》て隠れ居《おり》けるが、程無く井伊《いい》直政《なおまさ》に懸入《かけいり》頼み候」

（『細川家記』）

この記述を見ると、稲富は一時石田勢についたものの要領よく立ちまわり、関ヶ原の合戦後は徳川方に接近していたことが知れる。

しかしなおも忠興は稲富を許そうとはしなかったので、稲富は次に家康の四男松平《まつだいら》忠吉《ただよし》に庇護《ひご》を求めた。それでも忠興の怒りは消えなかったが、やがてこの騒ぎは家康の耳に達した。

ある夜、家康は忠興を招いてたずねた。

「その方、わが寿命ののびることを願っておるか」

「上さまの長寿を願わぬ者がどこにおりましょうぞ」

忠興がつつしんで答えると、家康はつづけた。

「我、生得鷹と鉄砲とを好む。願《ねがわ》くは稲富を与へ玉《たま》へ。剃髪染衣《ていはつぜんえ》共なして鉄砲の咄《はなし》を聞き、楽《たのし》み（に）致し度《たく》候。立腹（は）さる事なれ共《ども》、一芸に堪へたる者を棄《すつ》るは惜《おし》き事也、堪忍《かんにん》して給はれ」（同）

家康の丁重なことばに、忠興もついに稲富に対する復讐を断念せざるを得なくなった。

「芸は身を助ける」

とはこのことだが、たしかに稲富の鉄砲の腕には瞠目《どうもく》すべきものがあったらしい。

細川家に出仕していた時代のこととして、つぎのような逸話が今日に伝わっている。
「或《あ》る夜忠興の書院の庭の植込みに梟《ふくろう》が飛んできて鳴くのを嫌った忠興が、祐直を呼んで梟を打払うようにと命じた。ちょうど月の出ない夜であったが祐直は書院の縁に出て、梟が一声鳴くのを待って腰に差した扇子《せんす》を抜き、鳴く声の方へ扇子を向け、鉄砲の照準を構え、次の一声が聞えるや闇をねらって引金を引くと同時に、真ん中を射抜かれた梟がぱたっと落ちて来たといわれる」(所荘吉『火縄銃』)
忠興は、関ヶ原の武功によって豊前中津《ぶぜんなかつ》三十九万六千石の大封《たいほう》を獲得。慶長七年(一六〇二)には豊前小倉《こくら》三十九万九千石に移封されたが、剃髪して一夢と名を改めた稲富が、許された礼を述べるためこの忠興を訪問したことがある。
「一説に昼参る事を憚《はばか》り夜来りしかば、各《おのおの》以前の不義を憎み、大蠟燭《ろうそく》を多く灯《とも》し、昼の如《ごと》くなりしかば、稲富大きに迷惑しけるとなり」(『細川家記』)
歴史に名を刻みたいむきは、やはり悪名ではなく美名を残すことを考えられたし。

八丈流人・宇喜多秀家の現地妻

八丈島に残る口伝

戦国の宇喜多《うきた》氏といえば、下剋上の風潮に乗って備前に覇を唱えた梟雄《きようゆう》和泉守直家《いずみのかみなおいえ》、その嫡男として生まれ、豊臣秀吉の養子となって備前・美作《みまさか》五十七万四千石を領した中納言秀家《ひでいえ》の事績によって知られる。

私はこの宇喜多氏に関しては、短篇小説を三篇書いたことがある。直家に敵将謀殺を命じられ、苦難の末にこれに成功した男の人生を描いた「龍《たつ》ノ口の美少年」（角川文庫『五左衛門坂の敵討』所収）と「袖《そで》の火種」（PHP研究所『槍弾正の逆襲』所収）、そして慶長五年（一六〇〇）九月十五日の関ヶ原の合戦に西軍主将格として出陣し、敗れて伊吹山《いぶきやま》へ逃れた秀家に最後まで従った家臣進藤三左衛門《しんどうさんざえもん》の智略を描いた「伊吹山の忠臣」（前者所収）。

ほかに加賀《かが》百万石の祖前田利家《まえだとしいえ》の娘として生まれ、秀家に嫁いだ豪《ごう》姫を主人公とする長篇『名残の袖　豪姫暦日抄』があるが、こちらは六百枚以上書いてなお未完という現状だ。

右のような次第で戦国宇喜多氏研究は私の重要なテーマのひとつでもあるのだが、このほど私もメンバーにつらなっている「大衆文学研究会」が八丈島二日間の旅を企画したので、私は喜んでこれに参加した。

進藤三左衛門に助けられ、首尾よく薩摩《さつま》島津《しまづ》家の国許に潜伏した秀家は、その島津家もやがて徳川家康に膝《ひざ》を屈したため、慶長八年八月伏見へ出頭。同十一年四月、八丈流人第一号としてこの島へ流され、明暦元年（一六五五）十一月二十日、八十四歳をもって朽ち果てたからである。

秀家・豪姫夫妻の間には、二男一女があった。一女は実家前田家へ帰った豪姫のもとで育てられたものの、八郎秀高《ひでたか》改め孫九郎、万丸秀継《ひでつぐ》改め小平次の男の子ふたりは、やはり八丈島の土となる運命をたどった。ともかく秀家の墓に参拝しておきたい、というのが、私がこのツアーに参加した唯一の理由であった。

結論からいえば、八丈町役場の職員氏の案内によって私はこの目的を簡単に果たすことができた。だが私が秀家の墓を愛機ニコンＦ２によって撮影している時、この職員氏は興味深い解説をした。いわく、

「流人たちには水汲み女といって、島の女性を妻とすることが許されていました。しかし、宇喜多秀家卿に水汲み女はおりませんでした。秀家卿は、子供たちの乳母としてついてきた女性を妻としていたのです」

アイの本名は沢橋さし

大名家の子女たちは、母親ではなく乳母の手で育てられる習慣があった。正妻豪姫と生き別れざるを得なかった秀家が、子供たちの母親代わりとして絶海の孤島へついてきてくれた乳母と結ばれたのは、決して責められるべき筋合のものではあるまい。

では、この乳母とは何者か。

そう考えながら、八丈島に関する一大エンサイクロペディアである近藤富蔵著『八丈実記』「配流」の項を見ると、

「小平次殿乳《ち》ノ人安比《とあい》」

あるいは「アイ」という名の女性が、秀家たちと同時に八丈島に流された事実が判明する。年齢は不明ながら、アイは、

「寛永四（一六二七＝筆者注）丁卯年病死」

とある。秀家は八丈島の土を踏んだ三十五歳の時からこの年すなわち五十六歳まで

の二十二年を、アイを妻として過ごしたのであったろう。

徳川三代将軍家光《いえみつ》の治世の初めに代官谷庄兵衛が八丈島を巡見し、秀家に食事をふるまったところ、秀家は、

「此島《このしま》にて妻子を持候処《もちそうろうところ》、終《つい》にケ《か》様《よう》の食を見不申《もうさず》」（『浮田秀家記』『大日本史料』所収）

と述懐し、古手拭《てぬぐい》にその食物を包んで家に持ち帰った、という逸話もある。米も穫《と》れない八丈島で、秀家は来島当時十六歳だった長男孫九郎、六歳だった次男小平次、アイと四人で食に飢えながら生きていったものと思われる。

ところで奈良、平安の昔、殿上人《てんじょうびと》の屋敷に女房として奉公する者は、本名とは別に女房名をもつ習慣があった。清少納言《せいしょうなごん》、紫《むらさき》式部《しきぶ》などというように。この習慣は戦国以降、大名家の奥につかえる女たちにも引きつがれた。

なぜ不意にそんな話を持ち出すかというと、私はこのアイという女性は「沢橋《さわはし》さい」という本名だったと考えているからだ。

室鳩巣《むろきゅうそう》の『駿台雑話』にいう。

「秀家幷《ならび》に其子《そのこ》八郎、八丈が島へ竄逐《ざんちく》せらる。八郎に乳母ありけるに、是《これ》はとくに逃《のがれ》去《さり》ぬ。其介《すけ》（介添役＝筆者注）の女房、（俗にさしといふ＝原注）八郎が幼少にして、乳

母に離れて、遥々《はるばる》島に赴《おもむ》くを、ふかく泣悲しみ、徒跣《とせん》（裸足＝筆者注）にて官庁に詣《いた》り、しきりに八郎につれて島に到らんと願ひ（略）、『女なればくるしかるまじ。島へつかはし候へ』と命下りしかば、女房限《かぎり》なくよろこびて、秀家父子につれて、島へ赴きけり。（略）氏《うじ》は沢橋にてありける」

以上の記述がその根拠だが、文中の「八郎」すなわち長男孫九郎は、次男小平次の誤りであろう。すでに見たように、八丈島へ送られた時孫九郎はもう十六歳。「幼少」なのは、まだ六歳だった小平次の方だからである。

それはさておき、この『駿台雑話』は八丈島渡航直前の沢橋さしの、実に興味深い行動をも伝えている。

すなわち、当時三歳の男の子の母親だったさしは、豪姫のもとへその子をつれていって申し入れた。

「自《おのれ》は八郎御曹子《おんぞうし》の御事、余りいたはしく候へば、御供申候て島へ参り候。此御奉公を忘れおはしまさずば、此子を御側の人へ仰付《おおせつけ》られ御そだてさせ、人になして給り候へ」

自分が秀家・豪姫夫妻の子を育てるから、私の子は豪姫の息のかかった者の手で養育してほしい、というわけである。

ちゃっかりしている、といってしまっていいのかどうかはよくわからないが、沢橋さしことアイが、なかなか目端《めはし》の利いたしっかり者だったことだけは確かなようだ。

二百六十四年後の赦免状

しかし、三歳にして生みの親と離別させられた少年は、この出来事から大きな心の傷を負ってしまった。長じて沢橋兵太夫《へいだゆう》と名乗り、豪姫の実家加賀前田家に仕えたこの少年は、母を慕うあまりについに出家。ある時家光の乗物に駕籠《かご》訴《そ》をおこない、母のいる八丈島へ送ってほしいと訴えた。

それを伝え聞いた母さしの反応は、兵太夫には意外なものだった。さしは兵太夫に、こう言い送ったのである。

「我汝が三歳の時、御主《おしゆう》の先途を見とゞけんとて、上へ願ひ奉《たてまつり》て、一度こゝへ来《きた》りしものが、今汝を見んとて、御主をすてふたゝび帰るべきやうやある。いと口惜《くちおし》き事を聞くものかな。かさねて申し候はゞ、返答にも及《およぶ》まじ」（『駿台雑話』）

しかし、この親にしてこの子あり、ということばもある。沢橋兵太夫は、ただ女々しい一方の男ではなかった。幕府から母の反応を伝えられ、渡航を拒否されたかれは、交換条件を持ち出したのだ。

――加賀前田家は宇喜多家とは縁つづきですから、どうかこの加賀前田家に対し、公命を発していただきたい。『毎年、宇喜多一統から入用の品や金銭について希望を聞き、島へ送ることをいつまでもつづけよ』と。そうすれば、きっと母も喜んでくれることでしょう。

幕府がこれを聞き入れ、加賀前田家に命令を下したところ、前田家は定期的に八丈島へ物資を送るようになった。

兵太夫のこの孝心に感心した諸大名は、争ってかれを召し抱えようとした。それを嫌って兵太夫は加賀へ帰参し、前田家へ再出仕《しゅつし》した。だが、ほどなく病死して子もなかったため、沢橋家は絶家になってしまったという。

一方、八丈島での宇喜多一族は、兵太夫の前田家への申し入れが利いたのだろうか、秀家の死後もその血統は絶えなかった。次男小平次を祖とする家系を見ても、その子半助―半平―半助―茂吉―茂吉―半助―茂吉―丈太夫―半平―半平秀典―半平秀升と十二代つづき、ついに明治《めいじ》を迎えている（『八丈実記』）。

「加賀藩の八丈宇喜多氏への見継物（貢）は明治御一新浮田一類の御赦免《しやめん》に至るまでつづいた。時代が経つにつれて一類の人数もしだいにふえ、本流、庶流合して当時は二十家となり全島に亘《わた》って住居していた。ここで念のために記しておくが、八丈では本家筋を宇喜多と記し庶流を浮田と記したという」（大隈三好『明治時代流人史』）

「朝政御一新ニ付浮田一類のもの家族一同御赦被仰付候《おゆるしおおせつけられ》……」

韮山《にらやま》県令江川《えがわ》太郎左衛門《たろうざえもん》が、赦免状を出したのは明治二年二月のこと。八丈島に届いたのは四月二十六日のことであったが、一族二十戸のうち十三戸は残留、七戸だけが八丈島を去って明治三年八月十六日に東京の鉄砲洲《てっぽうず》へ上陸を果たした、と同書にある。実に秀家の八丈送りから、二百六十四年を閲《けみ》していた。

いま右に「七戸だけ」と書いたが、八丈島歴史民俗資料館にある解説文によれば、その人数は七十五人に上っていた。

新政府からかれらの身柄を托《たく》された加賀前田家では、板橋平尾《いたばしひらお》の別邸の一角に七戸分の長屋を造ってこれを収容。追って天皇家から一万九千九百坪の宅地が下賜《かし》されたため、かれらは次第に自立の道をたどったという。

八丈島に残留した浮田一類もなお健在らしく、秀家の墓の近くにまだ真新しい「浮田家之墓」が建っているのも、きわめて印象的であった。

沢橋兵太夫は何処へ

加賀百万石につかえた孤児

この一文は、「八丈流人・宇喜多秀家の現地妻」の続編として読んでいただけるとありがたい。もう一度整理しておくと、前項で私は、あらまし以下のようなことどもの考証を試みた。

①　慶長十一年（一六〇六）四月、八丈島への流人第一号となった宇喜多秀家は、次男万丸秀継改め小平次の乳母としてアイという女性を同行していた。

②　アイの本名は、沢橋さしという。

③　さしは、秀家の正室で実家の加賀前田家に身を寄せていた豪姫のもとに、男の子を託して渡海した。

④　長じて沢橋兵太夫と名乗ったこの少年は、母を慕うあまりについに出家。時の将軍家光に駕籠訴をおこなって自分をも八丈送りにしてほしいと願ったが、許され

なかった。

⑤　ただし兵太夫は渡海断念の交換条件として、八丈島あてに定期的に物資を送っていただきたいと申し入れた。徳川家の命令によって加賀前田家がこれを実行したため、宇喜多秀家の子孫たちは連綿とつづいて明治に至った。

⑥　兵太夫のこの孝心に感心した諸大名は、争ってかれを召し抱えようとした。それを嫌って兵太夫は加賀へ帰参し、前田家へ再出仕した。だが、ほどなく病死して子もなかったため、沢橋家は絶家になってしまったという。

一篇の主眼は、②として示した沢橋さしとアイとの同一人物説を提唱することに存した。

その後、私は沢橋兵太夫という人物に興味を抱き、今度はこの人物の史料集めにとりかかった。というとすごい作業をしたようながら、実は電話を一本しただけですんでしまったので、自分でも驚いた。

金沢市にある石川県立歴史博物館の副館長亀田康範氏は、加賀金沢藩史の生き字引のような方である。何度か亀田氏に教えを乞《こ》うたことのある私は、また氏に電話をして、

「あの、沢橋兵太夫という江戸初期の人物について知りたいんですが」

といい、人物説明をしようとした。

しかし、亀田氏に説明は不要であった。氏はすぐに答えた。

「ああ、沢橋兵太夫ならいい史料がありますから、ファックスでお送りします」

そして送られてきたのが、『金沢古蹟志』巻八「沢橋兵太夫伝」という史料。この史料によって兵太夫のプロフィールをお伝えしながら、疑問のある記述については修正をこころみたい。

さて「沢橋兵太夫伝」によると、かれは秀家の次男万丸秀継のち小平次とおない年だったと読める記述があることから、慶長六年（一六〇一）の生まれだったかと思われる。

幼名は不詳だが、母さしと別れ、京の乳母のもとで育てられていた兵太夫は、「十五、六歳に成りけるころ」すなわち元和《げんな》元年（一六一五）か同二年に加賀前田家へ召し出された。これは前田家に帰ってから「備前上様《びぜんのうえさま》」と呼ばれていた豪姫が、

「彼《か》の母は秀家卿の供《とも》せし者也。其《そ》の子なれば殊《こと》に不便《ふびん》也」

と考え、実弟の三代藩主前田利常《としつね》に申し入れて実現したところだったという。

この段階で初めて沢橋兵太夫と称したかれは家禄二百石を受け、丹波伊兵衛という者の妹を娶《めと》って一子に恵まれた。だが、この妻がほどなく病死したころから、兵太夫

は母さしに会いたいとの一念に固まってゆく。

十五年間もの母恋か

その胸中を、「沢橋兵太夫伝」はつぎのように描いている。
「凡《およ》そ禽獣《きんじゅう》すら父母を慕ふの思ひあり、況《いわ》んや人倫に於《おい》てをや。（略）死別ならば是《ぜ》非《ひ》もなし、正敷《まさしく》我が母は八丈嶋に在るよしを聞きて、生涯を経ても尋ねばやと志を起し、……」

そこで兵太夫は、主君利常にいとま乞いをした。しかし利常は、許してくれない。ついに脱藩した兵太夫は、髷《まげ》を落として常珍坊と名を変え、山伏を装い伊豆《いず》へ流れて八丈渡海のチャンスをうかがった。これが兵太夫二十五歳の時のことというから、私の試算によれば寛永二年（一六二五）のことになる。

以下、時の流れに留意しながら読んでいただきたいのだが、沢橋兵太夫改め常珍坊は八丈渡海の便船もないため「力なく彼辺に二、三年を徒《いたず》らに送りけり」（傍点筆者、以下同じ）

その後常珍坊は、大老土井《どい》利勝《としかつ》に駕籠訴をおこなって渡海を直訴したこともあった。土井利勝は答えた。

「志神妙也、（略）公議を経て可申入《もうしいるべし》（閣議に諮《はか》ってから返事をしよう）」

拙文「八丈流人・宇喜多秀家の現地妻」の要旨④は室鳩巣『駿台雑話』によったものだが、対してこの史料は駕籠訴の対象を家光ではなく土井利勝とするのである。

ところが土井利勝は、「十余年の春秋を送るといへども」返事をくれなかった。たまりかねた常珍坊がふたたび直訴すると、土井利勝はいった。

「先年より御坊の訴訟今に忘るゝにても候はず。此《こ》の程《ほど》に至るまでさまぐ＼と評定《ひょうじょう》を以《もっ》て上意を伺ふといへども、更《さら》に御免の儀なし。（略）渡海の儀まげて思ひ止《とど》まり給へ」

常珍坊は泣く泣く金沢へ帰り、ふたたび沢橋兵太夫と名乗って知行三百石を受けることになった。この間に「十五ヶ年」が経過していたが、常珍坊に金銀の仕送りをしていたのは豪姫だった、という記述がこれにつづく。

寛永二年からかぞえて「十五ヶ年」後といえば、寛永十六年（一六三九）のこと。兵太夫の母恋の思いが、いかに強いものだったか知れるであろう——と書きたくなるところだが、ちょっと待った。この史料は、兵太夫の母への慕情を強調せんがため、年代をあまりに引きのばしすぎている。

その証拠は、以下のごとし。

一、加賀前田家へ帰った豪姫は、寛永十一年（一六三四）に六十一歳で死亡している。すなわち豪姫は、寛永十六年まで常珍坊の面倒は見切れない。

二、さらに決定的なのは、沢橋さし改めアイが寛永四年のうちに病死しているという事実。アイが兵太夫から手紙をもらい、これに返事を与えたことを伝える史料（『駿台雑話』）があることから見て、兵太夫は母が八丈島で病死したことを、その後そう遠からぬうちに幕府から伝えられたと考えるべきである。

すると、出家して常珍坊と称していた時代の兵太夫の〝直訴活動〟は、寛永二年から同四年までの足掛け三年間しかつづかなかったということになる。

乱心した二代目兵太夫

それにしても、なぜ足掛け三年間の活動が「十五ヶ年」にまで引きのばされているのだろうか。いささか手前味噌の結論ながら、それは「沢橋兵太夫伝」の著者が、沢橋さしは八丈島ではアイと名乗っていたこと、そのアイが寛永四年のうちに病死したことを知らずに書いているからであろう。

「美人の首なし死体発見！」

と書いた新聞があった、というジョークがあるけれど、殺された女性は不美人より美人の方が話題性に富み、兵太夫が八丈渡海をこころみた期間は長ければ長いほど人の心を打つ。

意識的か無意識的かはいざ知らず、この史料にはそのような観点からの〝引きのばし工作〟の手が入っていると見て大過ない。史料は批判的に読まなければならない、という一例である。とはいえ「沢橋兵太夫伝」は地元史料だけに、これらの短所を補ってあまりある新情報に満ちている。

たとえば、拙文「八丈流人・宇喜多秀家の現地妻」の要旨⑥は、この史料によって訂正されなければならない。そここそ私が今この原稿を書きつつある理由が存するので、最後に兵太夫が加賀前田家へ帰参して以降の記述を紹介しておきたい。

兵太夫の最初の妻は病死していたため、かれは有沢采女《うねめ》長俊という者の娘と再婚した。しかし、この二番目の妻との間には子供ができなかった。そのため、老いた兵太夫は前妻との間にできた一子に家督を相続させて、二代目兵太夫を名乗らせた。

二代目兵太夫のその後を、「沢橋兵太夫伝」は一行で片づけてしまっている。

「此の兵太夫乱心致し跡断絶す」

初代兵太夫は、母さしに会いたいあまり幕府に直訴までしたため「比類無き孝心忠義の者也」とたたえられて加賀前田家へ再出仕したのである。

なのにかれは、自分が〝直訴活動〟をくりひろげる間せがれをほったらかしにしておいた。それが二代目兵太夫乱心の原因ではあるまいか、などと空想をたくましくするのは物書きの悪い癖であろう。

なお、初代の兵太夫が老いてからひそかに語ったこと、というのもおなじ史料中にある。

「秀家卿の旧故を不忘《わすれざる》者共国々に多ければ、より〱（おりおり）進めて同心のうへ、秀家卿を島より盗み出し、天下を覆《くつがえ》さんと思ひしかども、……」

これは小説としてなら面白いが、にわかには信じがたい話である。もしも徳川の天下を覆滅しようとするなら、慶長十九年（一六一四）から翌年にかけて大坂冬の陣、夏の陣が起こった時、兵太夫は大坂へ走るべきだった。宇喜多秀家は故太閤秀吉の養子のひとりだったから、その家来が駆けつけたと知れば淀殿《よどどの》・秀頼《ひでより》母子は大歓迎したに違いない。

かれは老いてから、少々誇大妄想気味になっていたのだろうか。

第二部　かくて江戸は過ぎゆく

徳川家康に狙われた姫君

「甲州の女狩り」

徳川家康が武田信玄《たけだしんげん》と戦ったいくさといえば、元亀《げんき》三年（一五七二）十二月二十二日に起こった遠州三方ヶ原《みかたはら》の合戦である。当時、浜松城を居城としていた徳川勢はわずか八千、京をめざす途中だった武田勢は三万ないし四万。

前夜、彼我のあまりの兵力差に徳川家老臣たちから出撃を諫《いさ》められても、まだ三十一歳と血気盛んな家康はかたくなに答えた。

「いかに武田が猛勢なればとて。城下を蹂躙《じゅうりん》してをし(押)ゆくを。居ながら傍観すべき理《ことわり》なし。（略）彼は敵に枕上《ちんじょう》を踏越《ふみこさ》れしに。起《おき》もあがらで在《あり》し臆病者《おくびょうもの》よと。世にも人にも嘲《あざけ》られんこそ後代までの恥辱なれ」（『東照宮御実紀附録』）

かくて家康の生涯最大の難戦が展開することになるのだが、私は三方ヶ原合戦の経過については「青年武将家康、意地の挑戦」と題する文章に詳述したことがある（文春文庫『名君保科正之』所収)。おなじことを二度書くのもどうかと思うので、つぎには翌年春に信玄の訃報に接した際の家康の反応を見る。

「われ年若き程より彼がごとくならんとおもひはげむで益を得し事おほし。(略)彼が死を聞《きき》て喜ぶべきにあらず」(同)

家康は、強敵だからといって信玄を単なる憎悪の対象とは考えていなかった。その用兵の妙、領国経営の才に感服し、信玄を手本とすることによって戦国乱世を乗りこえようとしていたのである。

家康のこのような思考法をよく伝えるのは、天正十年(一五八二)三月、武田勝頼が滅亡するや武田家遺臣団九百人近くを召し抱えた事実。よく知られた「井伊《いい》の赤備え」——具足《ぐそく》・指物《さしもの》・馬具・鐙《あぶみ》などをすべて赤に統一して出撃する方法——も、武田家のノウハウを受けついだものだし、江戸の町割も武田流、あるいは信玄流といわれる土木技術によって整備されてゆくことになる。

ことほどさように家康は信玄贔屓《びいき》だったから、自分の閨房《けいぼう》にも武田家の姫君を迎えようと考えた。迎える、といっても正室にするわけではない。ひらたくいえば夜伽《よとぎ》をさせるということだから、武田家側から見れば、

「甲州の女狩り」(「公方様の話」=『三田村鳶魚全集』第一巻)

にほかならない。

さて、その結果はどうなったか。

ふたりの側室

家康以後十代にわたる徳川将軍の生母、正室、側室たちの略伝を記した史料「以貴小伝」（校注高柳金芳『史料徳川夫人伝』所収）に当たると、家康は甲州武田家ゆかりの姫君ふたりを「女狩り」することに成功したかのように書かれている。

於竹《おたけ》の方《かた》と、於都摩《おつま》の局《つぼね》。まずは、於竹の方の横顔から眺めよう。

「武田氏はおたけとの《（殿）》といふ。父の姓名詳《つまびらか》ならず。第三の御女をうめり（振姫君《ふりひめぎみ》と申すといふ＝原注、以下略）。寛永十四年（一六三七）三月十二日うせ《（失）》らる」

武田家の出身なのに父不詳——このような表現は、血統書つきの純血種だが父母の血筋は不明といっているのとおなじことで、まったくナンセンスというしかない。ほかの史料とつきあわせると於竹の方は「市川氏女」という結論が得られ、この市川氏は武田家の家来だから、於竹の方は断じて武田家の血筋の姫君などではあり得ない。

それをどうして徳川家が「武田氏」と認識していたのか、という分析はあとまわしにして、於都摩の局に関する記述も見ておこう。

「於都摩の局は下山殿といふ。秋山越前守《あきやまえちぜんのかみ》虎康《とらやす》が女なり（注略）第五の御子武田万《まん》千代《ちよ》君（のち信吉《のぶよし》、水戸二十五万石藩主＝筆者注）の所生（母＝同）にておはす。（万千代が）武田と名のり給ひしも、このおはら故と聞《きこ》ゆ。（略）天正十九年（一五九一）の十月六日にうせ《（失）》らる」

秋山氏は、武田氏を本流とする甲斐《かい》源氏の別流である。だから家康が、この於都摩の局との間にできた万千代こと信吉に武田姓を名のらせたのは、信吉によって武田家を再興させたということでもある。

家康ファンならば、それでこそ信玄を尊敬していた家康ならではの行為、と拍手を送りたくなるところだろうが、ちょっと待った。「徳川幕府家譜」（『徳川諸家系譜』第二）の「下山之方」の項には、気になる記述がある。

「実（ハ）武田信玄第六之女、又信玄舎弟秋山越前守虎康ノ女トモ云《いう》（略）武州八王子横山信松禅院《しんしょうぜんいん》ニ葬《ほうむる》」（傍点筆者）

右の傍点部分に注目すると、家康は於都摩の局こと下山殿を信玄の実の娘と思いこんでいた可能性が出てくる。

しかし残念ながらというべきか、信玄に「第六之女」はいなかった。信玄の娘は五人。長女は北条氏政《ほうじょううじまさ》、次女は一族の穴山梅雪《あなやまばいせつ》、三女はおなじく木曾義昌《きそよしまさ》、四女は上杉景勝《かげかつ》にそれぞれ嫁ぎ、五女松《まつ》姫は未婚のまま出家して信松院と称していた。
――いったいこの原稿は、なにをいいたいのだ。
ここまでくるとそうお感じのむきもありそうなので、問題点を整理したい。
①　家康は武田家の滅亡前後、甲州で女狩りをするほど武田家の血筋の姫君を求めつづけた。
②　その結果、側室とした於竹の方と於都摩の局とを、家康および徳川家は信玄ゆかりの者と信じていた確率が高い。
③　どうして、そんなことになったのか。
③はこれから述べようとするところだが、その前に於都摩の局が家康の手活けの花となるまで、どのような環境にあったかを押さえておこう。
於都摩の局は、天正十年の武田家滅亡の時点で十八歳。万千代こと信吉を産んだのは同十一年九月十三日のことだから、遅くとも十八歳で家康の側室になったと計算できる。

穴山信邦の献上妻

ところが、である。於都摩はこの時すでに人妻であった。その夫とは、穴山梅雪の末の弟、穴山信邦《のぶくに》。家康は、結果として人妻を奪って後宮に入れたことになる。するとここで、あらたな疑問がめばえる。家康は於都摩を人妻と知っていたのか、いなかったのか。

答えは、知らなかった、とするのが正しい。それどころか、本当に信玄の六女と信じて側室に迎えたと断定してかまわない。

実に家康の真の狙いは、信玄の姫君五人のうちひとりだけ独身でいた松姫こと信松院の獲得にあった。天正十年の時点で二十二歳、八王子に庵《いおり》を結んで武田家の菩提を弔《とむら》っていた信松院は、

「生れながらに容色志操有り」(「信松院百回会《え》場記《じようき》」)

といわれる絶世の美女であった。八歳にして織田信長の嫡男信忠《のぶただ》と婚約したものの、その後織田・武田両家が断交したため結婚に至らずしておわり、十八歳にして出家。武田家滅亡とともに八王子へ逃れ、武田家遺臣たちの心の支えとなっていた。

「隣境(の)将士迎えて以て妾と為さんとする者多し。尼公(信松院)誓つて曰《いわ》く、吾豈《われあに》一身の微《び》を愛し、残骸の安きを求め、貴族(たるわが身)を以て賤流《せんりゆう》に配し(嫁し)、以て失節の汚名を蒙《こうむ》らんやと、因《より》て拒み従わず」(同)

その美貌が近在の評判になっても貧窮《ひんきゆう》日に日につのっても、武田家嫡流の誇りに生

きる信松院は毅然としていた。

「東照宮聞くところあり、大いに其《そ》の志行を嘉《よみ》し、賜わるに月俸を以てし、数々《しばしば》中使を以て安きを問い、且《かつ》、妹氏を迎え姫妾に備う」（同）

これは要するに、家康も信松院こそ信玄の姫君と知って物品を贈り、信松院の歓心を買おうとしたことを意味している。

それをはなはだ迷惑なことに思った信松院とそれを守る武田家遺臣団は、ここに至って一計を案じた。とにかく家康は武田家ゆかりの女性がほしくて仕方ないようだから、於都摩には不憫《ふびん》ではあるが、信松院の「妹氏」として家康のもとへ差し出そう。そうすれば少なくとも信松院自身は、「失節の汚名」を受けずに生涯をまっとうすることができる、……。

なお於都摩の夫穴山信邦は、信松院の甲州から八王子への逃避行に従っていた者。しかもその長兄梅雪はもっとも早く武田勝頼を見限り、家康の盟友となった人物ながら、信玄の次女を妻としていた。

「信邦はよんどころなく隠匿《いんとく》した姫君の替玉に、自己の妻を差し出した苦忠の一齣《いっせき》を演じたかもしれぬ。（略）けれども家康は松姫（の顔）を知らない。穴山信邦が、お尋ねの武田松姫でござるといって持ち出せば、真偽を疑うまでもない。（略）穴山信邦の苦忠とともに、御身代りになった於都摩さんの芳志は、幾多の忠義を思う甲州浪人の涙を絞ったであろう」

八王子出身、武田家遺臣の末裔《まつえい》にあたる三田村鳶魚翁が、前掲書に土地の伝承その他をもとに述懐しているのももっともなこと。於竹の方が徳川家史料に「武田氏」と書かれているナンセンスも、武田家遺臣団の工作を真に受けたもの、と鳶魚翁が類推しているのは鋭い指摘といってよい。

歴史の水面下にはまことにさまざまなドラマがひそんでいるものだが、於都摩の局の墓が八王子の信松禅院（今日の金龍山信松院）にある、という「徳川幕府家譜」の記述にもこうなると深い味が感じられる。

献上妻の亡骸《なきがら》が帰ってきた時、穴山信邦はどういう思いでその身柄を迎えたのだろうか。あるいは、先に死亡していて地下で再会したのだろうか。

保科正之の母の面影

徳川秀忠の見初めた女性

『保科肥後守《ひごのかみ》お耳帖』（角川文庫）には、会津藩初代藩主保科正之が時に主役、時に脇役として登場する連作五篇を収めた。

表題の「肥後守」をヒゴマモリと発音した文芸編集者がいたのには驚いたが、最後の会津藩主松平容保《かたもり》が左近衛権中将《さこんえごんのちゅうじょう》と肥後守とを兼ねたのも、正之が肥後守に任じられていたのを受けてのことであった。

私は保科正之を日本近世史にあらわれた傑物のひとりと考えていて、徳川三代将軍家光の異母弟、四代家綱《いえつな》の輔弼《ほひつ》役として幕政に尽くしたその功績を、左のように要約したことがある。

①　家綱政権の「三大美事」の達成（末期養子の禁の緩和、大名証人〈人質〉制度の廃止、殉死の禁止）。

② 玉川上水開削の建議。
③ 「明暦の大火」以後の江戸復興計画の建議と、迅速なる実行（ただし、江戸城天守閣は無用の長物として再建せず）。
会津藩主としての業績は、つぎのごとし。
④ 幕府より早く、殉死を禁止したこと。
⑤ 社倉制度の創設（以後、飢饉《ききん》の年にも餓死者なし）。
⑥ 間引の禁止。
⑦ 本邦初の国民年金制度の創設（身分男女の別を問わず、九十歳以上の者に終生一人扶持《ぶち》〈一日五合の玄米〉を給与）。
⑧ 救急医療制度の創設。
⑨ 会津藩の憲法である家訓《かきん》十五ヵ条の制定。
①から⑨については『保科正之——徳川将軍家を支えた会津藩主』（中公新書、一九九五）、『保科正之言行録——仁心無私の政治家』（同、一九九七）に詳述したことがあるので、ここではくりかえさない。
しかし、「徳川三代将軍家光の異母弟、四代家綱の輔弼役」と書くと、正之を〝いいところのおぼっちゃん育ち〟と思うひともいるのではないだろうか。そこで本稿で

は、正之の生母お静《しず》（お志津とも）の生涯をたどってみよう。

菊池重臣編『続会津資料叢書』下巻所収「松平小君略伝」によれば、お静は天正十二年（一五八四）、北条氏につかえる神尾伊予《かんのおいよ》、諱《いみな》は栄加《さかよし》という者の次女として小田原城下に生まれた。父の伊予という通称が伊予守の略ならば神尾家はかなりの名門だったことになろうが、詳細はもうわからなくなっている。

ともかく神尾家の者たちは、天正十八年七月に北条氏が滅亡すると武州板橋在の竹村《たけむら》へ流れ、徳川家への仕官を願った。だが、伊予とそのふたりのせがれ嘉右衛門政秀と才兵衛政景は、ついに機会に恵まれなかった。

代わりに、江戸城大奥に奉公することになったのがお静。お静は二代将軍秀忠の乳母で、なおも大奥にかくしゃくとしていた近習井上半九郎《きんじゅいのうえはんくろう》の母につかえるうち秀忠に見初められ、懐妊するところとなった。

お静の安産祈願

ところが、秀忠の正室お江与《えよ》の方《かた》は鼻っ柱の強さで知られた淀殿の末の妹で、これまた異様なほど気が強かった。秀忠が自分以外の女性に手をつけるなど断じて許さないことは、お静には痛いほどわかる。

そこでお静はひそかに竹村へ帰り、おなかの子を水子として流してしまった。すると秀忠から、また呼び出しがくる。やむなく大奥にもどったお静は、ふたたび懐妊。お江与の方の目を恐れるあまり、再度竹村へ逃れた。

神尾一族の親族会議は、またしても人工流産をよしとする説に傾きかけた。しかしこの時、お静の弟才兵衛が主張した。

「正《まさ》しく天下　将軍様の御子を、両度まで水と成し奉り候儀天罰恐しき義と」(『家世実紀』巻之一、読み下し筆者)

ここに至ってお静も出産を決意したが、お江与の方に知られるとなにをされるかわからない。そこでお静は、おそらく大奥づとめのうちに顔見知りになっていたのだろう、江戸城北の丸の田安門《たやすもん》内、その名も比丘尼《びくに》屋敷と呼ばれる屋敷におこないすましていた見性院《けんしょういん》(穴山梅雪未亡人、武田信玄の次女)に相談。その妹信松院の助けを得て、見性院の知行地のある武州足立《あだち》郡大牧《おおまき》村(今日のさいたま市郊外)にひそむことになった。

これが慶長十五年(一六一〇)後半ないし十六年初めのことと推定できるのは、「慶長十六年二月」と記されたお静自筆の安産祈願の文章が、さいたま市大宮区の氷川神社に今日も伝えられているからである。「敬つて申す祈願の事」と題されたその祈願文に、お静は書いている。

「ここにそれがし卑《いや》しき身として、大守（将軍）の御思ひ者となり、御胤《おたね》を宿して、当四、五月の頃臨月なり。しかれども御台《みだい》（お江与の方）嫉妬の御心深く、営中（江戸城内）に居る事を得ず。今、信松禅尼（信松院）のいたはりによつて、身をこのほとりに忍ぶ。……」

今から三百九十年も前、孤独に願を掛け、神にすがるしかなかったお静の気持がありありと伝わってくる。

このお静がひそかに神田白銀丁《かんだしろがねちょう》の義兄竹村助兵衛次俊《すけのひょうえ》方へ移り、のちの正之を無事出産したのは同年五月七日の夜亥《い》の刻《こく》（十時）のこと。男児誕生の報は、助兵衛→町奉行米津勘兵衛《よねきづかんべえ》→老中土井利勝と伝わり、日付の変わらないうちに利勝から秀忠へと耳打ちされた。

「覚えはある。幸松《こうまつ》と名づけよ」

ちょうど入浴中だった秀忠は答え、葵《あおい》の紋つきの小袖《こそで》を渡したものの、お江与の方の目が恐くて正式に認知できない。

ために幸松は七歳まで見性院のもとで、それ以降は信州高遠《たかとお》藩主保科肥後守正光のもとで養子として育てられたがゆえに保科肥後守と称し、正光の「正」の字をもらって諱を正之と定めたのである。お静・正之母子の高遠入りは元和三年（一六一七）十一月、お静三十四歳の時の出来事であった。

ただしお静は、見性院に守られていた時代からふたたび願を掛けはじめていた。正之の誕生を知ったお江与の方は、刺客を放ったこともある。だからこれは、正之が秀忠に正式に認知されることよりも、その身の安全を祈ってのことであったろう。

お静が祈願し、寄進をつづけた先は、荏原《えばら》郡目黒《めぐろ》の里の成就院《じようじゆいん》。蛸薬師《たこやくし》の別名を持つこの寺は今日も東京都目黒区のうちにあり、お静が寄進したことから「お静地蔵」と総称される観音像、地蔵像各三体をなおも門内に飾っている。

当時の高遠藩保科家は、わずか二万五千石の小大名だった。正之養育料として五千石加増されはしたが、お静・正之母子の実収入は、年貢高を四公六民とすれば二千石。これで家来十人以上を養わねばならなかったから、とても贅沢《ぜいたく》はできなかったろう。

それでもお静は、成就院への喜捨をつづけた。やがてその切なる気持が、正之の異母兄家光に伝わる時がきた。

信州高遠に死す

私の推定では、正之が保科家の家督を相続した寛永八年（一六三一）十一月以降、同九年十二月以前のことである。目黒に鷹狩に行って成就院に休息した家光は、住職瞬興和尚《しゅんごうおしょう》との会話から初めてお静と異母弟正之の存在を知った（新井白石『藩翰譜』）。

お静は同九年一月、大御所秀忠《ひでただ》が五十四歳で逝去すると、ひそかに髪を下ろして浄《じょう》光院《こういん》となのった貞節な女性でもあった。

正之もみずから異母弟となのり出ようともしない欲のなさだったから、家光はかれを深く信頼。同十三年七月出羽《でわ》山形二十万石へ、同二十年奥州会津二十三万石へ移封して、幕政にも参与せしめた。

正之はこの大抜擢《だいばってき》にこたえるべく、前述した①から⑨までのすぐれた政治をおこない、名君と形容されるにふさわしい人物へと自身を高めてゆくのである。

しかし、お静に正之の晴姿を見る時間は残されていなかった。寛永十二年九月十七日、すなわち正之に山形移封の幕命が下る十ヵ月前に、お静は高遠城のうちに目を閉じていた。享年五十二。

一方正之は、十年十月に磐城平《いわきたいら》藩主内藤政長《ないとうまさなが》の息女菊《きく》姫と江戸で結婚。その菊姫は、十一年師走にその名も幸松と名づけられた男児を出産していた。とはいえまだこのころは、大名証人制度があったから、高遠のお静と江戸屋敷を動けない菊姫・幸松母子とは相逢うことの決してできない運命にあった。

正之が会津藩において間引を禁止したのは、母お静が自分の兄か姉たるべき第一子を水として流し、かつ自分も危うく水子とされるところだった状況をいつか知り、衝撃を受けたからではあるまいか（⑥）。

また①としておいた家綱政権の「三大美事」に大名証人制度の廃止がふくまれているのは、正之がかくも幸薄かった母お静と自分の妻子とを会わせることもできない非人間的な制度を憎んだからではなかったか。

なお正之は、お静の遺骸をその遺言にしたがい高遠の妙法山長遠寺《ちょうえんじ》に葬って、同寺を浄光寺《じょうこうじ》と改称。山形入りに際しては善光山本誓寺《ほんけんじ》を本誓山浄光寺としてお静の位牌所とし、会津入りしてからは法紹山《ほうしょうざん》法華浄光寺を開山させて山形の浄光寺の本山とした。

この事実からいえるのは、正之は寛文《かんぶん》十二年（一六七二）十二月十八日に六十二年の生涯を閉じるまで、優しかった母の面影を偲《しの》びつづけていた、ということであろう。

私が①、⑥に見た正之の政治とお静の境涯とを重ね合わせて考えたくなるのも、そんな背景が感じられるからである。

ふたたび保科正之――殉死を禁じた背景

阿部重次と堀田正盛の場合

昔読んだ本を十年ぶり、あるいは二十年ぶりにひらき、書きこみや朱線があるのに気づいて、

「はて、どうしてぼくはこの部分に注目したのだったか」

と考えこんでしまう。そういう経験を持つひとは、少なくないだろう。

近ごろ私がびっくりしたのは、架蔵の岩波古典文学大系本『日本書紀』巻六、垂仁《すいにん》天皇二十八年十一月二日の条に、自分の文字で「殉死の例」と記入してあるのを発見したことだった。

これは弟倭彦命《やまとひこのみこと》を「身狭《むさ》の桃花鳥坂《つきさか》」に葬ったという記事で、殉葬者の傷ましい姿が描かれている。

「是《ここ》に、近習者を集《つど》へて、悉《ことごとく》に生けながらにして陵《みささぎ》の域《めぐり》に埋《うず》みて立つ。日を数《へ》て

死なずして、昼に夜に泣《いさ》ち吟《のどよ》ふ。遂に死《まか》りて爛《く》ち臰《くさ》りぬ。犬烏聚《あつま》り噉《は》む」

垂仁天皇は死にきれずに「泣ち吟ふ」声を聞いて殉死の不可なるを悟り、以後は殉葬者の代わりに埴輪《はにわ》を埋めることにしたのだという。

なぜ昔、自分がこのくだりに書きこみをしたのかは、どうしても思い出せない。しかし近年、徳川幕府が殉死を禁じた背景を考えてみたことがあったので、あとで思い出せなくならないよう今回はその結論を書きとめておくことにする。

さて、幕府が殉死を禁じたのは寛文三年（一六六三）五月二十三日。時の将軍は四代家綱二十三歳であったが、幕政は将軍輔弼《ほひつ》役として江戸に滞在しつづける初代会津藩主保科正之と、老中たちとからなる幕閣の合議制によって運営されていた。

家綱政権の発足に際し、かれらをもっとも困惑させたのは、三代家光の閣老ふたりが家光に殉死してしまったことであったろう。そのふたりとは、武州岩槻《いわつき》九万九千石の藩主阿部《あべ》重次《しげつぐ》と下総《しもうさ》佐倉《さくら》十一万石の藩主堀田《ほった》正盛《まさもり》（ともに老中）。家光の近習《きんじゅ》から身を起こして大名に列したこの両人は、慶安《けいあん》四年（一六五一）四月二十日に家光が四十八歳にして病没すると、その夜のうちに切腹して果てたのである。

同日下城前、ふたりが他の幕閣たちにこもごも殉死の決意を伝えると、かれらは口々にとどめようとした。

「(家光の) 大恩をしたひ奉《たてまつ》る人々みな殉死せば。誰が幼主(十一歳の家綱)をば輔佐し奉るべき。これは思ひ留られんこそ。忠義といふべけれ」(『徳川実紀』「大猷院殿《たいゆういん》御実紀」)

対して、堀田正盛は答えた。わが身は少年の日より浅学菲才《せんがくひさい》にもかかわらず格別の御寵愛をこうむったものなれば、ぜひとも殉死して昇天のお供をいたしたい、と。

阿部重次もいった。寛永十年(一六三三)、家光が弟の駿河《するが》大納言忠長を上野《こうずけ》高崎藩主安藤重長《あんどうしげなが》のもとに幽閉した時、切腹させよとの上意を重長に伝えたのは自分だった。あの時もし重長が上意を奉じなければ、自分はかれと刺し違えるつもりだった。すなわち一度捨てた命だから、これ以上生きながらえるつもりはない……。

「大猷院殿御実紀」が右のようにふたりの胸中を記述したあとに、幕閣たちの再反論を紹介していないのはどうしてか。保科正之をはじめ、だれもどのようにして反論すべきか、その論理が見つけられなくてことばに窮《きゅう》してしまったのではあるまいか。

『詩経』の詩をヒントに

ここで結論の一端を明かすならば、保科正之が会津藩のうちに「殉死御制禁の儀これを仰せ出され」たのは寛文元年(一六六一)閏《うるう》八月六日のことだった(『家世実紀』

第一巻)。阿部重次・堀田正盛の死から十年の歳月が過ぎていたものの、幕府が殉死を禁じるより二年も早い。

「正之久しく殉死の非なる事を悼《いた》み、先《まず》を《ママ》のが領知に令してこれを禁ず。今おほやけにて禁を設けられしも、正之が賛成せしによれり」(『寛政重修諸家譜』)

という記述を考えあわせれば、殉死の禁を幕法に反映させた陰の立役者も正之だったことが知れる。

思うに正之は、家光の死の直後、阿部・堀田に殉死の不可を説得できなかった自分を口惜しく感じながらこの十年を生きてきたのであったろう。そして、正之はその十年の間に朱子学と史書とを深く学ぶことにより、殉死は君子のなすべきものにあらず、との論理を発見しおおせていた。

『千載之松《ちとせのまつ》』という史料によれば、「万治《まんじ》(一六五八—六一)のはじめ」のこと。正之は「詩経風黄鳥《こうちょう》の篇、並《ならび》に朱子殉葬の論聞召《きこしめ》し、殉死はもと戎狄《じゅうてき》の弊俗に出たること」を知って殉死の非を悟ったのである。「殉死はもと戎狄の弊俗」という表現をもう少し敷衍《ふえん》するならば、つぎのようになろうか。

「殉死とは、もともと西戎《せいじゅう》・北狄《ほくてき》など化外《けがい》の民の間におこなわれていた悪習である。漢民族が、このような蛮風を真似《まね》する必要はない」

つづけて、「詩経風黄鳥の篇」ということばを説明する。

中国最古の詩集『詩経』は風・雅・頌の三部にわかれ、風（国風）の部はまた十五にわかれる。これはその「秦風」のうちにある、「黄鳥（うぐいす）」と題された詩のことである。

交々《こうこう》たる黄鳥は
棘《なつめ》に止《とど》まる
誰《たれ》か穆公《ぼくこう》に従《したご》うや
子《し》車奄息《しやえんそく》
維《こ》れ此《こ》の奄息は
百の夫《おのこ》にも特《たぐい》せんに
其《そ》の穴に臨みて
惴惴《ずいずい》と其《そ》れ慄《おのの》く
彼《か》の蒼《あお》き者は天
我が良き人を殲《つ》くす
如《も》し贖《つぐの》う可《べ》くんば

人は其の身を百にせん

読み下しは吉川幸次郎注『中国詩人選集』第二巻「詩経国風　下」(岩波書店)によるが、ここに出る「穆公」とは秦の王の名前。その死に際して、なんと百七十人の家臣たちに殉死を命じたという。以下は、その和訳。

「ちっちゃなうぐいすが、なつめの木にとまっている。(鳥でさえその生命をたのしんでいるのに、＝原注、以下同じ)穆公さまのお伴《とも》をしたのは誰。(殉死したのは誰。)それは子車の家の奄息。この奄息こそは、百人の男にも匹敵しようという男。それが墓穴を前にして、ぶるぶるふるえている。ああ青い色をたたえたみそらよ。われらのよき人をみなごろしにしたもうのか。もし身代りがきくのなら、われわれ人民は体を百さしだしてもよろしいのに」(同上)

非情を排する武家諸法度改定

なお、この「黄鳥」は、右に引用した二行目の「棘」が「桑」、つぎに「楚」、四～五行目の「奄息」が「仲行《ちゅうこう》」、つぎに「鍼虎《けんこ》」というその兄弟の名前に変わるなどして三度くりかえされる。

「其の穴に臨みて惴惴と其れ慄く」

というリフレインが、殉死を覚悟しながらも墓穴を前にして怯《おび》えざるを得ない勇者の心情をよく刻んでいて、そぞろ哀れを催さざるを得ない。

話題をふたたび保科正之にもどすならば、朱子学によって孔孟の教えを身につけたかれは、殉死は本朝武士《もののふ》の手本とすべき漢民族の伝統ではないこと、勇者をも顔面蒼白にさせるこのような習俗は人道にもとり、国家の損失につながることを実感。阿部重次・堀田正盛の閣老ふたりの抜けた痛手をも思い起こして、殉死を禁じるよう幕閣に説き、家綱にも進言したのであったろう。

前項「保科正之の母の面影」においては、正之の母お静の薄幸の生涯と大名証人制度廃止とのかかわりを探ってみた。すると「黄鳥」一篇から古俗の非情さを感じ取り、武家諸法度改定につなげていった正之の知的なうしろ姿も見えてきた――というのが、再度かれについて書くことにしたゆえんである。

しかし、殉死という習俗はこれでまったく跡を絶ったわけではなかった。幕法改定から五年後の寛文八年二月、下野《しもつけ》宇都宮十一万石の藩主奥平忠昌《おくだいらただまさ》が六十一歳で死亡。そのせがれ昌能《まさよし》が家督を相続してから半年後の八月三日、杉浦右衛門兵衛《すぎうらうえもんひょうえ》という家臣が殉死するという事件がおきた。

家綱としては幕法を踏み破られたわけだから、家中不行届きを理由に奥平家を改易しても不都合ではなかった。にもかかわらず、幕府は奥平家からは二万石を奪い、出羽山形へ移封。杉浦右衛門兵衛の男子ふたりを斬《ざん》に処し、婿《むこ》ふたりと外孫とを追放する、という処分だけにとどめおいた。

奥平家には「歴世奉仕の労」があったため、と『徳川実紀』「厳有院殿御実紀」は抽象的にしかその理由を説明していない。ただし『千載之松』の方は、慎《つつま》しく伝聞形式をとりながらもその内情を伝えている。

「是《こ》れ又公（正之）の仰《おおせたてまつ》上られし義なる由なり」

いずれにしても、この処分によって殉死イコール幕法違犯という認識は一般化し、以後長く殉死はおこなわれなくなった。

この殉死という人生の閉ざし方を、奥平家転封から二百四十四年のちの大正《たいしょう》元年（一九一二）九月十三日、突然おこなってみせたのが陸軍大将乃木希典《のぎまれすけ》夫妻。その対象が明治天皇だったことは、よく知られている。

それにしても、正之がこれを知ったらなんといっただろうか。

空に挑んだカラクリ師たち

飛行は墜落におわる

子供のころ、よく空を飛んだ。

むろん夢の中での話ながら、ある時はスーパーマンさながらのポーズで颯爽《さっそう》と、ある時は鳥のように羽ばたいていて墜落しそうになり、慌《あわ》てて両手をバタバタと動かした記憶がある。

高所恐怖症の私においてすらそうなのだから、空を飛ぶ夢をいかに実現するか、という大テーマに挑んだ人間はライト兄弟以前にも少なくなかった。「福本イズム」の福本和夫といえば、戦前の日本左翼運動の理論的指導者、かつ獄中十四年の闘士として有名だが、かれはこの方面の大研究者でもある。まずは、その成果『カラクリ技術史話』（フジ出版社、一九八二）の紹介から始めよう。

「中国で人間が空を飛んだ最初の記録は王莽《おうもう》の時代（西暦八〜二三　筆者注）であっ

た。前漢の末葉で（略）、匈奴《きようど》との戦《いくさ》に、偵察のためといふ軍事上の必要が、飛行考案の直接の動機であつた。すなはち、本物の大鳥の羽をそのまま両翼として、人間が飛行する仕掛けで、頭とからだに鳥の毛を被《かぶ》り、環に紐《ひも》を通して、両翼をあふって飛んだが、数百歩飛んで墜落してしまつたといふ。恐らく世界でも、是れが人間の空を飛んだ最初の記録であらう」

さらに同書「日本における飛行思想、飛行カラクリ技術年表」の項には、僧春澄《しゆんちよう》著『賢問子《けんもんし》行状記』、一名『博多由来記』という書名が見える。内容は、以下のごとし。

「斉明《さいめい》天皇の御代に、奈良の仏師大江《おおえ》藤好《とうこう》の子、賢問子《けんもんし》は渡唐して技を磨かばやと思ひ、十九歳の折、遣唐使橘重量に従つて渡唐した。いくばくもなくして業成つて皈《き》(帰）朝《ちよう》せんと欲したが、其の妙技をいたく惜《お》しまれて皈朝を許されないので、一計を案出し、すなはち木製の鳥を作つて其の腹中に入り、両翼を操縦して飛行し、唐から日本へ飛んで皈《かえ》ることにした。そして今し九州の一角に近づかうとした刹那《せつな》、左の翼が折れて墜落してしまつた。乃《すなわ》ち片翼の落ちた所を時の人呼んで羽片《はかた》といつた。これがのちの博多（という地名）の由来だといふ物語である」

同書は江戸時代に成立したものかと思われるが、調べてみると「橘重量」なる遣唐使は実在しない。そこから類推しても、この「物語」はまったくのフィクションに違いない。

いずれにしても、王莽の時代の故事といいこれといい、飛行とは墜落によっておわるもの、という認識がその背後に働いているように見えるのがそこはかとなく物哀しい。

南蛮又九郎と表具師幸吉

これに対し、日本人がみごとに空を飛んだとする伝説もある。『三田村鳶魚全集』第二十一巻「南蛮又九郎」によれば、享保《きょうほ》二年（一七一七）刊の『傾性野群談《けいせいやぐんだん》』という書につぎのような話があるという。

長崎在住のカラクリ師又九郎は、

「南蛮細工の又九郎と申《もうす》こそ天地にあらゆる事を作り、四百余州に古今の細工師が致せし事、何にても致さぬ事なし」

といわれる名人だった。その名声を聞きつけた国姓爺《こくせんや》こと鄭成功《ていせいこう》（一六二四～六二）が、人が空を飛べるカラクリは作れるかとたずねると、南蛮又九郎は答えた。

「それはしやすい事、十ケ年以前に、飛行の馬をこしらへ、出来たつとそのまゝ夫婦打乗《うちのり》、東へ向《むかい》てこくう（虚空）をとばせ、その日のくれがたに比叡《ひえい》の山を下に見申せば、是迄《これまで》およそ二百六十七十里と、又中（宙）にて西へたづなを引《ひき》もどせば、其《その》夜寅《とら》の刻（午前四時）に当所にかへり、ほのぼのあけに宿へおり（降）申せし」

鄭成功は金数百両を支払ってその飛行馬を譲り受け、部下ひとりとともに打ちまたがった。

「あぶみにむちを打《うち》くれて、二階のゑん（縁）よりかけ出せば、翌日昼の九つ（正午）に品川につきけるが、人のあやしみをいかゞと、かたはらの麦ばたけへ、ふうわりとおりければ、馬はこくうに飛《とび》かへる」

こう紹介すればすでにおわかりの通り、南蛮又九郎製作の飛行馬伝説の最大の欠点は、そのカラクリ原理（動力）を一切無視していることにある。

「天馬空《くう》を行く」という場合の、天馬のイメージに沿って伝説が作られたためかと思われるが、鳶魚翁の寸評はこうだ。

「二階の掾（縁）から出発し、麦畑へ着陸したというと、今日の飛行機の様子を髣髴《ほうふつ》させる」

この寸評の前半部分は、「下から上へ」の飛行は無理でも「上から下へ」飛ぶことなら可能性がある、といいたいのかも知れない。

つぎに引くのは「上から下へ」飛んでみせたケースで、これは実際にあった話である。

「備前岡山（の）表具師幸吉《こうきち》といふもの、一鳩《いっきゅう》をとらへて其身《そのみ》の軽量、羽翼の長短を計り、我身のおもさをかけくらべて自《みずから》羽翼《つばさ》を製し、機《からくり》を設けて胸前にて採《あやつ》り搏《うち》て飛行《ひぎょう》す。地より直《すぐ》に颺《あが》ることあたはず、屋上よりうちていづ。ある夜郊外《まちはずれ》をかけり廻《まわ》りて一所《ひとところ》野宴するを下し視《み》て、もししれる人にやと近《ちか》よりて見んとするに、地を近《（に）》づけば風力《ふうりき》よわくなりて思はず落《おち》たりければ、その男女おどろきさけびて遁《のが》れはしりけるあとに酒肴《さけさかな》さわに（たっぷりと）残りたるを、幸吉あくまで飲《のみ》くひして、また飛《とび》さ《ママ》らんとするに、地よりはたち颺りがたきゆゑ、羽翼をおさめて帰りける。（略）珍らしき事なればしるす。寛政《かんせい》（一七八九―一八〇一）の前の事なり」（菅茶山《かんさざん》「機巧《からくり》」＝『筆のすさび』所収、句読点筆者）

「実際にあった話」と前置きしたが、飛行する様子を「羽翼を製し」「胸前にて採り搏て」、すなわち両翼を羽ばたかせて飛んだかのように記述しているのは、菅茶山の先入観のなせるわざではあるまいか。孫引き的引用の多い稿になって恐縮ながら、『カラクリ技術史話』は、幸吉の飛行に言及した書として『筆のすさび』以外に筆田満禾《まんか》『黄薇野譚』、小島天楽の『寓居雑記』と『西山拙斎詩稿』などがあると述べ、翼の構造とその飛び方に触れたくだりを引いている。
「一大翼を製造し、裏面に木板を付し綱を着けて之を負ひ、左右各々《おのおの》一の丁木《ちょうぼく》を施し、以《も》つて之を把《にぎ》るべくす」（『黄薇野譚』）
「一大翼」というからには、幸吉の造った翼は固定翼で、羽ばたきの機能はなかったものと考えたい。そしてその翼の裏側左右にはグリップ（丁木）が取りつけられていて、幸吉はそれを握って飛んだ。
そしていよいよ、その飛び方である。
「梯《はしご》を架《か》して屋上に登り、其の両翼を展開して、急に丁木を打つて翥《あが》らしめ、以つて躍り下る。飛昇すること能はずと雖《いえど》も、亦傘《またかさ》を張りて飛ぶに勝《まさ》れり、飄然《ひょうぜん》として行くこと二三丈なり」（同）
「丁木を打つて」とはどういうことか、私にはわからない。「両翼を展開し」とあることから見れば、幸吉考案の翼は扇のように開閉式で、高みに登ってから翼をひらいて固定した可能性も残る。
それはともかく、幸吉の造ったのは今日にいうハンググライダーのごときものだったろう。

五十メートル以上の大滑空

その飛行（降下？）距離にしても、二、三丈というと六・一メートルから九・一メートルの間だから、走り幅跳びの選手程度だったといえなくもない。

この程度でよいのであれば、寛政年間に秋田城南の三井田村に住んでいた一農民が、鳩ではなく鳥を捕えて幸吉とほとんどおなじ工夫をし、上から下へ四、五丈（十二・一～十五・二メートル）ないし六、七丈（十八・二～二十一・二メートル）飛んだとする書物もある。

しかし岡山の表具師幸吉の面白いところは、飽《あ》くことなく飛行実験をくりかえしたことだ。

「夜ひそかに伎（技）を旭水橋上に試み、誤りて人群の中に堕《お》つ」（『拙斎詩稿』）

右は、失敗してしまったケース。「旭水」とは岡山最大の河川、旭川《あさひがわ》を差している。

岡山城南、その旭川に架かる大橋の欄干《らんかん》から飛んだ時には、ついに大成功を収めた。

「欄に上りて翼を張る。儼然《げんぜん》として一大鳥なり……しばらくして、大鳥翼を皷《こ》して南に向つて飛び去り、三十余歩を翔ける」（『寓居雑記』）

一歩《いちぶ》を一・七五メートルと控えめに換算しても、「三十余歩」なら五十二・五メートル以上！　こうなるともう、大滑空といっていいではないか。

では当時の備前岡山藩が、幸吉の快挙を愛《め》でて表彰でもしたかというと、まったく逆だった。

「後に此事《このこと》あらはれ市尹《まちぶぎよう》の庁によび出され、人のせぬ事をするは、なぐさめといへども一罪《ひとつのつみ》なりとて、両翼をとりあげ、その住《すめ》る巷《まち》を追放せられて他の巷にうつしかへられける」（「機巧」）

それでも幸吉は、やけっぱちにはならなかった。福本和夫の前掲書によれば、その後幸吉は静岡に移り住み、初めは時計の修理業、のちには歯医者を開業して子孫の代まで繁栄したという。

日本のカラクリ師たちが、もっとも得意としたのは時計作りだった。幸吉がその手先の器用さを生かし、ついには歯医者（入歯作り専門か？）として成功したのはまことにめでたい。

日本の近代技術の発展はカラクリ師たちに負うところが少なくない、とは、技術史家たちの口をそろえるところでもある。

望月鴻助の奔走

伊豆韮山の代官所

『旧幕府』といえば、明治三十年（一八九七）四月に月刊誌として創刊され、同三十四年八月、第五巻第七号を最後に廃刊となった雑誌である。その編集者は、元五千石取りの旗本だった戸川安宅《とがわやすいえ》、号を残花。戸川は幕臣たちの事績が薩長史観に塗りこめられてゆくのを憂え、生き残りの旧幕臣たちに協力を仰いでこの雑誌を創刊したのだった。

その『旧幕府』の第五巻第四号（原書房刊の合本七所収）に、竹内誠寄稿の「江川家の忠臣望月鴻助《もちづきこうすけ》」という史伝が掲載されている。十四、五年前に読んで感服したものの、これまで触れる機会がなかったので、今回は望月鴻助の生と死を紹介することによってその誠実な人柄を偲びたい。

なお、この史伝の表題に出る江川家とは、歴代当主が江川太郎左衛門《たろうざえもん》を名乗った家筋のこと。そのなかでは、諱《いみな》を英竜《ひでたつ》、号を坦庵《たんあん》といった三十六代目当主がもっともよく知られている。

『角川新版日本史辞典』の、簡潔な記述を見ておこう。

「えがわひでたつ　江川英竜　1801―55（享和《きょうわ》1―安政《あんせい》2）江戸後期の幕府伊豆韮山《にらやま》代官。（略）伊豆・相模《さがみ》など幕領の民政改革と海防に活躍。渡辺崋山《わたなべかざん》に師事して洋学を学ぶ。高島秋帆《たかしましゅうはん》から砲術の伝授をうけて佐久間象山《さくましょうざん》らに教授、（略）韮山に反射炉を設けて銃砲製造にあたった」

天保《てんぽう》六年（一八三五）、父の三十五代目当主英毅《ひでたけ》から代官職を引きついだころの支配地は、武蔵《むさし》・相模・伊豆・駿河《するが》四ヵ国あわせて五万四千石。それが同九年には甲斐《かい》の天領を加えられて十二万石、その後さらに増地されつづけて、安政元年（一八五四）には二十六万石に達した。

こういうと江川家は二十六万石の大名クラスの家柄を誇っていたと早合点されかねないが、そうではない。石高二十六万石の大名家の実収は、税率を四公六民とすれば十万四千石。代官領の場合、代官の取り分となるのは年貢の十分の一程度だったようだから、この基準を当てはめると江川家の年収は約一万四百石という計算になる。しかも、これはあくまでも江川英竜の時代になってからのことであり、それ以前の江川家の台所事情は窮乏の一途をたどっていた。

初めから順に見てゆけば、慶長元年（一五九六）、徳川家康によって初めて世襲代官たることを許された江川家二十八代目、英長《ひでなが》の支配地は五千石あまり。取り分は年貢高の十分の一で上記の計算にならえば二百石ほどだったが、元禄《げんろく》以降は切米百五十俵と改められた。これは、無役の御家人でももらっている程度の収入でしかない。

「許して下せえ、お代官さま」

とはテレビの時代劇などでよく聞く台詞《せりふ》ながら、代官側も幕府に対して似た台詞を伝えたいところだったかも知れない。

連続二十八年以上の大赤字

さて、江川家窮乏の引金は、明和《めいわ》五年（一七六八）、英竜の祖父英政《ひでまさ》が伊豆七島の支配をも仰せつかったことにあった。

その見返り収入は、年に名産の黄八丈を三十反分とされ、金額にして二十八両二分。ところが伊豆七島へ派遣する手代たちへの扶持米、筆、墨、紙、ろうそく代ほかの支出合計は年に百十両となってしまい、毎年八十両の赤字となる。

律義というべきか、その赤字暮らしを寛政七年（一七九五）まで二十八年もつづけた結果、借入金は元金だけの単純計算でも二千二百四十両。韮山代官所、手代《てだい》小屋、江戸屋敷の修繕まで自腹でまかなったがために、借入金はついに四千六百両以上に達した。

年月は不明ながら、英政はまだ赤ん坊だった息子の英毅が母に抱かれ、乳を飲んでいるのを見るや、

「嗚呼《ああ》、此児《このこ》成長するも永く負債の為に苦労をなすべし」(「江川家の忠臣望月鴻助」)

と、頭を撫《な》でてやりながらつぶやいたという。

その声を聞いて発奮したのが、望月鴻助であった。鴻助は、近江《おうみ》国甲賀《こうが》郡の出身。十四歳で父と死別して江戸に出、館林《たてばやし》藩、一橋《ひとつばし》家に出仕したあと、寛政二年三十九歳にして江川家の家来になったということしか上記史料には書かれていない。

それにしても鴻助は、英政・英毅の二代につかえてついに「元〆加判《もとじめ》」に列したというから、いつしか江川家の家老のような存在となっていたのだろう。一方において鴻助が江川家につかえた時期は、同家の借金が雪ダルマ式にふえていた時代に重なることに留意したい。

寛政十一年になると江川家の台所事情が火の車であることは幕府にも知られ、勘定奉行から、

「速《すみやか》に負債償却をなすべし」

と督促《とくそく》されるに至った。

だが、ない袖《そで》は振れない。必死に知恵を絞った結果、英毅と鴻助は紀州和歌山藩に助けを乞《こ》うことにした。

江川家は和歌山藩主が初代の徳川頼宣《よりのぶ》だった時代から宿を提供したり、家臣たちを行列の先駆《せんく》に派遣したりして、礼代わりに種々の品物を拝領したことがある。そんな関係から借入金を申し入れることにしたのだが、享和三年（一八〇三）三月、鴻助から和歌山藩江戸屋敷の用人井田幸次郎へ差し出された「奉願候覚《ねがいたてまつりそうろうおぼえ》」には、あまりに正直な台所事情が記されていた。

手代どもの数も減らし、なんとか剰余金が出るよう工夫していること。収入である切米のうち、五十俵分は借金返済にあてていること。作徳米《さくとくまい》（農業純収益。この場合は幕府へ年貢を納めたあと、江川家の手元に残る取り分）が四百俵あまりあるにはあるが、やはり借金の元利を減らしてゆくには足りないこと……。

鴻助も別途「嘆願書」を提出して、この作徳米四百余俵を年々の借金返済にあてること「毫《ごう》も相違致間敷《いたすまじき》旨」懇願してやまなかった。井田幸次郎は大いに同情してくれ、ふたりの哀願はもう一歩で聞き届けられるかと思われた。

ところが井田幸次郎は、それから三ヵ月後の六月十八日に病死してしまう。同月二十一日、鴻助はふたたび伊豆から江戸へ出、和歌山藩の重臣安藤札右衛門に英毅および自分からの嘆願書を差し出すことから再スタートしなければならなかった。

安藤札右衛門が鴻助に返書を与えたのはちょうど一ヵ月後のことだったが、そこには、

「勝手向至《むきいたつ》て六《むつ》ヶ敷《しく》、既に家中《かちゅう》之者一統（の）手当も相減《へらし》、都《すべ》て諸役所向入用も悉《ことごとく》相省《はぶ》き、至て厳重之時節に付《つき》、……」

と、謝絶のことばばかりがならんでいた。

「君が筏をやる川となる」

ここから江戸の鴻助と韮山の英毅は、早く動いた。鴻助から英毅にこの答えが報じられたのは同月二十四日。

「願《ねがい》通り（の）金高拝借不相成共《あいならずとも》、御都合出来得る丈少分にても」

と再願するように、と英毅からの依頼状がきたのは二十七日のこと。二十九日朝、鴻助は早くも安藤札右衛門の屋敷を訪ねた。

しかし、札右衛門は藩邸へ出かけてしまっていた。これは居留守を使ったのかも知

れないが、鴻助はこのようなつれない扱いを受けることは覚悟の上だったようだ。

鴻助は、その玄関において切腹して死んだ。享年五十二。「紀伊様御役中」宛の遺書があり、

「太郎左衛門此《この》節の危難御救被下置《おすくいくだしおかれ》候様偏《ひとえに》奉願候」

と江川家存続をひたむきに願う彫心鏤骨《ちょうしんるこつ》の文章の最後に、こんな追申が添えられていた。ここは、読み下しでゆきたい。

「私死骸の儀は、御内々（江川家の）同役どもへお引き渡し下され候とも、お取り捨て下され候とも、成《な》し下され候よう願い奉り候。公辺（公儀へ）お届け等成し下され候いては、太郎左衛門身分難儀にも相成るべく存じ奉り候につき、この段願い奉り候、以上」

　自分の死体はどう処分されてもかまわない、と言い切っているところに、鴻助の死をもって主家を救おうという気迫が滲《にじ》む。

　その二十九日早朝、鴻助は江戸屋敷出発前に江川家から拝領した紋羽織を上座に飾り、これに再拝することをもって英毅への挨拶としてから出かけたことも後日あきらかになった。また門番には同僚三人、妻おまつ、長男貫兵衛、長女お梅夫妻、次女おいく夫妻、末女おたつ宛《あて》の遺書も托《たく》されていた。おまつへの別れのことばとして、

「そもじ事、長々病気にて我等始終見届けも致すべきのところ、かえって先立ち候事、気の毒に候えども何事も前世の約束と思い賜りたく候」

とあるのを読むと、私はそぞろ哀れを催さずにはいられない。

鴻助の遺体は竹駕籠《たけかご》に収容されてひそかに江川家へ引き取られたが、その忠節はいつか和歌山十代藩主徳川治宝《はるとみ》の耳にも入っていた。

治宝は同年九月、江川家に一千両を貸し与えた上に、返済は五年後からの二十年年賦との好条件を提示。文化《ぶんか》六年（一八〇九）には一千両全額の返納免除を通達し、証文をも江川英竜に返してしまう、という鷹揚《おうよう》なところを見せて鴻助の忠義に報いた。

望月鴻助の辞世としては、つぎの一首が伝わっている。

此の世をば露と消《きえ》ても行末は君が筏《いかだ》をやる川となる

英竜の代となってからの江川家の隆盛を思えば、鴻助は死してその願いを叶《かな》えることに成功したといえようか。

松平容保の妻はなぜ嘆いたか

照姫と敏姫

松平容保《かたもり》といえば、幕末に京都守護職として薩長勢を中心とする倒幕派諸藩に対抗した最後の会津藩主。慶応《けいおう》四年（一八六八、九月八日明治改元）八月二十三日から一ヵ月間にわたる鶴《つる》ケ城《じょう》籠城戦を展開したものの、矢玉尽き果てて明治新政府軍との城下の盟を余儀なくされた悲劇の人物として知られる。

しかし、初代の保科正之からかぞえて九代目の会津藩主となった容保は、第八代容《かた》敬《たか》の実子ではなかった（保科姓が松平姓となるのは、第三代正容《まさかた》の時）。実家は、尾張《おわり》名古屋藩の支藩にあたる美濃《みの》高須《たかす》三万石の松平家。天保《てんぽう》六年（一八三五）十二月二十九日、その第十代義建《よしたつ》の六男として江戸四谷《よつや》の藩邸に生まれたかれは、弘化《こうか》三年（一八四六）四月、容敬に養子入りしたのである。

義建は十男九女を得た子福者であったが、特に男の子に優秀な者が多く、うち六人までが大名家を相続したことで知られる。

次男慶勝《よしかつ》は尾張徳川家。三男武成《たけしげ》は石見浜田《いわみはまだ》六万一千石の松平家。五男茂徳《もちなが》は初め高須松平家を相続し、慶勝隠居後の尾張徳川家を経て一橋家。六男容保は上述のとおりで、七男定敬《さだあき》は伊勢桑名《いせくわな》十一万石の松平家。八男義勇《よしたけ》は高須松平家。

幼名を銈之允《けいのすけ》といった容保は大変な美少年で、十二歳にして和田倉門《わだくらもん》内の会津藩江戸上屋敷に入った時には、

「なるほど、お子柄がいい」(相田泰三『松平容保公伝』)

と、男女ともに騒いだほどだったという。

その養父容敬の実子はすべて早世してしまったものの、ひとり養女がいた。会津藩の支藩、上総飯野《かずさいいの》二万石の保科家出身の照姫《てる》。天保三年(一八三二)十二月生まれと容保よりも三つ年上だった照姫は、同十三年五月から容敬のもとで育てられていた(佐藤正信「歴代藩主および松平家系譜」=綱淵謙錠編『松平容保のすべて』所収)。

容敬とすれば、まず照姫を将来会津藩を相続させる人物の正室に想定した上で、養子を探しはじめたのであったろう。

ところが、照姫が会津藩邸に入って一年もたたない天保十四年九月、皮肉なことが起こった。容敬の側室お寿賀《すが》の方が、敏姫《とし》を出産したのである。容保の養子入りは敏

姫四歳、照姫十五歳の時のことだから、その正室候補はふたりいたことになる。

さて、容敬はどうしたでしょうか、というとテレビの歴史クイズ番組のようになってしまうので、その後の流れを箇条書きしておく。
○嘉永《かえい》二年（一八四九）四月、照姫（十八歳）豊前中津《なかつ》藩主奥平昌服《おくだいらまさもと》と結婚。
○安政元年（一八五四）五月、照姫（二十三歳）離婚して会津藩邸へもどる。
○安政三年九月、容保（二十二歳）、敏姫（十四歳）と結婚。

残された哀しみの歌

この照姫の離婚問題に触れた研究としては、柴桂子『会津藩の女たち』（恒文社、一九九四）所収「松平照子」がある。柴さんは、

「その当時（奥平昌服に）側室がいた様子もなく、昌服は照子を大切にしていた様子がうかがえる」

として、子に恵まれなかった照姫がみずからの意思によって離婚を決断した可能性を示唆している。この研究に刺激を受け、私もちょっと調べてみたことがあったが、柴さんの調査から一歩も前へは進めなかった。

柴さんは、照姫の結婚三年目の嘉永五年（一八五二）二月に容敬が病死したことを

指摘し、こう結論づけている。

「照子は今こそ自分が容保のかたわらにいて姉として力を添え、容敬亡きあとの会津藩を守らねば、慈しんでくれた義父への恩返しができなくなると思ったのではなかろうか」

事実、照姫は会津戊辰《ぼしん》戦争開戦前に江戸から鶴ヶ城へ移り、籠城戦の間は、女たちの精神的支えとなって容保を助けつづけることになる。

この〝しっかりしたお姉さん〟タイプの照姫に較《くら》べ、私が敏姫をふしぎな人だと思ったのは、その和歌を知った時のことであった。これまた柴さんの「松平照子」によれば、照姫には『照姫和歌集』があり、その中には敏姫の詠草と照姫の評も混じっているという。

嘉永六年、敏姫十一歳の作は以下のごとし。

青柳の糸くりかへしこの春も去年《こぞ》のなげきにむすぼふれつつ

さらに、おなじ歌集の「雑之部」には「釈教を」と題して「とし姫のものや」と注記され、「いと哀《あわれ》にをかしく候」との評を付してつぎの二首が収められている由。

しらでただあらましものをうき□□とたが(誰)をしへてかなげき初《そめ》けん
たのまるる千代もかひなし立《たち》よらん松のかたえ(片枝)のかげかれしより

あらかじめお断りしておくが、敏姫は文久《ぶんきゅう》元年（一八六一）十月、わずか十九歳にして病没する運命をたどる。容保が京都守護職に任じられ、幕末の風雲に身をさらすのは文久二年十二月以降のことだから、右の二首も最初の歌とおなじく、会津藩滅亡の悲劇を詠《よ》んだものではあり得ない。

それにしても会津二十三万石のお姫さま、何不自由なく育ったであろう敏姫の、この暗く物哀しい歌風はなんなのだろうか。残された三首のうち二首までに「嘆き」ということばが使われているのは、一種異様ですらある。

私は柴さんの「松平照子」を読んでから三年間、このことがいつも心のどこかに引っ掛っていた。会津若松市へ旅し、飯盛山の白虎隊記念館に立ち寄って照姫の美しいおもざしを伝える古写真を見つめ、その遺品の数々を眺めても、敏姫はなぜあのように嘆きつづけたのかと思うと、喉に刺さった小骨がまだ取れないような気分だった。

サマセット・モームの小説では、上品ぶった女性は「羽根布団を十枚敷いた上に寝ても、その下にある豆が気になって眠れないお姫さま」によくたとえられる。だが若き敏姫の和歌には、そんな皮肉では片づけられない深い苦悩がにじみ出ている。

種痘をしなかったために

私はなおもそんな気持を曳《ひ》きずりながら、ある評伝の筆を起こそうとしていた。題して「山川家の兄弟」。『歴史と旅』に連載するこの作の主人公は、山川浩《やまかわひろし》とその弟の健次《けんじ》郎《ろう》。浩は最後の会津藩家老のひとりであり、健次郎はのちに東大総長となって「白虎隊総長」と渾名《あだな》された人物である。

まずはふたりの祖父、山川兵衛重英《ひょうえしげふさ》という名家老のことから書き出すべく健次郎の「自叙」(『男爵山川先生遺稿』所収)をひさしぶりに読み返しはじめた時、あっと私は思った。なんと、かれはこう書いているではないか。

「(祖父は)嘉永六年比《ごろ》、常府家老として江戸和田倉(門)(欠)内会津家上屋敷に居られたが、種痘《しゆとう》の善良なる免疫法である事を深く信ぜられた。其《そ》の比、敏姫、是《これ》は忠恭《まさお》公(容敬)の息女で忠誠《まさね》公(容保)の配偶者であるが、未だ疱瘡《ほうそう》前である。此の姫君に是《ぜ》非《ひ》種痘を為《な》す事を希望せられたが、時の藩医土屋一庵の強き反対ある為《た》めに、素人《しろうと》の事なれば如何《いかん》とも為《な》し難かつた」(読点筆者、以下同じ)

「祖父君はフト一策を考へられた。夫《それ》は予の姉君〈操君《みさお》＝原注〉が当時十二歳であつたのに種痘を施し、其《そ》の後痘瘡患者があると聞くと、右の操君を其の宅に遣《つか》はされたのである」

操は疱瘡患者に接すること数十回におよんだが、ついに発病しなかった。山川兵衛は、これを土屋一庵に報告。敏姫に種痘を受けてもらいたいと、あらためて要望した。

それでもこの藩医は、うなずかなかった。兵衛は残念に思いながらも引きさがった、と健次郎は書き、ついに敏姫のその後に言及する。

「然《しか》るに両三年の後、敏姫君には強き疱瘡にかゝられ、今迄《いままで》玉の如き美人も極めて見《み》悪《にく》き婦人と為《な》られた。（略）此の姫君は遂に憂鬱病《ゆううつびょう》にかゝり、其の後死去せられたのである」

私が『男爵山川先生遺稿』を神田の古書店で購入したのは、元号が昭和から平成に変わる前のこと。これまでに何度かその一部を史料として用い、エッセイに直接引用したこともある。なのにそれらの原稿の目的は敏姫以外の人物を語ることにあったため、私はこのくだりをすっかり失念していたのだった。

この事実を頭に入れてから、もう一度敏姫の和歌を読みなおしてみるとどうなるか。嘉永六年作の、「青柳の」の初句にはじまる歌は「去年のなげき」を詠んでいるから、嘉永五年二月に死亡した父容敬を偲んだ作柄と推定できる。残る二作は作製年代の不明なのが残念だが、「釈教を」すなわち釈迦《しやか》の教えを、と題したのは仏教に救いを求めてのことであろうから、こちらは「極めて見悪き婦人」となってしまった哀しみに揺さぶられて詠んだものと思われる。

まことに傷ましい結論になってしまった。

敏姫の疱瘡発病を嘉永六年の「両三年（二、三年）の後」とすると、安政二年（一八五五）か三年のことになる。三年九月に容保と結婚する直前か直後に、敏姫は女性最大の悲劇に見舞われていたのである。

そして容保も妻の死からわずか一年後に京都守護職に任じられ、滅藩と賊徒・朝敵の汚名におわる、より大いなる悲劇の舞台へ押し出されていったのだった。

第三部　幕末の波乱の陰に

薩摩藩士・海江田信義の仮病

島津久光と「鵜卿」のコンビ

遅まきながら、ごく最近になってから幕末薩摩藩のことを勉強しはじめた。薩摩藩士として生まれ、日本海軍初代の連合艦隊司令長官となった元帥伊東祐亭《いとうゆうこう》の生涯を書くことになったためだ。

伊東祐亭、通称四郎《しろう》は、島津久光の中小姓として出仕した時から史料のうちにちらほらと顔を出しはじめる。

「しまづひさみつ　島津久光　1817－87（文化14－明治20）幕末期の薩摩藩主忠義《ただよし》の父。父は斉興《なりおき》。斉彬《なりあきら》の異母弟。斉彬との家督争いに破れたが、斉彬の死後忠義が襲封《しゅうほう》し、久光は国父として藩の実権を掌握した。公武合体運動の中心として1862（文久2）兵を率いて入京し、寺田屋《てらだや》騒動により尊攘派《そんじょうは》を弾圧。一方、勅使大原重徳《おおはらしげとみ》を奉じて幕政革命を迫る。（以下略）」（『角川新版日本史辞典』）

久光が東洞院《ひがしのとういん》通り錦小路《にしきこうじ》の薩摩藩京都屋敷に入ったのは、文久二年四月十七日のこと。無断で伏見の寺田屋に集結した藩内尊攘激派に対して鎮撫使《ちんぶし》八人を派遣し、かれらを上意討ちしたのは同月二十三日のことだった。

久光はこの行動力から一躍朝廷の注目を浴び、大原重徳に供奉《ぐぶ》して国事周旋《しゅうせん》のため江戸へ下ることになったのである。重徳は六十二歳の老人ながら、

「鵺卿《ぬえきょう》」（『維新史』）

と渾名《あだな》される老獪《ろうかい》な人物。六月十日に江戸城白書院《しろしょいん》へ登城した時には、佩刀《はいとう》を脱することを断固拒否して幕府有司を驚かせた。

勅使が将軍と会見する際には、佩刀を外すというしきたりがある。これは、安政五年（一八五八）六月に時の大老井伊直弼《なおすけ》が勅許を得ずに日米修好通商条約をむすんで以来、幕権が衰微の一途をたどっていたからこそできたふるまいであった。

白書院上段の間に進んだ鵺卿が、下段の間にひかえた十七歳の徳川十四代将軍家茂《いえもち》に伝達したところは以下のごとし。

一、さる四月、伏見に擾乱《じょうらん》を起こそうとした浪士どもがすみやかに鎮圧されたのは、ひとえに島津久光の威光による。

一、しかしこれも結局は、幕府が開国して異人どもを受け入れたことに発した問題

である。されば、幕府は公武一和、国内一致のもとに攘夷の策を講ずべし。

一、その第一歩として、一橋慶喜《よしのぶ》（のちの十五代将軍徳川慶喜）と福井藩主松平慶永《よしなが》（春嶽）とを登用せよ。

このふたりは井伊直弼に隠居を命じられて政治の表舞台から引きずり下ろされてしまっていたが、世に賢侯の評判が高かった。慶喜を将軍後見職に、慶永を大老職か政治総裁職につけよ、というのは久光の考えで、鵜卿はそれを口移しに朝旨として家茂に伝宣したのだった。

江戸城に侵入した一団

ところがこのころ、鵜卿とおなじ尊王攘夷派公卿の橋本実麗《はしもとさねあきら》が、家茂夫人和宮《かずのみや》の生母勧行院経子《かんぎょういんつねこ》に寄せた手紙にはこうあった。

「此《こ》の度《たび》の勅使は島津家（久光）の願《ねがい》に依《よ》つて遣《つかわ》されたものである」（同）

おそらく勧行院経子↓和宮↓家茂と伝わったのだろう、その内容は幕府の知るところとなって、

「勅使の下向は久光の私意に出たものである」（同）

との反撥《はんぱつ》がにわかに強まり、幕府はなかなか鵜卿の伝えた朝旨に従おうとはしなか

った。

一方、久光の供として芝新馬場《しばしんばば》の薩摩藩上屋敷へ入った藩士たちのなかには、「誠(精)忠組」といわれる尊攘激派も混じっていた。西郷隆盛《さいごうたかもり》、大久保利通《おおくぼとしみち》らとともにひそかに討幕の機をうかがいはじめていたその同志のひとりに、海江田信義《かえだのぶよし》(のち子爵)がいる。

海江田は二年前の安政七年(一八六〇、三月一八日万延《まんえん》改元)三月三日の桜田門外《さくらだもんがい》の変に参加して井伊直弼の首級《しるし》を挙げた有村次左衛門《ありむらじざえもん》の兄で、示現流《じげんりゅう》の達人。木強漢《ぼっけもん》ぞろいの薩摩藩士のなかでも、ひときわ血の気の多い男である。

のらりくらりと勅旨奉答を引きのばす幕府に激昂《げっこう》した海江田は、同行の大久保利通にすさまじいことを提案した。

「久光らは勅使と共に先づ帰途に上り、余輩《よはい》(われ=筆者注)に命じて牒外《ちょうがい》(士籍を削られたる者=割注)に附《ふ》し、以《もっ》て此地《この》に残留せしめられんことを、余輩誓《ちかい》て権奸《けんかん》を斬り、以て島津の精神を遺存せんと欲す」(海江田信義述『維新前後実歴史伝』、濁点筆者)

それは最後の手段とせよ、と大久保は答えた。それでも海江田は奈良原喜左衛門《ならはらきざえもん》以下の有志十余人をひきつれ、六月二十七日午後に江戸城をめざした。海江田と奈良原は、ともに久光の供頭《ともがしら》をつとめる仲だった。

江戸城三の丸の桔梗《ききよう》門から入り、桔梗下馬から大下馬へ進むと、役人が飛んできて来意をただした。

「今日は閣老退営（下城）の鹵簿《ろぼ》（行列）を拝観せんと欲する者なり、請ふ之《これ》を許《ゆ》るせ」（同）

と答えた海江田と奈良原に、役人はいった。

「鹵簿を観るは大抵《たいてい》定日あり、所謂《いわゆる》五節句等の日に於《お》いてするを慣例とす、（略）請ふ速《すみや》かに退去せよ」（同）

ここで、海江田は粘った。薩摩藩供頭をつとめる身として、御老中たちの行装をよく知っておかないと後日礼を失することになりかねない。ゆえに、たって拝観いたしたい。

役人は困ってしまい、徒目付《かちめつけ》に聞いてくる、と言い置いて去っていった。やがて徒目付の姿が見えた時、海江田は一芝居打つことにした。

「海江田忽《たちま》ち腹痛と称して地上に倒れ、所持の両天傘（日傘兼用の雨傘）を窄《すぼ》めて之に枕し、故《ことさ》らに横臥《おうが》して苦悶《くもん》の状を為《な》す」（同）

ちゃっかり傘を枕代わりにしたのは、髷《まげ》が汚れないようにと計算したためか。そこまでは気づかず役人が狼狽《ろうばい》すると、海江田はなおも仮病をつかいながら告げた。

「余平生多病にして、時時激痛を感ずることあり、姑《しば》らく神気を安んぜば則《すなわ》ち癒へ《ママ》なん」（同）

今日の感覚からすれば、奇怪なデモンストレーションをしたものだという一言で片づけたくなるところだが、そうではない。

前述のように、桜田門外の変の発生はまだわずか二年前のこと。この文久二年一月十五日には水戸浪士たちが坂下門外《さかしたもんがい》の変を起こし、老中安藤信正《のぶまさ》の背に負傷させたばかりだから、海江田の城内侵入は老中久世広周《くぜひろちか》、板倉勝静《いたくらかつきよ》らに不安を感じさせつつあった。下馬先に居据《いす》わった薩摩藩士たちは、自分たちの下城を待って襲撃に移るつもりなのではあるまいか……。

生麦事件への道

久世たちは、七つ刻（午後四時）に下城時がきたことを示す太鼓が鳴っても城内を動かなかった。

「竢《ま》つこと終《つい》に日没に及ぶ」（同）

という状況になったので、海江田たちもやむなく引きあげることにした。記録にはないものの、おそらくかれは、

「いや、ようやく腹痛がおさまり申した」

とかなんとかいって、けろりとして立ち上がったのだろう。

そしてこのデモンストレーションは、予想外の効果をあらわした。翌二十八日、幕議はついに朝旨を受け入れることに決定したのである。

春秋の筆法にならうならば、海江田信義の仮病によって鶺卿こと大原重徳と久光のコンビは、出府の目的を達成したことになる。ならば久光としては、いったん京にもどって天皇に国事周旋の首尾を上奏しなければならない。

鶺卿より一日早く出発することになった一行が、東海道をめざしたのは八月二十一日のこと。この日は品川から六里半上って程《ほど》ヶ《や》谷に泊る予定の一行は、八つ刻（午後二時）にその手前の生麦《なまむぎ》村に差しかかった。

旅行中、海江田信義と奈良原喜左衛門とは一日交代で供頭をつとめるシステムで、この日の当番は奈良原だった。奈良原は久光の乗る長棒引戸の垂物のかたわらを歩き、非番の海江田は駕籠《かご》におさまって行列の先頭にあった。

「生麦を通過するや、外国人四名三人は男子一人は婦人、馬に騎して前途より馳《は》せ来《きた》るに会す」（『薩藩海軍史』中巻）

駕籠のなかの海江田がこれを見過ごしたため、供先を割って行列に馬を乗り入れてしまった四人は、久光の乗物から「十数間許《ばか》り」(同)の距離にまで近づいた。

即座に走り出してこれに迫り、

「其《その》無礼を叱したる奈良原は二尺五寸の近江大掾藤原忠広《おうみだいじょうふじわらただひろ》の一刀を以て、彼《か》れ(リチャードソン)の左肩より斜めに、即ち肋骨《ろっこつ》より腹部に切り下げ、血潮の分れて迸出《へいしゅつ》したるは、輿《こし》側よりも見ることを得たりと云ふ」(同)

リチャードソン以外の三人は、逃れることに成功した。これを追って行列の先頭まで走った黒田清隆らから後方で起こった異人斬りを報じられ、海江田もすぐ引き返した。

リチャードソンはすでに落馬し、路傍の掛茶屋の陰に倒れている。なにごとか哀願するこのイギリス人に、

「今楽にしてやる」(同)

と答えた海江田は、脇差で心臓に止《とど》めを刺した。

海江田・奈良原の老中襲撃も辞さない〝凶暴性〟を考えあわせると、リチャードソンは武家の作法に無知だったとはいえ不運過ぎたとしかいいようがない。

新選組・松山幾之介の行方

足利三代木像梟首事件から

岡山へは、四回ほど取材旅行に出かけたことがある。

うち一度は「袖の火種」（『槍弾正の逆襲』所収）という戦国ものの短篇小説を書くためだったが、その時立ち寄った岡山市立図書館で荒木祐臣著『備前藩幕末維新史談』という本を見つけた。その中に岡山で斬られた新選組隊士松山幾之介《まつやまいくのすけ》に関する記述があったので、つぎには幾之介の調査におもむいたのである。

このあまり知られていない隊士のことを、新人物往来社編『新選組大事典』は次のように解説している。

「まつやま　いくのすけ　松山幾之介（？～元治《げんじ》元・七・六）新選組隊士。入隊時期は不明。元治元年六月ごろ、備前藩の内情を探索するため密偵として岡山に出張するが、正体が露見し、斬殺。翌日、梟首《きょうしゅ》される」

要するに、姓名と死に方以外は何もわからない人物、ということである。それにしても新選組は、なぜ元治元年（一八六四）六月の時点で備前岡山藩の「内情を探索」する必要があったのだろうか。それについて考えるには、まず文久三年（一八六三）に発生した「足利《あしかが》三代木像梟首事件」を見ておかねばならない。

同年二月二十三日、三条《さんじよう》大橋の下の河原に、本来は洛北の等持《とうじ》院霊光殿《いんれいこうでん》に安置されているはずの足利初代将軍尊氏《たかうじ》、同二代義詮《よしあきら》、同三代義満《よしみつ》の人形の首を抜き取って晒《さら》した者がいた。そのかたわらに立てられた捨て札にいう。

「大将軍織田（信長）公により、右の賊統断滅し、いささかは愉快というべし。然《しか》るに、それより爾来《じらい》今世に至り、この奸賊に超過し候ものあり（略）、もしそれらの輩《やから》、ただちに旧悪を悔い、忠節をぬきんでて（略）、朝廷を輔佐《ほさ》し奉り（略）、積悪を償《つぐな》うところなくんば、満天下の有志追々《おいおい》大挙して、罪科を糺《ただ》すべきものなり」（山川浩『京都守護職始末』東洋文庫版）

下手人が開国政策を採る徳川幕府に批判的な尊王攘夷の志士たちであることは、一見してあきらかである。京都守護職の地位にある会津藩主松平容保《かたもり》が家臣たちに犯人追及を命じると、三日後の二十六日夜、以下のような志士たちが一網打尽となった。

信州岩村田《いわむらだ》藩士青柳健之助《あおやぎけんのすけ》、同藩脱藩角田由三郎《かくたよしざぶろう》、江戸の国学者師岡節斎《もろおかせつさい》、京の商人絹屋《きぬや》郁三郎《いくさぶろう》、丹後宮津《みやづ》の豪農小室利喜蔵《こむろりきぞう》、伊与松山の神職三輪田綱一郎《みわたつないちろう》、下総相馬《そうま》の国学者宮和田勇太郎《みやわだゆうたろう》、因幡鹿野《いなばしかの》藩士石川一《いしかわはじめ》、水戸の藩儒中島錫胤《なかじまますたね》、備前岡山藩士野《の》呂久左衛門《ろきゅうざえもん》（御家人高松平十郎《たかまつへいじゅうろう》は斬死、因幡鹿野藩士仙石佐多雄《せんごくさたお》は自刃）。

新選組隊士を派遣した理由

松平容保が重視したのは、一味に備前岡山藩士と因幡鹿野藩士が加わっていたことであろう。私がそう考えた理由を、松山幾之介を主人公とした拙作「密偵きたる」（『禁じられた敵討』所収）では以下のように説明しておいた。

「岡山藩池田《いけだ》家三十二万石と因幡鳥取藩の支藩にあたる鹿野藩池田家三万石とは同族であり、この同族には、むろん鳥取藩池田家三十五万五千石もふくまれている。これらが一気に尊王攘夷を藩論とし、その急先鋒である長州藩と提携したりしたならば、すでに開国に踏み切っている幕府にとって一大脅威となりかねない。

そこへもってきて岡山藩主池田慶政《よしまさ》は、水戸藩主徳川斉昭《なりあき》の九男九郎麿あらため茂《もち》政《まさ》を養子とし、ただちに家督を相続させた。水戸藩といえば長州藩とならぶ尊王攘夷の旗頭だから、ここにおいて容保の不安は現実となったのである」

新選組は、会津藩お預かりの佐幕派浪士集団にほかならない。新選組が松山幾之介に岡山藩の内情を探索してくるよう命じたのは、容保の意を体してのことであったろう。

この幾之介は年齢、出身地その他一切不明の人物だが、私は岡山の出に違いないと見当をつけて取材をはじめた。岡山城下に土地鑑《かん》がなく、また藩士中に知人がいなければ内情探索は至難の業《わざ》だからである。

すると案の定、渡辺知水『贈正五位　岡元太郎伝』（昭和十七年刊、ガリ版刷、岡山県立図書館蔵）のうちに「松山は岡山の者であり」という記述を発見することができた。

しかし岡山大学図書館に足を運び、「奉公書」として一括されている岡山藩士名簿を検索しても、松山幾之介の名は出てこなかった。その理由としては、変名しての入隊と士分の者ではなかった可能性とが挙げられるが、おそらくは後者であろう。前述したように、幾之介は岡山に潜入してまもなく正体を見破られて斬に処されている。そうであってみれば、斬殺者たちは「松山幾之介と変名した○○を斬った」と宣言してもよいのに、ただ「松山幾之介を斬った」という史実だけが伝わっているからである。

さて幾之介の潜入は、肥後《ひご》勤王党の領袖《りょうしゅう》宮部鼎蔵《みやべていぞう》の察知するところとなり、岡山の同志岡元太郎、小原澄太郎らにあらかじめ通報されていたのであった。

「（岡たちが）万全の用意をして待っていたところ、果たして同月（六月）下旬、太宰《だざい》府《ふ》奉幣使《ほうへいし》梅谷中将一行に交じって怪しい者が潜入して来た。

岡元太郎は、直ちに同志安井三寅（万右衛門＝原注）に命じて尾行させてみると、森下町の旅籠《はたご》に宿をとって居るとの事、亭主にその素性を尋ねると、最近上方より来た商人松山幾之介と言う者、更に見張っていると備前藩士井上久馬介《くまのすけ》が最近この宿に出入りしている事も判明した」（『備前藩幕末維新史談』）

岡元太郎とは、足利三代木像梟首事件に参画していた野呂久左衛門の家来である。かれらから順逆の理を説かれて井上久馬介が裏切ったため、七月六日夜、久馬介に案内されて東山《ひがしやま》峠の茶屋中島屋に遊んだ幾之介は、その帰途、奥市《おくいち》というところに待ち伏せた岡たちに襲われて絶命したのだった。

その首は御成橋《おなりばし》近くの藪《やぶ》ヶ鼻《はな》という地点に晒《さら》されたため、

「胴は奥市、首や藪ヶ鼻、歯節《はぶし》（歯茎《はぐき》）剝《む》いたる御成橋」

と歌われた。かれは無念の形相凄《ぎょうそうすさ》まじく、歯茎を剝き出していたのだろう。

このように、氏素姓も定かならぬまま歴史の闇に消えていった男たちの多いことが、幕末史の大きな特徴のひとつである。

しかし、おのれの佐幕の信念にもとづき、危険な任務をあえて引き受けて死んでいった者もいたことを書いておく作家がひとりぐらいはいてもよいだろう。私はそう考えて、「密偵きたる」を書きはじめたことを今もよく覚えている。

めぐる因果

この作はわずか四十五枚の短篇にすぎなかったが、脱稿したあとも私の心に重い何かを残すことになった。というのも、尊王攘夷の信念から幾之介斬殺に関与した男たちにも、その後非命に斃《たお》れた者たちが少なくなかったからである。

幾之介の岡山潜入は元治元年六月下旬のことだったというが、この年の六月五日夜に京都では池田屋事変が起きている。京にあって幾之介の出発を岡たちに急報した宮部鼎蔵は、この日池田屋で新選組局長近藤勇《こんどういさみ》以下の御用改めに遭《あ》い、乱戦のうちに自刃して四十五歳の生涯を閉じている。

対して岡元太郎は、この時まだ二十九歳。足利三代木像梟首事件には野呂久左衛門とともに加わっていて、梟首台になぞらえた板の台を造ったのもこの岡であったという。

明けて元治二年（一八六五、四月七日慶応改元）となったころ、岡は美作《みまさか》国久米《くめ》郡の慈教院《じきょういん》へきた三人の土佐勤王党の者たち――千屋金策《ちやきんさく》、井原応輔《いはらおうすけ》、島浪間《しまなみま》と行動をともにしていた。島浪間は文久三年八月の天誅組《てんちゅうぐみ》の挙兵に参加、南大和五条《みなみやまとごじょう》の代官を斬ったものの、松平容保の追討を受けて長州藩へ逃れていた男。その長州藩も幾之介の死から半月も経たないうちに禁門《きんもん》の変（蛤御門《はまぐりごもん》の変）を起こして惨敗したため、尊攘勢力を再結集すべく美作に遊説にきて岡と知り合ったのである。

だが資金がつづかなくなり、二月二十一日の夜、四人は近在きっての金持ちとして知られる勝南郡《しょうなんぐん》百々《どうどう》村の造り酒屋池上文左衛門を訪問、軍資金を出してほしいと申し入れた。文左衛門の答えは、かれらには意外なものであった。

「あなた方は勤王のためと申されるが、勤王とはまさか金を無心することではありますまい」（作東町の歴史編纂室編『新編作東町の歴史』）

と、かれは四人を乞食《こじき》扱いした。

怒った千屋金策が抜刀すると、いち早く外へ走った池上家の番頭が半鐘《はんしょう》を鳴らし、強盗だ、強盗だと触れまわる。四人は集まってきた村人たちに追われて東方五里の土《ど》居《い》宿近くまで逃れたが、関所役人は関所を鎖《とざ》して村人たちとともにかれらを引っ捕えようとした。

激昂した岡元太郎は、その役人のひとりを一刀のもとに斬り捨てた。むろん、幾之介の血を吸った大刀によってである。血相を変えた関所下役たちが火縄銃の筒先を向けてきたので、ここに四人は万事休した。

手近の松の根かたに座った岡は、腹をくつろげながらいった。

「われわれは事こころざしと違い、このような片田舎で強盗の汚名を着て死ぬ。せめて首だけでも笑顔でありたい。千屋うじ、笑っているうちに首を落としてくれ」(同)

千屋金策が介錯すると、落ちた首は本当に笑っていたという。つづけて残る三人も死んでいったが、のちに四人は勤王の志士だったとわかり、次のように歌われた。

「西に百々の酒屋がなけりゃ、若い侍ころしゃせぬ」(同)

いずれも、哀切な話ではある。

池田屋事変余波

加賀百万石の若殿の登場

「大風が吹けば桶屋が喜ぶ（もうかる）」

という屁理屈は、つぎのように展開する。

「大風が吹けば砂ぼこりのため盲人が多くなり、盲人は三味線を習うから猫の皮の需要が増し、そのため猫が殺されるから鼠《ねずみ》がふえ、鼠は桶をかじるので桶屋が繁盛する」（『故事・俗信ことわざ大辞典』）

今回はそのひそみに倣《なら》い、「新選組が池田屋に斬りこむと、加賀百万石の若殿が泣いて金沢へ帰っていった」という話をしよう。

元治元年（一八六四）六月五日夜、局長近藤勇、副長土方歳三《ひじかたとしぞう》をはじめとする新選組の約三十人が三条小橋たもとの旅籠池田屋におもむき、尊攘激派多数を討ち取ったことはよく知られている。

新選組ファンは沖田総司《おきたそうじ》の喀血《かっけつ》、藤堂平助《とうどうへいすけ》の負傷その他に胸を痛めるが、尊王攘夷の最先鋒たる長州藩にとってこの事変は、吉田稔麿《よしだとしまろ》、杉山松助《すぎやましょうすけ》、吉岡正助《よしおかしょうすけ》、広岡浪秀《ひろおかなみひで》、福原乙之進《ふくはらおとのしん》らを死なしめた一大痛恨事にほかならなかった。

時代はさる文久三年（一八六三）八月十八日の政変によって公武合体派有利の時期に入っており、長州藩は公式に入京を禁じられているという退潮期にある。

その長州藩庁へ池田屋事変の凶報が入ったのは、九日後の六月十四日のこと。公武合体路線を推進する京都守護職松平容保《かたもり》と中川宮《なかがわのみや》を討て、と主張する強硬な進発論が渦まいていた長州藩はこれに激怒し、遠征軍を京に送って本格的合戦を挑んだ。

その結果が元治元年七月十九日に勃発した禁門の変（蛤《はまぐり》御門の変）だから、ここまでを整理すると「新選組が池田屋へ斬りこんだため、長州藩が禁門の変をひきおこした」ということになる。これは幕末史の常識であって、屁理屈でもなんでもない。

ではこのへんで、「加賀百万石の若殿」に登場してもらおう。

加賀百万石、より正確にいえば加賀金沢百三万石の第十三代当主は前田斉泰《なりやす》。若殿とはその嫡男で、のちに加賀藩の最後の藩主となる慶寧《よしやす》三十五歳のことである。

「慶寧英明にして経世の才あり」

と『石川県史』にあるが、この評がきわめて疑わしいこともおいおいあきらかになるだろう。

強気と弱気が交錯して

慶寧が幕末の風雲に棹《さお》さそうという野望に燃えて上洛したのは、元治元年五月十日のことであった。加賀藩士はいっさい他藩の者たちと交際してはならない、という閉鎖的な藩風の中で育ったからだろうか。かれは前年五月に馬関《ばかん》（下関）でアメリカ商船に無差別砲撃を加えた長州藩の攘夷実践を、高く評価する立場をとっていた。

そんな無邪気な加賀の若殿の登場は、攘夷など不可能と悟っている幕府には迷惑この上ない。そこで幕府が出京不要と通達したにもかかわらず、

「上京せよとの朝命を拝しましたる以上、西上しないわけにはまいりませぬ」

と慶寧は強気に反論し、あえて入京してきたのだった。かれは幕府からの使者に、こんな現実離れしたことも申し入れた。

「幕府にして先づ攘夷を決行するに非《あら》ずんばその職務を遂行する能《あた》はず」（『石川県史』）

英米仏蘭四ヵ国の連合艦隊が、長州藩の砲台を報復攻撃して完勝したのは文久三年五月から六月にかけてのこと。以後、長州藩内部においても「攘夷」は「討幕」の建

前に過ぎなくなりつつあったことを思えば、慶寧はかなりの石頭、といって悪ければ可愛らしいまでのロマンティストだったといえようか。

この若殿に尊王攘夷思想を吹きこんだのは、不破富太郎《ふわとみたろう》、青木新三郎《あおきしんざぶろう》、大野木仲三郎《おおのぎちゅうざぶろう》の側近三士だった。

「三士は加賀藩の勤王党を代表するの地位に在《あ》りしを以て交遊日に加《くわわ》り、就中《なかんずく》長藩の桂小五郎《かつらこごろう》（後木戸孝允《のちきどたかよし》＝割注）、吉田稔丸《よしだとしまる》（稔麿＝筆者注）、杉山松斎（松助＝同）と往復し」（同）

とあるところを見ると、かれらは池田屋事変前夜から長州藩とひそかによしみを通じていたようだ。京都における長州藩邸と加賀藩邸とは河原町《かわらまち》通りの隣同士だから、ゆききするのは簡単なことだったかもしれない。

ところがすでに見たごとく、尊攘派の池田屋における〝蹶起《けっき》集会〟は大失敗におわった。慶寧は禁門の変前夜まで幕府と長州遠征軍との調停をこころみるが、これもまったくの空振りつづき。失望した慶寧に、幕府が命じたのは伏見の警衛であった。

七月十九日に禁門の変をおこすまで、長州からの遠征軍主力は伏見に腰を据《す》えていた。幕府は長州勢の正面にそのシンパの加賀勢を出すことにより、毒をもって毒を制する策を立てたのだ。

これに慶寧は困ってしまい、伏見出陣を辞退したあげく十九日の午後四時過ぎに東山建仁寺《けんにんじ》の本陣を出発。京では応仁の乱以来の大戦争が始まりつつあるというのに、大津の宿まで逃れてしまった。

この時、不破富太郎ら加賀藩勤王党と長州勢との間には、つぎのような密約があったと『石川県史』はいう。

「長藩乃《すなわ》ち富太郎等に嘱《しょく》して曰《いわ》く、戦端一たび開く時は鸞輿《らんよ》（天皇の輿《こし》）を洛外に奉ずるの要あるを予期せざるべからざるも、これを移し奉るべき地なきに苦慮せしが、幸にして加賀藩には江州今津《ごうしゅういまづ》の所領あるを以て、願はくは先《ま》づかの地に軍を退け、鳳輦《ほうれん》（鸞輿におなじ）の至るあらば迎へて之を守護せらるべく、又若《も》し戦状我に不利にして援軍を貴藩に求めば敢《あ》へて一臂《いっぴ》の力を仮すを吝《お》む勿《なか》れと。富太郎等之を諾《だく》し、密かに慶寧に告げてその許可を得たり」

池田屋での謀議には農民のせがれ大中主膳十六歳、正親町《おおぎまち》家の元家臣森主計《もりかずえ》十八歳といった無名の少年たちまで加わっていたのに、加賀藩勤王党はひとりも出席していなかった。それを思うとこのような密約があったとは信じがたい気もするが、いまそれは問わない。

周知のように、禁門の変は長州勢の一方的敗北におわった。天下の賊軍と決した長州藩に同情的だったばかりか、その追討にも加わらず退京してしまったのだから、加賀百万石の面目は丸つぶれである。
この飛報が金沢城に伝わるや、慶寧廃嫡の主張まであらわれる始末。藩主前田斉泰もせがれの不始末に愕然《がくぜん》とし、問責の使者を放った。
「慶寧が事変に臨みて退軍したるは、啻《ただ》に禁闕《きんけつ》(禁裏)守衛の重責を尽くさゞるものなるのみならず、難を避けて易《やすき》に就《つ》くの譏《そしり》を免《まぬか》れず。実に武門の一大瑕瑾《かきん》たるを以て、速かに再び入京してその任に服すべしと」(同)
特に問題視されたのは、長州勢の開戦と慶寧の退京とが同日中におこなわれたことであった。先の密約うんぬんは別としても、朝幕両者から加賀藩は長州藩と結託していたとみなされてもやむを得ない。

白手拭いで涙を押さえ

ここに至って斉泰は、大鉈《おおなた》をふるう肚《はら》を固めた。

慶寧に金沢へ帰国して謹慎するよう命じたかれは、返す刀で家老として慶寧の供をしていた松平大弐《だいに》に切腹を命令。おって不破富太郎、青木新三郎、大野木仲三郎以下六名を死罪に処し、ほかの者たちもそれぞれ処罰することにしたのである。

流刑三人、永牢四人、閉門二人、永世主人預かり入獄一人、公事場内禁錮《きんこ》三人、逼《ひっ》塞《そく》一人、譴責《けんせき》二十一人。

死罪を命じられた福岡惣助《ふくおかそうすけ》は首ではなく生胴《いきどう》を切られたほどだから、斉泰の怒りのほどが察せられる。裏を返せば慶寧の軽挙妄動は、斉泰をしてここまでしなければ加賀百万石といえど存亡の危機に瀕《ひん》する、と感じさせるほどの事態をさしまねいたということだ。

「慶寧英明にして経世の才あり」

ということばに、私が首を傾げたくなるのも少しはおわかりいただけただろうか。

ともあれこうして慶寧は、八月十一日に大津から移っていた海津の本陣を出立《しゅったつ》。松平大弐はこれを見送ってから、自分の宿舎正行院《しょうぎょういん》にもどって切腹することになった。

その一部始終は、最後まで松平大弐につかえていた佐川良助の日記に記されている。この「佐川良助日記」によれば、致命的な失着を仕出かした若殿と、その責任を取らされることになった家老との別れの場面は以下のごとし。

「公（慶寧）には尊顔を（駕籠の）簾外《れんがい》へ御出し被遊《あそばされ》、白御手拭もて御涙を押へさせられ、君（大弐）の御姿の見ゆる限り御目送被遊たる御様子に、御供の人々不審に堪へざりし由」

供たちが「不審」に思ったのは、松平大弐がこれから切腹するとはまだ知らなかったためだろう。

この松平大弐をはじめとする慶寧側近たちの一大粛清劇は、加賀藩政史の上では「元治の変」と呼ばれている。池田屋事件の結果、禁門の変が発生し、つづけて慶寧が元治の変をひきおこした、という流れになる。

「新選組が池田屋に斬りこむと、加賀百万石の若殿が泣いて金沢へ帰っていった」

と、冒頭に書いた理由はこれで説明できたと思うがいかがだろうか。

「アメリカが咳をすると、日本が風邪を引く」

ということばもあるようだが、歴史は時に玉突き事故の集積のような観を呈することがなくもない。

最後の将軍・徳川慶喜の出処進退

恭順・謹慎の評価をめぐって

数年前、長部日出雄さんがさる雑誌に発表したユーモア小説を読んでいて、思わず笑ってしまったことをよく覚えている。

その小説の主人公は作家で、時に依頼されて講演をすることがある。ある日いつものように登壇して話しはじめると、聴衆のひとりが叫んだ。

「その話は、もう聞いた！」

かつておこなった講演とおなじことを話しつつあったその作家は、ギクリとして以後講演恐怖症になってしまう、という筋だった。

そんなことからこの小文を始めるのは、かくいう私自身も、今回のテーマである徳川慶喜《よしのぶ》についてはすでに何度か論じたことがあるからだ。なのになぜまた慶喜をとりあげるのか、という理由は後述にゆだねることにし、まずは徳川最後の将軍となったこの人物のプロフィールから押さえてゆこう。

「とくがわよしのぶ　徳川慶喜　1837―1913（天保8―大正2）江戸幕府15代将軍。（略）父は水戸藩主徳川斉昭《なりあき》、母は有栖川宮《ありすがわのみや》吉子。（略）1847（弘化4）9月に一橋家を相続（略）、ペリー来航後、将軍継嗣として一橋派によって推された（注略）が、'58（安政5）大老井伊直弼を面責したため隠居謹慎。'62（文久2）許され一橋家を再相続、将軍後見職、翌々年3月、禁裏守衛総督。'66（慶応2）7月14代将軍家茂《いえもち》の死に伴って、徳川宗家を相続、同年12月に将軍就任。この間、幕府本位の公武合体姿勢で条約問題・幕長戦争（幕軍による長州追討戦＝筆者注）などに対処。（略）しかし、幕府を支えきれず'67 10月に大政奉還。'68 1月、鳥羽・伏見の戦いで敗北後、江戸にもどり恭順・謹慎、'69（明治2）に許され'88に従一位」（『角川新版日本史辞典』）

要するに慶喜が幕末維新史において果たした役割としては、一に大政奉還をおこなってみずから徳川政権の幕引き役をつとめたこと、二に戊辰戦争が開戦となってまもなく新政府軍への抗戦を諦《あきら》めたこと――以上二点が挙げられる、ということである。かたち（結果）はまことにその通りだから、私があえて口を出すまでもない。

だが右の「二」の部分をどう評価するかは、まったく別の問題だろう。私が最近読んだ歴史学者某氏の文章は、慶喜の〝早期撤退〟を高く評価する立場から書かれていて、つぎのような論旨を展開していた。

①　もしも慶喜が鳥羽伏見の戦い以降も大坂城に踏みとどまり、旧幕府勢を指揮しつづけていたら事は簡単にはゆかなかった。

②　しかるに慶喜が突然、しかも完全に手をひいたため、混乱は生じなかった。

③　太平洋戦争中に慶喜のような指導者がいたら、遅くとも昭和十七年（一九四二）六月のミッドウェー海戦の惨敗直後に撤退をはじめただろう。

④　そうすれば、日本人約三百万人の命と財産が失われずにすんだと思われる。

「総司令官の敵前逃亡」は銃殺の刑

私はこの文章を一読した時、驚きを禁じ得なかった。しかもその驚きの質は、残念ながら「目から鱗《うろこ》が落ちた」という表現からは遠く隔たるものであった。

②と③との間に「このときの慶喜の行動は評価が大きく分かれる」という意味の文章がはさまれているにせよ、私が①から④までの論旨のなかですんなり理解できたのは、わずかに①しかなかった。鳥羽伏見戦争における新政府軍（薩長勢）の兵力は五千、会津・桑名《くわな》両藩をふくむ大坂城の旧幕府勢は一万五千というのが定説だから、①にはなんの問題もない。

対して私が首をひねったのは、なにゆえに②のごとき論理が断定的に述べられるのか、という点である。

③は②を前提とし、④は③の仮定を踏まえた「歴史上のもしも《ヒストリカル・イフ》」といえる。日本が昭和十七年六月以降、アメリカないし連合国に対し、

「ミッドウェーで大敗したから講和したい」

と申し出たとて先方が快諾して下さったとはとても思えないが、とりあえず本稿では「慶喜が突然、しかも完全に手をひいたため、混乱は生じなかった」のかどうかを検証してみよう。

慶応四年（九月八日明治改元）一月三日に始まった鳥羽伏見戦争は、緒戦から新政府軍が優位に立った。しかし、

「慶喜公四日の朝を以《もっ》て大坂の薩邸を討伐すべきを命ず」（『会津戊辰戦史』）

と明記する史料があることから見ても、「四日の朝」の時点で慶喜に恭順・謹慎の気持はまだめばえていなかった。

五日もその気配は変わらず、慶喜は時刻不明ながら大坂城の一室に会津藩主松平容保《かたもり》、桑名藩主松平定敬《さだあき》および旧幕府諸将をまねいて叱咤激励している。いわく、

「事已《すで》に此《ここ》に至る縦令《たとえ》千騎戦歿《せんぼつ》して一騎と為《な》ると雖《いえど》も退くべからず、汝等《なんじら》宜《よろ》しく奮発

して力を尽すべし、若《も》し此《こ》の地敗るゝとも関東あり、関東敗るゝとも水戸あり、決して中途に已《や》まざるべし」（同）

さらに六日、諸有司、隊長たちが慶喜自身の出馬のもとに大反攻に出ることを願うと、かれは大広間に出座して答えた。

「よし是《これ》より直《ただ》ちに出馬せん、皆々用意せよ」（『徳川慶喜公伝』）

諸有司、隊長たちは躍り上がって持ち場へ散っていった。

慶喜が豹変するのは、その夜のこと。四つ刻（十時）に松平容保・定敬、老中酒井《さかい》忠惇《ただとし》（姫路藩主）、おなじく板倉勝静《いたくらかつきよ》（備中松山藩主）らを集めた慶喜は、一同が庭でも散歩するのかと思ってちり紙ももたずに従うと、羽織袴のままひそかに後門から忍び出た。衛兵に誰何《すいか》されると、慶喜自身が答えた。

「御小性《姓》の交替なり」（同）

こうしてまんまと大坂城から敵前逃亡したかれは、八軒家から小舟を天保山《てんぽうざん》沖へ漕《こ》ぎ出したものの暗い海に迷ってアメリカの軍艦に一泊。七日にようやく旧幕府海軍旗艦開陽丸《かいようまる》に乗りうつり、江戸城をめざしたのである（十一日、品川沖到着）。

②のいうようにこれはあまりに「突然」の行動ではあったが、「完全に手を引いた」と表現しては言い過ぎになる。

慶喜は将軍職を返上したとはいえ徳川家当主であって、旧幕府およびその陸海軍はなおもその掌握下にあった。すなわち旧幕府軍総司令官の地位にあるかれが「完全に手を引いた」といってよいケースは、総司令官の職務をだれかに譲った場合か、旧幕府軍の全兵士に停戦を命じた場合のみである（昭和二十年八月十五日の玉音放送を想起されたし）。

そのいずれの方策をも採らず、側近たちに意思を伝えることすらもなく江戸へ東帰したのは「総司令官の敵前逃亡」に相当する。「総司令官の敵前逃亡」は、近代国家の常識でいえば、軍法会議を経るとはいえ即刻銃殺の大罪である。

停戦命令を出せた立場

つぎに「混乱は生じなかった」かどうか。

まずは、当時大坂城内にいた幕臣福地《ふくち》源一郎《げんいちろう》（のち桜痴《おうち》）の回想から、――。

「正月七日の朝六時半頃（略）、此時敗兵は既に城内に帰り、御玄関より御座敷に渉《わた》りては会桑《かいそう》および諸隊の幕兵みな屯集《とんしゅう》して更に秩序も無く、況《まし》て中の口（文武諸役人の昇降口＝原注）の如き（は）雑人体のものが草鞋《わらじ》の儘《まま》にて昇降なし其混雑は一方ならず」（『懐往事談』）

にわかに指揮系統が消失してしまい、いそぎ和歌山の浦々から船を雇って東帰した旧幕府勢ないし佐幕派諸藩士の憤懣《ふんまん》やる方ない姿は、『鬼官兵衛烈風録』（角川文庫）、『遊撃隊始末』（文春文庫）、『闘将伝』（同）などに詳しく書いたので、ここではくりかえさない。それにしても、九日早朝、新政府軍が空城《あきじろ》と化した大坂城へ乗りこむと、

「時ニ城中火起リ、焚焼翌日ニ至ル」（『復古記』第一冊）

という今日も原因のよくわからない大事件も発生した。これは「混乱」ではないのだろうか。

さらにいえば、慶喜が慶応四年二月十二日に江戸城を出、恭順・謹慎の態度を鮮明にしたことはその後の戊辰戦争の経過とあわせ見る必要がある、と私は考えている。戊辰戦争とは、

「鳥羽・伏見の戦い、上野戦争、北越戦争、東北戦争、箱館戦争（五稜郭《ごりようかく》の戦い＝原注）からなる」（『角川新版日本史辞典』）

『戊辰殉難追悼録』（会津弔霊義会）によれば、この戊辰戦争に賊徒の汚名のもとに戦死した旧幕府側の兵たちの数は、会津藩三千十四名を別にして徳川氏臣属一千五百五名、仙台藩一千余名、二本松藩三百三十六名、庄内藩三百二十二名、長岡藩三百十

名。以下は省略せざるを得ないが、「概略四千六百五拾余名」とされている。

しかし、もしも慶喜が五月十五日の上野戦争勃発以前に彰義隊《しょうぎたい》を、北越戦争以前に長岡藩家老河井継之助《かわいつぎのすけ》を、会津鶴ヶ城の籠城戦開始前に松平容保を、五稜郭《ごりょうかく》へ脱出する前に榎本武揚《えのもとたけあき》を制止していたらどうなったか。私は以上の者たちが最後の将軍の命を奉じ、ほぞを噬《か》みながらも停戦に踏み切った可能性は大だと思う。

なのにまったく講和の使節たらんとする気持もなく、わが身可愛さのあまりひたすら恭順しつづけた慶喜こそ、「概略四千六百五拾余名」の死に対してなんらかの責任を取るべきであった。

慶喜が太平洋戦争の指導者だったら三百万人の命が助かった、という議論はまことに奇怪至極である。

白虎隊を襲った盗賊

生き返った飯沼貞吉

会津若松市の飯盛山《いいもりやま》といえば、慶応四年（一八六八、九月八日明治改元）八月二十三日に十六歳と十七歳の少年たちで編制された会津藩白虎二番士中隊の十九士が、すでに鶴ヶ城は落城したと思いこんで自刃したところとして知られている。

大正十四年（一九二五）この飯盛山を整備して白虎隊広場を造営し、参道をも設けたのは、時の若松市長で拙作『二つの山河』（文春文庫）の主人公松江豊寿《まつえとよひさ》と会津出身の男爵山川健次郎《やまかわけんじろう》の力であった。ところが近年その広場の石垣と参道に老朽化がめだつため、財団法人会津弔霊義会は霊域再整備をめざして募金活動を大々的に展開した。筆者もこれに応じたひとりだが、すると先頃会津弔霊義会から、『飯盛山白虎隊霊域整備事業報告書』と題した立派な冊子が送られてきた。

何気なくその報告書をひらいた筆者は、思わず唸《うな》った。募金目標額は二千五百万円とされていたが、なんとそれを大幅に上まわる四千三百五十二万数千円が集まったというのである。会津人が白虎隊の少年たちに寄せる思いの丈を、これほど如実に示す数字はかつてなかったのではあるまいか。

ところで、この白虎二番士中隊の十九士が飯盛山で自刃するまでの行動は、脇差で喉《のど》を突いたにもかかわらず蘇生してしまった隊士飯沼貞吉《いいぬまさだきち》（のち貞雄）の回想によって判明したのであった。貞吉は会津藩足軽印出新蔵《いんでしんぞう》の妻はつに発見され、助けられた時の模様を次のように語り残している。

「咽喉《のど》の傷口に手を当てゝ起き上り、婆さん（印出はつ）に扶《たす》けられ飯盛山の麓《ふもと》の叢《くさむら》まで下がつたのが（二十三日の）日の暮れ方、今の五時頃か。

『此処《ここ》にて暫《しばら》く御待ち遊ばせ、一応城下の様子を見届けて参りますから……。』

と、婆さんは急ぎ足にて城下を指して立ち去つた。（略）夕陽既《すで》に沈んでも婆さんが帰つて来ない、此時《このとき》までは銃砲声が絶えず起つて居る筈《はず》であるが一向覚えがない、只《ただ》傷の痛みが募つて来る、苦しくなつて来る、叢の中で独《ひと》り煩悶《はんもん》して、なまなか甦《よみがえ》つたことを痛切に悲観して居ると、婆さんが戻つて来た（略）。

『城下は賊軍に踏みにじられ、何処《どこ》も彼処《かしこ》も一杯で貴方《あなた》様の様《よう》な方をかくす処はありませぬが、塩川《しおかわ》辺（今の耶麻《やま》郡塩川町）は安全だといひますから、三里許《ばかり》もありますが、これから其処《そこ》まで参りませう……。』と、夜の更《ふ》くるを待つて、婆さんと共に暗やみの道を塩川指して歩き出した」（平石弁蔵『会津戊辰戦争』）

貞吉は十七人で飯盛山へ逃れてきた、とも証言している。まず十七人が一斉《いっせい》に自刃（貞吉のみ蘇生）、遅れてやってきた三人が同じところで切腹したため、「白虎隊十九士」といわれるようになったのである。

さて筆者は、先年来十七人の一斉自刃について飯沼貞吉証言とは微妙に異なる史料があることに気づき、奇妙に思っていた。

それは二瓶《にへい》由民という人の書いた「白虎隊勇士列伝」（明治二十三年刊）という記録で、白虎隊士の伝記としてはもっとも早く出版されたものである。同書によれば、十七人は一斉に自刃したのではなく、西川勝太郎《にしかわしょうたろう》は最後まで残って死に切れずにいる者の介錯役を引き受けていた。

それもおわり、西川がいよいよ自分の番だと思って何気なく左右を眺めると、山下を過ぎる農民がいた。何者かと問うと「滝沢ノ者」と答えた、として「白虎隊勇士列伝」はこうつづけている。

「勝太郎之《コレ》ヲ招キ、嘱シテ曰ク、我輩ノ死骸深ク山中ニ埋メ、敵ニ首級ヲ得セシムルコト勿《ナカ》レ、幸《サイワイ》ニ我輩皆金銀若干アリ、汝《ナン》チ大小刀ト併《アワ》セテ之ヲ取レ、是レ報酬ナリ」

「甚シキ悪漢」の出現

こうして西川勝太郎も自殺したが、この農民は「甚《ハナハダ》シキ悪漢」であった。かれは「各士ノ金嚢《キンノウ》（財布）及ヒ大小刀、上着等ヲ掠奪シ、而《シコウ》シテ屍《カバネ》ヲ棄テテ埋メス」に立ち去った、というのである。

勝太郎の愛刀は、翌年夏に「若松某ノ骨董店」に売られていたところを母に発見され、買いもどされた。これは「初メ滝沢ノ悪漢ノ掠奪セシモノ」だ、とも同書は書いている。

ひとまずこの記述を信じるならば、白虎隊は印出はつがやってきて飯沼貞吉にまだ体温があると気づく前に、盗賊の被害に遭《あ》っていたことになる。これはあり得ることだな、と感じた筆者は、白虎隊記念館の早川喜代次理事長に会った時に、盗賊の実在した可能性について質問してみた。

「たしかに、飯盛山の自刃の地から発見されたのは石田和助《いしだわすけ》の短刀のみでした」

というのが、早川氏の答えであった。

帰京後、筆者はこの早川氏と宮崎長八氏の共著『写真でみる会津戦争』と宗川虎次

『補修会津白虎隊十九士伝』を読み返し、津川喜代美《つがわきよみ》と西川勝太郎の短刀も遺族たちによって発見されていることを知った。会津史学会顧問の宮崎十三八氏からは、発見されたあと寺社に奉納された刀剣もあるようだ、との御教示もいただいた。いずれにせよ、自刃の地から回収された十九士の遺品があまりに少ない、という事実は動かない。すると宮崎十三八氏は、

「気を失っている飯沼貞吉から刀を取り上げようとした者がいた、という記録があります」

といって、秋月一江「飯沼貞吉救助の実証を追って」（『会津史談』第五〇号）というレポートのコピーを送って下さった。

これは、まことに驚くべき内容に溢《あふ》れていた。まずそのレポートの末尾に添えられた、秋月氏が昭和五十年十月十四日に東山町慶山の渡部佐伊記氏方で発見した記録の前半部分を紹介する。

「飯盛山において白虎連一同自か（害）へ致さんとてはらを切り飯沼はのどヲつきたおれし儘《まま》（一字消してある＝原注）大雨ふりかゝりし所へ何者にありしか白虎の　たおれしを見てか（懐）へ中を取らんとするが躰《てい》飯沼ハ気がつきて其手をにぎりつかみて　てきや（也？）と思ひしか（欠）（ば）はなす事なくして居《おる》に　其者ハ無拠（よんどころなく＝同）口上を立直し

て旦那様御せき(急)なさりますなと申して私共のかくれおる山迄おつれ申しますと口上直して　飯盛山自が(害)へしせきハた(堰端)（用水戸ノ口堰のほとり＝筆者注）にて水をのませてせきハたをつれて(外れて?)慶山八ヶ森と申す所の岩山につれまへ(ひ)りて其者は水をくんで上げますと申して飯沼をだまして刀を持《もつ》てにげ失へ(せ)それとハしらず飯沼ハ忠ギ(中間?)〱水をくれ〱と申してよぶこへ(声)を聞受しハ慶山村渡部佐平と申者也」

渡部佐平とは佐伊記氏の曾祖父で、戊辰戦争当時五十八歳。戦火に追われ、長男の嫁おむめとともに慶山村から二キロ北東、飯盛山からは八ヶ森をはさんでさらに南にある袋山へ避難していた。印出はつも同じ場所に避難していた。この記録は、そのおむめが五十九歳になった明治三十三年三月九日、当時のことを回想して飯盛正信に書き取らせたものなのである。

三日三晩介抱した父娘

同記録によれば渡部佐平は袋山の岩屋に隠れていたが、八月二十三日午後、薪《まき》と茸《きのこ》を採るため八ヶ森へ近づいて飯沼貞吉の声を耳にした。岩屋へもどってそう告げると、印出はつが立ち上がった。はつの息子も出撃してまだ帰らなかったため、はつはもしやわが子では、と思ったのである。

おむめと一緒に見にゆくと、たしかに「忠ギ〳〵水をくれ〳〵」と血だらけで呻《うめ》いている者がいる。その飯沼貞吉を岩屋へつれもどったふたりは、三日三晩看護をつづけた。はつが貞吉を塩川村へ送っていったのはそのあとのことだという。

　とすれば、貞吉の懐中を探り、最終的にその大刀を奪って逃げた盗賊がいたことは、貞吉自身がおむめたちに語ったことなのであろう。西川勝太郎に呼び止められ、盗賊に早変わりした「滝沢ノ者」とこの盗賊とが同一人物かどうかはわからない。しかし、このような二種の史料にあらわれる以上、白虎隊十九士の遺体から金品を漁った者がいたことはまず間違いあるまいと思われる。

　だが、その後飯沼貞吉は、一体なぜ渡部佐平、おむめ、印出はつの三人に三日三晩介抱されたとはいわず、はつに直接、しかも八ヶ森ではなく飯盛山で助けられたという回想を残したのだろうか。この点に関して秋月一江氏のレポートは、ふたつの可能性を指摘している。

　ひとつ。貞吉は疵口《きずぐち》が癒《い》えるまでに何度も人事不省に陥っているため、記憶が消滅してしまったのではないか。

　ふたつ。貞吉は自分だけ生き残ってしまったことを恥しく感じていた。農民に助けられたというよりも、士族のはつに救われたとした方が、まだしも生き恥が軽減される。武士の名誉が保てると考えたのではないか。

秋月一江氏は、会津藩公用人として活躍した秋月悌次《ていじ》郎《ろう》胤永《かずひさ》の御子孫だけに、この考察はまことに傾聴に値する。それにしても飯盛山の盗賊の存在は、つとに二瓶由民が言及したにもかかわらず、なぜ名著といわれる『会津戊辰戦争』（大正六年）、『補修会津白虎隊十九士伝』（同十五年）、山川健次郎監『会津戊辰戦史』（昭和八年）などでは触れられていないのか。

国に殉ずべく切腹した少年たちが、死後盗賊——しかも薩長側ではなく地元の農民——に金品を漁られていたとは思いたくない。そんな哀切な思いが、盗賊の姿を歴史記述の世界から次第に闇のかなたへ押しやっていったような気がしてならない。

幕末無名戦士たちの肖像

佐々木源四郎の力戦の跡

清河八郎《きよかわはちろう》と坂本龍馬を暗殺した男といえば、京都見廻組与頭《みまわりぐみよがしら》佐々木《ささき》只三郎《ただぶろう》のことである。

その基本史料『佐々木只三郎伝』によると、只三郎は会津藩士佐々木源八《げんぱち》の三男で、その下に源四郎《げんしろう》という四男がいた。

「源四郎は身の丈六尺を過ぎ、容貌魁偉《ようぼうかいい》の秀丈夫で、槍剣をよくした」

と同書にはある。只三郎も神道精武流剣術と宝蔵院《ほうぞういん》流槍術の達人だったから、この兄弟はたがいを意識し合って稽古《けいこ》に励んだのかも知れない。

只三郎が鳥羽伏見の戦いで重傷を負い、紀三井寺《きみいでら》まで運ばれて絶命したあと、その家督を相続したのが源四郎であった。京にいた只三郎の未亡人も、江戸に落ちのびて源四郎の住んでいた和泉橋の寓居に身を寄せた。

ところが慶応四年（一八六八）五月十五日、上野の山にこもった彰義隊《しょうぎたい》が一日にして壊滅すると、官軍はその直後から落武者狩りを開始。うち十数名が、源四郎の家を襲った。源四郎と彰義隊との関係は不明ながら、

「彼は刀を以て渡り合ひその数人を傷つけた。敵はかなはずと思ひ、遂《つい》に銃火を以てこれを包撃して漸《ようや》く斃《たお》した。この時、未亡人は押入の中に隠れて、その状を実見してゐたが、あとで邸内を掃除したところ、斬指が夥《おびただ》しく発見されたといふ」（同）

室内に落ちていた「斬指」の多くは、官軍兵士のものであったろう。もって官軍に土足で踏みこまれた、佐幕派剣士の最後の力戦の様子が偲《しの》ばれる。

ただし佐々木源四郎という人物については、右に書いたことしか伝わっていないので、どうしても歴史小説の主人公としては立てにくい。その結果、かれは依然として幕末の無名戦士の域にとどまりつづけているわけである。

歴史の闇のかなたに埋もれてしまった日本人をなんとか掘り起こせないか、と考えながら創作活動をつづけている私としては、まことに口惜しいことでもある。ただし小説にはできなくとも、今書きつつあるこのような文章の中でなら、断片的な人物像をも語ることができる——そう思い直して、本稿にはあとふたりの無名戦士の肖像を書きとめておきたい。

永倉新八の剣友・芳賀宜道

新選組の二番隊長だった神道無念《しんとうむねん》流剣術の達人永倉新八《ながくらしんぱち》は、松前藩脱藩という経歴を持っていた。鳥羽伏見の敗戦後、江戸へ引き揚げ、局長近藤勇とも口論のはてに袂《たもと》を別《わか》った永倉は、深川冬木《ふかがわふゆき》町の弁天社内に住む旗本芳賀宜道《はがぎどう》を訪ねた。芳賀宜道は、もとの名を市川宇八郎。永倉の松前藩士時代の同僚で、若き日にはともに武者修業の旅に出た仲である。

芳賀を隊長、自分は副長となって靖兵隊《せいへいたい》（最近の研究では靖共隊）を結成した永倉は、慶応四年四月十一日江戸城が無血開城されたのを横目で睨《にら》んで江戸を脱走。宇都宮、会津を転戦し、会津への援軍を求めて雲井龍雄《くもいたつお》とともに米沢へ走ったが、この時もう米沢藩は藩論を降伏謝罪に決定したあとだった。

懐中に脇差を隠し、町人姿、百姓姿に変装して江戸改め東京へ潜入したふたりは、浅草三軒町にいた芳賀の妻女のもとへころがりこむ。そしてある日、芳賀は弁天社の自宅がどうなっているか気に懸ったのだろう、ひとりで外出して藤野亦八郎《ふじのまたはちろう》という者にばったり出会った。藤野は、芳賀の妻女の実兄であった。

「亦八郎はそのころ官軍の脱走取締《とりしまり》をつとめていて部下を五、六人ひきつれていた。

ひさしぶりだというので両人は付近の鮨屋《すしや》にあがって久濶《きゆうかつ》の話にふけったが、酒のまわるにつれて芳賀は亦八郎の官軍へ投じたことをせめ、譜代の徳川の恩にそむいた罪をならす。（略）ついにけんかとなり、芳賀は柔道で亦八郎を組みしき、いがみあう物音を藤野の部下が聞きつけてかけつけ、大勢でやにわに芳賀を斬ってしまい、死体はむざんにも菰《こも》につつんで河へ投げすてた」（永倉新八『新撰組顚末記』）

芳賀宜道も身の丈六尺の大男だったというが、これは明治二年一月十六日の出来事だったということがわかるだけで、かれのその他の事績は一切伝わっていない。わずかに雲井龍雄の日記の慶応四年八月二十七日の項に、

「本郷（若松の南二里＝原注）に信す（泊す＝筆者注）。若松の報アリ。入布新、芳賀宜勤来属《ママ》」（安藤英男『雲井龍雄詩伝』より）

と見えることから、江戸脱走後の永倉が「入布新」という偽名を使っていたにもかかわらず、実名で押し通していた豪胆さがうかがえるばかりである。

私の集めたささやかな史料の範囲内においてすら、このように江戸をわがもの顔でのし歩くようになった官軍と悶着《もんちやく》を起こして殺された幕臣の例が、二例もある。ということは、おなじような状況で死を迎えた侍たちは決して少なくなかった、ということであろう。

なお『新撰組顚末記』によれば、芳賀宜道の妻君は、永倉さまなにとぞ夫の仇を両人の遺児《こども》に打《討》たして下さい」
「いかに肉親の兄なればとてあまりのいたしかた、永倉さまなにとぞ夫の仇を両人の遺児《こども》に打たして下さい」

と泣いて頼みこんだ。

永倉は若き日より「ガムシャラ新八」略して「ガム新」の異名を取った男だからすぐ引き受け、藤野亦八郎を尾行した。それに気づいた藤野は箱館への転勤を願い出、赴任の途中で病没してしまったので、敵討《あだうち》は自然沙汰止《や》みになったという。

正体不明の大島誠夫

尊王攘夷派の志士たちの中にも、ついに維新回天の日を見ることなく中途に斃れた者は少なくない。その中でも私に鮮烈な印象を与えたのは、石黒忠悳《ただのり》『懐旧九十年』に記された自称大島誠夫《おおしまのぶお》という志士の姿である。

石黒忠悳は、もとの名を平野庸太郎《つねたろう》。明治四年兵部省軍医寮出仕《しゅつし》となり、陸軍衛生部軍医制度の完成に九十年の生涯を捧げて子爵に昇った人物だが、安政六年（一八五九）まだ十五歳にして尊王の思いに駆られ、信州から京をめざす途中で大島と同宿したのだった。

同書によれば、「言語は純粋上品な江戸言葉」を話す大島は、「顔容痩《や》せて色蒼白く、眉《まゆ》濃く、鼻高く、口大きく、眼に威あって隼《はやぶさ》の如く鋭い」人物。「髪は黒く大たぶさに結い」、「木綿縞の袷《あわせ》に紺木綿の割羽織を着し、小倉の小袴《こばかま》」を着けた「三十歳前後」の「立派な武士」だったという。

庸太郎少年を自室に招いた大島は、時勢をこう論じた。

「この勢いに任せておけば、我が神州も遂に彼《か》れ外夷の下風《かふう》に立つに至るべく、殷鑑《いんかん》遠からず、隣国清国にある。今や徳川幕府の失政見るに堪《た》えず、この分にては、皇国の威風も地に墜《お》つるであろう。また畏《おそれ》多いことながら万世一系の皇室もいかがあらせ給うべきか。皇政を復興し、封建制度を廃して、六十余州を皇室の下《もと》に統一し、士気を作興《さっこう》しなくてはならぬ。これが拙者の持論である」

この持論自体はさほど珍しいものではないが、興味深いのはふたりそろって京へ出てからの用心深さである。

すでに安政の大獄が始まり、尊王攘夷派の弾圧される時代だったためであろうが、大島はくどいほど志士としての心構えを説きつづけた。御所へ参拝する時も、心のうちで最敬礼するだけで足を止めてはいけない。もし慷慨《こうがい》の士と見られると、幕吏に追跡される危険がある。宿でも憂国の言動を示してはならない。壁に耳あり障子に目ありだ、……。

一日、堂上《とうしょう》公卿を訪ねるといって単身外出した大島は、夕方帰ってくると急いで夕食を摂《と》った。与力、同心どもに嗅《か》ぎつけられたようだから、すぐ出発するのだという。

丹波《たんば》へゆくと宿には言い置いて反対方向の江戸をめざした大島は、投宿先で庸太郎少年と会話する時も盗み聞きされるのを恐れ、「一詩できた」といいつつこの先の予定を紙に書いて手わたす細心ぶり。

「今日は志す京都を見るのが楽しみじゃ」

といって宿を出、宿外れから裏道を迂回《うかい》して江戸へむかうことをくりかえして、塩《しお》尻《じり》で庸太郎少年と別れた。この時も大島は、自分の江戸の住所は告げず、当時信州中《なか》之条《のじょう》に住んでいた少年の住所だけを訊《き》き出して再会を約した。

これが同年四月のことで、八月に庸太郎少年は大島からの手紙を受け取った。同志がふえつつあることを伝える内容だったが、読みおわったらすぐ焼き捨ててほしい、とも書かれていた。

そして十一月半ば、今度は江戸浅草新寺町にある吉祥院《きっしょういん》の住職から手紙がきた。それをひらくと、

「貴君の知人という大島誠夫と申す人が、九月中旬から当寺に寄寓《きぐう》中、十月十八日に多量の血を喀《は》いて病死された」

と書かれていた。翌年一月、庸太郎少年が吉祥院を訪ねると、住職は志士大島誠夫の正体についてこう推測を述べた。

「大島氏は徳川家の旗本か御家人の家に生れて、徳川の直参でありながら、深い考えから尊皇攘夷の主義を持し、幕府反対（の立場）に立たれたために、累《るい》を生家や兄弟に及ぼさんことを恐れて、その出処進退を韜晦《とうかい》しておられたものに相違ない」

それから七十余年、石黒忠悳は大島誠夫の正体を調べようと心懸けつづけたが、ついにわからなかったという。

石黒が晩年に『懐旧九十年』という回想録を書かなければ、大島誠夫と名乗って勤王運動に挺身《ていしん》していた志士の姿も後世に伝わることはなかったであろう。

一将功成りて万骨枯る、という成句が、そぞろ思い出される話ではある。

第四部　秘められた戊辰戦争

上総義軍と怨霊騒動

脱藩した青年藩主

処女長篇『鬼官兵衛烈風録』につづき、私が第二長篇『遊撃隊始末』を上梓したのは平成五年（一九九三）五月のことだった。

表題の「遊撃隊」とは、文久元年（一八六一）に講武所出仕の剣士たちから選ばれた奥詰衆《おくづめ》、すなわち徳川十四代将軍家茂の親衛隊を母体とし、慶応三年（一八六七）十月の大政奉還後に成立した幕府側剣客集団のこと。翌年一月の鳥羽伏見の戦いに敗れ、三百九十名から百余名へと激減してしまったかれらは、海路江戸へ東帰したあとも幕府再興の夢捨てがたく、同年四月十一日の江戸の無血開城当日三十余名が江戸を脱走。旧幕府の職制を離れ、

「徳川義軍遊撃隊」

と名乗って木更津《きさらづ》へ走った。

その隊長は心形刀流の名剣士伊庭《いば》八郎《はちろう》二十六歳と、二条城詰め御家人のせがれ人見《ひとみ》勝太郎《かつたろう》おなじく二十六歳。これら佐幕派屈指の剣士たちが上総をめざしたのは、この地方には譜代の小藩が多く、兵を募りやすいと考えたためだった。

はたして木更津の浜辺に上陸し、望陀郡請西村《もうだごおりじょうざい》（今日の木更津市請西）にある請西藩《じょうざい》一万石の真武根《まぶね》陣屋を訪ねると、二十一歳の若き藩主林《はやし》昌之助忠崇《しょうのすけただたか》は挙藩参加することを快諾してくれた。なんと昌之助は、藩士約七十名をひきいてみずから脱藩。真武根陣屋に火をかけて二度と還らぬ誓いとし、遊撃隊三隊長のひとりとなって封土をあとにしたのである。

かれが封土を去ったのは、国許で戦端をひらいて領民たちに迷惑をかけてはならないと考えたためであった。遊撃隊がさらに募兵をつづけるべく房総《ぼうそう》往還をめざすうち、それと知った農民たちは道筋に集まり、土下座して涙を流しながら陣羽織姿の雄姿を見送ったという。

付近の諸藩からも次々に参加者があり、遊撃隊の人数は館山《たてやま》到着までには二百人規模にふくれ上がった。そのため今も千葉県人たちは、

「上総義軍」

とこれを呼び、その壮挙を偲《しの》びつづけているのである。

ただし戊辰戦争の結末を知る人にはおわかりだろうが、かれらの幕府再興の夢はついに叶わなかった。

館山から和船二隻に分乗して江戸湾を横断、小田原《おだわら》藩と交渉し、五月十九日に箱根《はこね》の関所を占拠したまではよかったが、小田原口と三島《みしま》口から官軍三千五百に挟撃されるや、百人以上を失って熱海へ敗走。さらに館山へ逃れたあと、生き残った人見勝太郎と林昌之助は奥羽越列藩同盟に加わって戦いながら仙台へと北上してゆくことになる。伊庭八郎は左手首がブラブラになる重傷を負い、品川沖にあった旧幕府海軍、通称「榎本艦隊」に身を寄せて肘《ひじ》からの切断手術を麻酔なしで受けた。

「史蹟真武根陣屋遺址碑」

その後の三隊長の足どりを略述すると、明治元年十月、林昌之助と請西藩士たちは仙台藩とともに降伏の道を選んだ。徳川家が駿府七十万石として存続を許されたとわかったため、昌之助はこれ以上の戦闘は戦いのための戦いにすぎなくなる、と考えたのである。

昌之助と別れ、松島《まつしま》へ北上してまた榎本艦隊に合流した人見勝太郎は、榎本武揚を総裁とする蝦夷地《えぞち》政府の設立に関与。松前《まつまえ》奉行をつとめるが、明治二年五月の官軍総攻撃を迎え討って重傷を負い、病院に横たわるうち五稜郭開城の報に接する。

明治元年末に五稜郭にあらわれ、隻腕の斬りこみ隊長として勇名を馳《は》せた伊庭八郎は、それに先立つ木古内《きこない》の戦いに被弾負傷。五稜郭に運びこまれたが、恢復《かいふく》不可能と知るやモルヒネを呷《あお》って安楽死する道を選んだ。

林昌之助と人見勝太郎は、ともに数年間の謹慎生活ののちそれぞれの第二の人生へと踏み出していった。

人見勝太郎改め寧《やすし》は、明治九年三月司法省に出仕。のち内務省に転じて十三年には茨城県令に就任し、利根《とね》運河を開削するなどの業績を残して大正十一年まで生きた。享年八十一。

林昌之助は、明治十七年の華族令によってすべての元大名たちが子爵以上の爵位を与えられたのに藩主みずから脱藩した罪を重視されてこの選に洩《も》れ、商店の番頭や大阪府西区役所の書記など、職業を転々としながら苦渋の人生を歩んでゆく。

しかし二十六年七月、旧請西藩士たちによる陳情がようやく稔《みの》り、林家当主忠弘《ただひろ》が男爵を受爵、昌之助改め忠崇も従五位、無爵華族となってようやく名誉を回復することができた。昭和十六年（一九四一）九十四歳までの長寿を保ったかれは、文字通り〝最後の殿さま〟として晩年を送ったのである。

さて『遊撃隊始末』を書くに際しては、これら三人の三者三様の人生を描き切らねばならないから、物理的に三篇の長編小説を同時並行して進めるようなエネルギーが必要とされた。

特にむずかしかったのは、林昌之助の後半生の追跡調査。かれは上述したように明治以後没落していた時期が長かったため、どこでなにをしていたのかわからないブランクが多かった。

だがこの問題点を、私は幸運にもある時一気に埋めることができた。

木更津在住の郷土史家に、林勲氏という方がいた（平成七年九十五歳で逝去）。木更津市立図書館から取り寄せた林昌之助関係資料のほとんどと『三百藩家臣人名事典』「請西藩」の項の執筆者が林勲氏だと知った私は、その住所と電話番号を調べて電話を入れた。

勲氏は高齢のため電話口に出られないと告げられ、改めて手紙で連絡を差し上げると、すぐにその子息栄一氏（木更津むつみ保育園理事長）から電話がきて、全面的に協力して下さるという。喜んだ私がすぐに木更津へ飛んでいったのはいうまでもないが、その時栄一氏からいただいた勲氏の編著『林侯家関係資料集』（自費出版）を一読することによって、私は抱いていた疑問をほとんど氷解させることができた。

この時には栄一氏の車で勲氏と郷土史家高崎繁雄氏同乗の上、真武根陣屋跡へも案内していただいた。そこには林勲氏の撰文により、昭和四十一年に建立されたという「史蹟真武根陣屋遺址碑」が静かに苔《こけ》むしていて、私は上総義軍の霊に対してつつしんで合掌《がっしょう》したものだった。

降って湧いた怨霊騒ぎ

その後ようやく『遊撃隊始末』の上梓にこぎつけた時、私がこれらの方々に一冊ずつ進呈したのはいうまでもない。平成七年（一九九五）二月二十六日に木更津市立図書館に招かれ、「私の小説作法　歴史に埋もれた人々を描く」と題して遊撃隊に関する講演をおこなったところ、林栄一氏をはじめ高崎繁雄氏、浦辺恒夫氏、廣部周助氏らなにかとお世話になった方々とも再会できて、その後の宴は夜遅くまでつづいた。

ところが、――。

翌年四月に林栄一氏から電話が入り、

「これまで真武根陣屋遺址碑はある個人の私有地の中に建っていてあまり知る人もなかったが、このたび道路に面した場所に移すことになったので二十一日にその除幕式をおこないたい」

として私に出席を求めてきた。私は一も二もなく承諾したが、なぜ今ごろ碑を移動するのか、という点に対する栄一氏の説明ははなはだ不思議なものであった。

真武根陣屋跡地の所有者はある新興宗教の信徒で、土地の広さを利用して園芸用の樹木やぶどうの栽培をおこなっていた。そのため遺址碑もそれらの木々の間に隠れてしまい、近年は知る人ぞ知る存在と化していたが、その所有者（仮りにA氏としておく）はいつのころからか悪夢にうなされるようになった。

寝入ったかと思うとどこからか呪いの藁《わら》人形に釘を打つ音がカーン、カーンと響いてき、同時に首を絞められるような苦しさに襲われて眠れない。すっかりげっそりしてしまったA氏は、なぜか信仰する新興宗教ではなく、いわゆる〝拝み屋さん〟に悪夢の原因を占ってもらった。

すると、〝拝み屋さん〟はのたもうた。

「あなたの背中には、三十数名の霊が貼りついている」

まさかと思ったA氏は、別の〝拝み屋さん〟を訪ねた。しかしあろうことか、この〝拝み屋さん〟の御託宣《ごたくせん》は、最初の〝拝み屋さん〟のそれと寸分違《たが》わぬものだった。

さすがに背筋が冷くなったA氏は、その三十数人の霊とはなんだろうか、と必死で考えた。A氏も真武根陣屋跡地の所有者だから、慶応四年四月に、この地を出発した七十人近い請西藩士のうち、約半数が箱根、磐城平《いわきたいら》方面その他で命を散らしたことは知っていた。

(ああ、あの遺址碑を私有地内に囲いこんでしまったものだから、上総義軍の怨霊がおれを憎んで夜な夜なあらわれるんだ)

そうと信じたA氏は、独力で真武根陣屋跡地のなかに旧請西藩戊辰戦没者の慰霊碑を建立。あわせて遺址碑建設に力を尽くした林勲氏の子息栄一氏に連絡し、同碑を見晴らしがきいてよく人目に触れるところに移したい、と申し入れた。栄一氏が快くこれを受け入れたため、同碑は道路ぞいの、よく人目につく場所に移されることとなったのだという。

その除幕式は四月二十一日につつがなくおこなわれ、一同はすがすがしい気持で宴会の席に移動したことだった。その後ふたたび上総義軍の霊が出たという話は、私の耳にはまだ届いていていない。

証言から見た近藤勇の就縛前後

貴重な体験談の宝庫『史談会速記録』

膨大な巻数にのぼる全集ないし講座本の全巻購入を思いたったものの、発行時期からあまりの年月が経っているため欠本が多く、ついに揃《そろ》えきれない。読者愛好家諸氏のうちには、そんな御経験の持ち主も少なくないのではあるまいか。

私の場合でいえば、小学生時代に集めきれなかった山川惣治の絵物語『少年王者』の第十一巻以降の巻を探しつづけて約四十年。四年前には『週刊新潮』の「掲示板」で「お持ちの方、拝見させて下さい」と呼びかけたが、なんの反応も寄せられなかった。この日本版ターザンとでもいうべき絵物語がどのような形で完結したのかを知らないことには、死んでも死にきれない、という気さえする。

そういう経験は、歴史に材を得た書きものをするようになってからも何度かした。しまった、と最初に舌打ちしたのは、『史談会速記録』の合本全四十五冊にすでに品切れの巻が多く、重版の予定もないと知った十数年前のこと。史談会とは「明治二十一年七月宮内省から島津・毛利・山内《やまうち》・徳川（水戸）四家に対して嘉永六年（一八五三）から明治四年までの国事鞅掌《おうしょう》始末詳細取調の下命があった」（『国史大辞典』）ために組織された機構で、月に一回会合しては幕末・維新期に活躍した者をゲストに招き、その談話を速記に取って活字化した。すなわち『史談会速記録』は幕末・維新の動乱をかいくぐった者たちの生の声を集積した史料群であり、これに当たらずして書かれた幕末・維新ものの小説ないしノンフィクションはそれだけで疑問符をつけて構わない、と断言してよいほど貴重なものである。

三十代も半ばを過ぎてから独学で史料を集めはじめた私は、『史談会速記録』の価値に気づくのがあまりに遅かった。そのため手元にあるのは合本十五冊のみだが、新選組関係の証言はほぼこの十五冊のうちにふくまれている。以下、適宜《てきぎ》その談話速記を引きながら、幕末史の一側面を覗《のぞ》いてみよう。

まずは「油小路《あぶらのこうじ》の変」の実況から始めたいが、それには事変の背景を頭に入れておく必要がある。

元治元年（一八六四）七月の禁門の変（蛤御門の変）のあと、新選組局長近藤勇は江戸で隊士募集をおこなった。この募に応じたもっとも大物の志士は、北辰《ほくしん》一刀流の剣客伊東甲子太郎《いとうかしたろう》。しかし伊東は尊王攘夷派の志士であり、佐幕派の近藤たちとは相容《あいい》れなかった。

ついに新選組からの分離独立に成功した伊東たちは、東山の高台寺《こうだいじ》の塔頭月真院《たっちゅうげつしんいん》に移って高台寺党を自称。それを憎んだ近藤は、慶応三年（一八六七）十一月十八日に伊東を醒《さめ》ヶ井《い》通り木津屋橋《きづやばし》の休息所（妾宅）に招いて酒食をふるまい、四つ刻（夜十時）過ぎに辞去した伊東を隊士たちに命じて斬殺させた。

そしてその遺体を駕籠《かご》で油小路七条の辻に運び、これを餌《えさ》にして高台寺党の面々を一網打尽にする計画を立てた。その結果起こった新選組二十余名対高台寺党七名の凄《せい》惨《さん》な斬り合いを、「油小路の変」というのである。

大の字に斃れていた男

最初に高台寺党のひとり加納通広《かのうみちひろ》の語り残した「加納通広君国事尽力の経歴談、附七話」（『史談会速記録』第一〇四輯）の伝える乱戦の模様から、――。

「町役人から報知があつて、伊東先生は油小路に斬られて居《お》るが其《その》死骸を御引取り下さいと言つて参つたので、丁度《ちょうど》皆臥《ふ》して居る夜の十二時あたりでござりましたが、（略）其処《そこ》に居合はした者八人、鈴木三樹三郎《すずきみきさぶろう》、秦泰之進《はたたいのしん》、藤堂平助、服部武雄《はっとりたけお》、毛《もう》内有之助《ないありのすけ》、富山弥兵衛《とみやまやへえ》に私《わたく》し、外《ほか》に僕《しもべ》の武平連れ立《だち》て（略）油小路の西に行つた処、夜の二時頃で湯屋があつたが、私は見張つて居つた所が月が宜《よろ》しくピカリと光つたものがある。それ覚悟せよといふと手元に来られたので無茶苦茶に前なる者一人袈裟《けさ》掛《が》けに擲《な》ぐり付けて突きとばし、其上を飛び越して行くと、又《ま》た掛られてこれも運能《よ》く斃《たお》して通るやうな次第でありまして、（略）鹿児島の富山弥兵衛といふ人がござります、此《この》人も私の馳《は》せる醒ケ井通り川向《むこう》の道を走り、お互に敵が逐《お》ふて来たものと思ひ（略）睨《にら》み合つて駈《か》ける、一条へ来ると合併してイヤ君かといふやうな事で、……」

無我夢中で斬り合って現場を逃れた様子が、当事者ならではの口調で語られている。

またこの事件に関しては、翌朝現場を通りかかった桑名藩士小山正武の目撃談もある。

「伊東の屍《しかばね》ハ駕籠の内に斯《こ》う後方にもたれかゝりて居た。藤堂平助は、重創数ケ所、軽創多々にして斃《たお》れた。あほ向きになつて居たが、就中《なかんずく》服部氏の死状は最も物《もの》美事である、ドウも服部氏ハ其《その》際二十余歳の優れた身体で以《もっ》て立派に沈勇的精神が死《しに》顔《がお》に顕《あら》ハれ溢《あふ》れつゝ手に両刀を握つたるまゝで敵に向つて大の字なりになつて斃れて居られた」（加納通広前出談話付記、句読点筆者）

小山正武は、服部武雄がなぜそこまで敢闘できたのか調べてみた。

「服部の羽織は鎖《くさり》に厚く真綿を被《かぶ》せられたる胴服にして、其真綿を叮嚀《ていねい》に差し縫ひたる者なりき、故《ゆえ》に同氏が此《この》胴服に被《こう》むりたる刀創の痕跡《こんせき》ハ多く身体にハ透《とお》らざる者なりき、然《しか》れども其頭、面頬《めんぼお》より左右の腕並《ならび》に肩等及び股部脚部等に被りたる刀鎗《とうそう》の創痕は大小軽重合《あわ》せて廿余ケ処に下らず」（同）

回想録や目撃談は小説家の頭のなかからとてもひねり出せない迫真力に富むことが、よくおわかりいただけるであろう。近藤勇に焦点を合わせていうならば、高台寺党にこのような血の抗争を仕掛けたことが結果として命取りになった、ということができる。

同年十二月九日、朝廷が王政復古を宣言すると、攻守ところを変えて新選組は京を去り、伏見奉行所へ引き移った。近藤はそこからまだ旧幕府勢の駐屯《ちゅうとん》する二条城へ通って薩長勢との対決に備えていたが、同月十八日の八つ刻（午後二時）ごろ、二条城から伏見街道の墨染《すみぞめ》までもどってきたところを高台寺党の生き残りに狙撃されたのである。

加納通広らとともにこれに加わった、阿部隆明の証言もある。

「（当日われわれは）寺町で小手《こて》と鉢巻《はちまき》を買つて居りました、店へ這入《はい》つて見て居ります所へ近藤が馬に乗つて、四方に二十人ばかり警護を連れまして参りました、それから早々に小手鉢巻の代価を払つて其小手鉢巻を引担《ひきかつ》ぎまして追掛けました、（略）近藤勇ハ本街道を伏見に帰ります、我々ハ間道を通り越しまして伏見の薩州邸へ参りまして、同志の者を連れ待ち伏せして撃ちます積りで、伏見に尾州の屋敷がありまして其脇《そのわき》へ参りますと、街道が屈曲致して曲ります所へ漸《ようや》く馳《は》せ付きまして（略）、私と富山弥兵衛と両人で其処《そこ》に明家《あきや》があつたから夫《それ》へ這入《はい》つて、狙《ねら》をうと云ふ所へ富山が『来た来た』と言ふ間に一発撃つて仕舞つた、其鉄砲が近藤の肩と胸との間に当りました」（「新選組の本旨附十六節」＝『史談会速記録』第九〇輯）

大久保大和の正体は

この重傷を負ってからの近藤勇に、往年の生気は二度と甦《よみがえ》らなかった。慶応四年（一八六八、九月八日明治改元）一月三日に始まる鳥羽伏見の戦いに隊士多数を討死させた新選組は、江戸へ帰るや甲陽鎮撫隊《こうようちんぶたい》と改名して甲府城奪取を計画。これにも失敗して下総流山《しもうさながれやま》へ転陣していた四月四日、近藤は東山道《とうさんどう》総督府軍副参謀有馬藤太《ありまとうた》の手に捕えられたのである。

しかもこの時、近藤は大久保大和《やまと》と書かれた名刺を有馬に差し出した。新選組局長と名乗っては、斬首は免れがたいところと考えたためであろう。

この時期すでに官軍は江戸に進出し、その一部たる東山道総督府軍の本営は板橋に置かれていた。四月五日、近藤が駕籠に乗せられてその本営まで護送されてゆくと、官軍兵士の間からどうも近藤勇に似ているという声があがった。そこで判定を依頼されたのが、加納通広。加納は油小路の変のあと薩摩藩に助けられ、戊辰戦争勃発後は東山道総督府軍に属して東征に加わっていた。

ふたたび、「加納通広君国事尽力の経歴談、附七話」の一節を引こう。

「大久保大和と云ふが送られて参つた。其時分《そのじぶん》にドウも近藤勇の顔に似たものであるが、大久保大和と云う者は聞かぬがドウか近藤を見しりの者誰《た》れかあるまいか、それでは加納、武川は近藤は知つて居ると云ふことで、（略）見現はして呉《く》れと申立《もうしたて》ました、それから調所《しらべしょ》に参つて彼《か》れの居る処に行きませうといふと、能《よ》く下見をしてから行けと言つて、障子の穴から見ると近藤である、（略）それより其座敷へ調役平田九十郎（故平田宗高＝原注）及《および》両人立ち入り、自分言つて曰《いわ》く、大久保大和、改《あらため》て近藤勇と声懸けますと、近藤ハ実にエライ人物でありましたが、其時の顔色ハ今に目に付く様で甚《はなは》だ恐怖の姿でありました」

加納に正体を喝破されたことから、近藤は同月二十五日に斬に処された。享年三十四。

これはまったく個人的な感慨ながら、私は近藤勇には、

「拙者が新選組の局長でござる」

と堂々と身分を明かしてから縛《ばく》に就《つ》いてほしかった。

なお『史談会速記録』は東京都立中央図書館に全巻架蔵されているので、行きさえすればだれでも閲覧あるいはコピーをすることができる。

名槍流転――宗近の大槍先について

素槍に三種あり

「弓馬刀槍」とは、武士の表芸とされる四つの武芸をいう。

弓、馬、刀は古代から用いられていたが、鉾《ほこ》に代わって槍《やり》が使われ出したのは南北朝時代のこと。従って「槍一筋」ということばが武辺一途《いちず》の者を意味し、今日では他人を難詰することの形容になっている「槍玉に上げる」という表現が「槍で突き刺す」(『日本国語大辞典』)意味で使用されるようになったのも、これ以降のことと考えられる。

ではひとりが槍、もうひとりが刀を持って戦った時にはどちらが有利なのか。

「槍を止める」、すなわち刀によって槍に打ち勝つことは、至難の業とされていた。今日も「剣道三倍段」といえば槍術の初段は剣道三段の者と互角の勝負、という意味で用いられるらしいから、結論はあきらかだろう。

以上のような背景を考えあわせれば、江戸時代以前にさまざまな名槍伝説があったこともよくわかるというものだ。

加藤清正虎退治の伝説で知られた片鎌の槍、「黒田節」に「日の本一のこの槍を」と歌われた例の槍、徳川四天王のひとり本多平八郎忠勝《ほんだへいはちろうただかつ》がつねに戦場へたずさえた名槍「蜻蛉切《とんぼきり》」……。

この「蜻蛉切」については、故綱淵謙錠氏がつぎのように説明していることを紹介しておきたい。

「長さは二丈ほど（約六メートル＝原注）あり、柄《え》が太く、青貝《あおがい》をちりばめたもので、蜻蛉が飛んで来てその穂先にとまった途端、二つに切れて落ちたというので、この愛称がある」（『戦国に生きる』）

今日、岡崎《おかざき》城にある本多平八郎像のかいこんでいるのが「蜻蛉切」の写しだが、私は十年ほど前にこの像の前に立った時、その柄のあまりの長さに驚いてしまった。

「槍柄の長さは、一尺（三十センチ＝原注）前後の短いものから、三間（一丈九尺、五メートル八十センチ＝同）もある長いものまで種々な長さのものがある」（名和弓雄『絵でみる時代考証百科——槍、鎧、具足』）

という解説に照らしても、「蜻蛉切」がいかに長大な槍だったかが察せられる。

そこで今度は、槍の穂先の話。

鎌槍など枝や横手をつけた種類を除いて対象を棒状の穂先を持つ素槍《すやり》に限るならば、これは穂先の長さによって三種に大別される。

「二寸以上一尺までを、短穂《みじかほ》の槍、一尺以上二尺までを中身《なかみ》の槍、二尺以上三尺余りまでを、大身《おおみ》の槍」（同）

禁門の変の二番槍

さて、ここからが本論なのだが、私もかつてある名槍にまつわる話を追いかけたことがあった。

『その名は町野主水《もんど》』（角川文庫）という四百八十枚の長篇小説を書いていたころのことで、くだんの名槍とは宗近《むねちか》の鍛えた大身の槍。宗近といえば一条《いちじょう》天皇の勅命によって宝刀「小狐丸《こぎつねまる》」を打ち、「三条小鍛冶《さんじょうこかじ》」と呼ばれた三条宗近のことだが、かれはまだ平安時代の長元《ちょうげん》六年（一〇三三）に没しているから、この槍先は初めは短い柄の鉾先として作られたものに長柄《ながえ》がつけられて後世に伝えられたのだろう。

武田勝頼の滅びた天正十年（一五八二）の時点でいえば、この槍は会津領主蒲生氏郷《がもううじさと》につかえる町野家の所有するところとなっていた。「蒲生家支配帳」に、

「安達《あだち》郡二本松三万八千石　町野左近」

とある城持ち十三人衆に属する家筋がそれである。

蒲生家が氏郷から数えて四代目の忠知《ただとも》の代に伊予松山へ転封《てんぽう》されると、町野家は会津に土着。寛永二十年（一六四三）、保科正之の会津入りにともなって町野伊左衛門重成《いざえもんしげなり》が禄三百五十石で召し出され、この家系は幕末維新までつづいていった。

最後の会津藩主松平容保《かたもり》は、正之の九代の孫にあたる。容保につかえた町野家当主は、源之助のちの主水。天保十年（一八三九）生まれの主水は宝蔵院《ほうぞういん》流槍術の達人であり、町野家には重代の家宝として宗近の大身槍が伝えられていた。

この町野主水の最初の武勇伝は、年月日を特定するに足る史料のないのは残念ながら、おそらく元治元年（一八六四）六月中のこと、京都詰めを命じられて富士川の渡しにさしかかった時、血の気の多さでは人後に落ちない主水は桑名藩士ふたりとわたりあい、みごとに（?）ふたりを成敗してしまった。一対二の戦いで主水が完勝できたのは、この大身槍のおかげだったかと思われる。

しかし、松平容保と桑名藩主松平定敬《さだあき》とは実の兄弟であり、兄は京都守護職、弟は京都所司代として京の治安を守っている仲だったからたまらない。意気揚々と入京した主水は、すぐに京都守護職屋敷の牢につながれてしまった。

そこに勃発したのが、七月十九日に始まる禁門の変（蛤御門の変）。御所へ殺到した長州勢に対し、官軍たる会津勢一千は、
「一番槍から三番槍までの者には、百石を加増する」
との主命を受けて猛然と逆襲に転じた。

こうなると、主水も牢獄などにじっとしてはいられない。牢を蹴破って蛤御門に走ったかれは、ためらいなく長州勢の中へ突入して二番槍の武功を挙げた。宗近の大身槍は、この時もかなり血を吸ったことだろう。

ところが主水は、この功によって百石の加増を受ける、というわけにはいかなかった。脱牢の罪を犯したからである。逆にかれは、会津藩領だった越後《えちご》国蒲原郡《かんばらごおり》の津川に謹慎するよう命じられてしまった。

今日の新潟県北魚沼《きたうおぬま》郡に属する小出町《こいでまち》は、当時は小出島《こいでじま》と呼ばれ、会津藩の飛地領になっていた。

町野主水がようやく謹慎を解かれ、この小出島の陣屋へ郡《こおり》奉行として着任したのは慶応四年（一八六八、九月八日明治改元）二月十五日のこと（『小出町歴史資料集』第六集）。この時主水は、十六歳の末弟久吉を同行していた。

久吉・武馬を経て鶴ヶ城へ

紅顔の美少年ながら久吉も槍術に非凡な冴《さ》えを見せるため、この時点で宗近の名槍は久吉の所有するところになっている。

主水は槍を構えて鴨居《かもい》から垂らした紙を突けば、紙本体を少しも揺らすことなくこれを貫くことができた。対して、久吉の技量を伝える小出島の古老たちの回想もある。

「(久吉は) 大量に積みかさねられた五斗《と》入りの米俵を槍の穂先で自由自在にあしらい、その穂先を以て、軽々と後方につき飛ばしながらそのまま整然ともとの形に積みかさねたことがあるが、それも一再ではなかった」(松尾荒七『戊辰戦側面史考』)

町野兄弟の小出島入りは、前述したように鳥羽伏見戦争終了後のことである。四月十一日、江戸を無血開城させることに成功した薩長勢主体の明治新政府軍の一部は、仇敵会津藩を追討すべく上州から三国《みくに》峠を北に越えて小出島をめざした。

これを三国峠に迎撃した会津側の主将が主水だったが、血気に逸《はや》った久吉は、家宝の大身槍をたずさえて新政府軍千二百の中へ突入した。

その様子については、町野隊に編入されていた小出島の僧渡辺慧照《わたなべけいしょう》の談話が残されている。

「閏《うるう》四月二十四日、久吉様は兄の町野奉行と、折々打ち合せをしていました。『マダ早シ。マダ早シ』と折々奉行は申されましたが、久吉様は時機を見計らって、ひそかに峠の雑木林をくだり、くだりして、官軍の中に飛び込みました。（略）敵は幾回か散っては集まり、集まっては散りました」（『小出町歴史資料集』第六集）

かくて久吉は不帰の客となり、町野家伝来の宗近の名槍も行方《ゆくえ》知れずとなる運命をたどった。主水自身は苦難の戊辰戦争にからくも生き残り、白虎隊の少年たちその他会津藩戦死者の埋葬と会津の復興に全力を注ぐ後半生を選び取る。

すると、これまた年月日の特定できないのは残念ながら、長州出身の品川弥二郎《しながわやじろう》が会津へ来て、主水に面会を申し入れた。久吉の槍が今どこにあるか知っているから、町野家へ返却する仲介の労をとってもいい、という用件だという。

これを主水は、言下に断ってしまった。明治八年（一八七五）生まれのそのせがれ武馬の聞いたところでは、理由はたった一言だった。いわく、

「戦場で失ったものを畳の上で受取る事は相ならぬ」（荒木武行編『会津士魂風雲録』）

主水はいつしか「最後の会津武士」と呼ばれるようになっていたが、維新後「賊徒」「朝敵」とレッテルを貼られていた会津人の中には、このせりふに快哉《かいさい》を叫んだ者も少なくなかった。

とはいえ、こう断ってしまったあと宗近の槍はどうなったのか。

『その名は町野主水』執筆前にインタビューさせていただいた主水の令孫井村百合子さんによれば、武馬が昭和四十三年一月に死亡する以前に、くだんの名槍は「石油王」といわれるさる人物の持ち物になっていた。その人物が町野家の重宝と知って返還を申し出たので、井村さんは武馬とふたりで受け取りにいった。

その後、この槍は再建なった鶴ヶ城天守閣に寄贈されたから、興味ある人はいつでも見学可能となって今日に至っている。

「大槍先　宗近」

というシンプルな説明板の背後に置かれた一筋の槍にも、これだけの歴史がある。

戊辰寒河江戦争——東軍の死者について

戦死者は桑名藩士十九人

『角川日本地名大辞典』シリーズは、吉田東伍の『増補大日本地名辞書』全八巻（冨山房）とともに、私がよく引く辞書のひとつである。その第六巻「山形県」の「さがえ　寒河江〈寒河江市〉」につづく「〔近世〕寒河江」の項には、次のようにある。

「江戸期の町場名。村山《むらやま》郡のうち。（略）六日町・七日町・十日町・新町などの町場があり、それぞれに三斎市が発達し、寒河江千軒とも称されるほどの繁栄を示した。寛永年間の初期、幕府領6万3000石余を支配するために、楯南村の南町に幕府代官陣屋が置かれ、陣屋町としても発展し政治的な中心地でもあった」

今日、東京からこの寒河江にゆくには山形新幹線に乗って山形駅で下車し、前方（北）の空に月山の雄大な姿を仰ぎつつ、かつて「庄内六十里越」といわれた街道をタクシーで十七キロほどゆくのが至便である。

なぜそんな話をするかというと、最近、中央公論社のKさんと取材で山形市にゆき、そのついでに約二年半ぶりに寒河江を再訪する機会に恵まれたからだ。

その二年半前——平成六年（一九九四）のまだ雪の消え残る時期に私が初めて寒河江へ車を飛ばしたのは、東北地方における戊辰戦争の最終戦となった寒河江戦争の実態を知る必要に迫られていたためであった。

この地で圧倒的多数の官軍を迎え討った奥羽越列藩同盟軍の中核は、桑名藩の雷《らい》神《じん》・致《ち》人《じん》・神風《しんぷう》の三隊と庄内《しょうない》兵とを合わせた約四百。当時私は雷神隊の隊長として名をあらわし、のちに陸軍大将となった立見《たつみ》鑑三郎《かんざぶろう》（尚文《なおふみ》）の生涯を描く『闘将伝』（文春文庫）を雑誌に連載していたため、おっとり刀で寒河江へ出むいたのである。

ところで立見鑑三郎に関する基本史料『立見大将伝』は、寒河江戦争についてはこう書いていた。

「奥羽同盟の諸藩は悉《ことごと》く西軍に降《くだ》つたけれども、ひとり荘内のみが屹然《きつぜん》として屈せず、防戦克《よ》く努めてゐるので、（明治元年＝筆者注）九月十四日、三隊は白石《しろいし》から山形に入り、進んで寒河江に宿した。然《しか》るに西軍は越後から侵入して米沢・上《かみ》ノ山《やま》・山形等（の諸藩＝同）を降《くだ》し、勢ひに乗じて寒河江に来襲した。二十日の暁、大霧の為め咫《し》尺《せき》を弁ぜず、僅《わず》かに朝餐《ちょうさん》を了《おわ》つたところで、而《し》かも四百に満たざる兵を以て拒《ふせ》ぐのであるから、精鋭の敵（二千五百＝同）に対して支ふべくもない、走つて長岡山《ながおかやま》に拠り、激戦苦闘の後、十九人の戦死者を出し、敵数十人を殪《たお》して退き、肘折《ひじおり》の絶嶮《ぜつけん》を踰《こ》え、古口から川舟に乗つて清川に至り、雷神《らいじん》隊と致人《ちじん》隊とは清川を、神風《しんぷう》隊は木沢中村を守備するのであつた」

この桑名藩戦死者十九人のうち十八人までは、「戊辰戦桑名藩軍制」（桑名市教育委員会発行『桑名藩史料集成』所収）によって特定することができる。この史料のうち、たとえば谷三十郎《たにさんじゆうろう》という藩士の項には、

「九月廿日羽州寒ケ江《さがえ》ニテ討死」

という頭注があり、このような人名を十八まで勘定することができるからだ。

しかし戊辰寒河江戦争を小説中で描くには、より詳しい戦況を知りたい。そう願って、私は寒河江行きを思い立ったのだった。

凄絶なまでの抵抗

結論からいえば、私は寒河江市教育委員会から拝借した沖津常太郎・阿部酉喜夫共編『寒河江における戊辰の戦跡』（『寒河江市史編纂叢書』第二十一集）により、これら十九人が戦死した具体的状況を知ることができた。同書および同書所収「桑名藩士の

寒河江における討死状況」という一覧表から、紙数の都合上、もっとも印象に残った三人の最期の模様を紹介しておきたい。

そのひとりは、雷神・致人・神風の三隊に付属する大砲隊の隊士だった浅井金五郎二十三歳。

「官軍の来襲したことに関し、庄・桑軍が探知したのは、朝八時頃であったらしく、丁度《ちょうど》その時は本願寺前から道場小路にかけて、朝食の炊さん中であったが、さすがに不意を打たれてはその動揺一方ならず、早速桑藩の浅井金五郎が物見斥候《せっこう》として山形街道に馬を走らせた。然《しか》るに字《あざ》古河江に至って突然霧の中から顕《あらわ》れた官軍の大部隊に遭遇し、その一斉射撃に会って、街道東側の水田に人馬諸共に倒れ壮烈な戦死を遂げた」

ふたり目は、雷神隊の隊士だった山脇仲右衛門《ちゅうえもん》二十四歳。

浅井を射殺して新宿の木戸に迫った官軍に対し、立見鑑三郎ひきいる雷神隊は木戸を破られまいとして必死の応射をつづけた。その間に山脇は横腹に貫通銃創を受け、立見の弟町田鎌五郎二十歳に介錯を頼んで死んでいったのである。

「九月廿日寒河江にて討死。深手、自ら首揚《あ》げて呉《く》れと声かけ、町田鎌五郎首を揚げる。然《しか》るに仲右衛門両手を挙げ候故《ゆえ》、手首切れ前へ落つ。首挙げたれども敵乱入に付、死骸はそのまゝ」（「桑名藩士の寒河江における討死状況」）

山脇は介錯を乞うたあと、言い残すべきことを思い出したのか、両手をほぼ首とおなじ高さに持ち上げた。だが、その時町田の剣はすでに振り下ろされつつあった。ためにその両手首は首もろともに切断された、というのである。このくだりを初めて読んだ時の衝撃には、今もって忘れがたいものがある。

三人目は、致人隊の隊士だった長瀬金太二十歳。

「長瀬は初め本願寺前で鉄砲玉のため胸を打ち抜かれたが屈せず、群《むら》がる薩藩士と白刃で渡り合い、そこから一丁程南の十日市場の丁字路まで追い詰められ、深さ骨髄に達する刃傷を太腿《ふともも》に受け、更に前頭部脳に達する致命傷に倒れた」

戊辰戦争の佐幕派強い者番付としては、

「第一桑名、二佐川、次之者衝鋒隊《しょうほうたい》」（『泣血録』）

という記述が残る。「佐川」とは佐川官兵衛を隊長とした会津藩朱雀《すざく》四番士中隊のことだが、桑名兵は佐幕派最強を謳《うた》われていただけに、二千五百対四百の絶対不利な戦いとなっても凄絶なまでの抵抗をくりひろげたのである。

出土した骨は語る

戊辰戦争東軍戦死者の遺体は戦争終結後も野ざらしにされ、朽ち果てるにまかせられるのがつねであった。

戊辰寒河江戦争に散った桑名藩十九士の亡骸《なきがら》もその例外ではなかったが、これを哀れに思った僧侶がいた。本町、陽春院《ようしゅんいん》の十九世薩雲大観和尚《おしょう》。かれは杉の六分板からなる縦横一メートル六十五センチ、深さ六十六センチの棺を造り、その中にこれらの遺体を納めると、境内西南部の地下一メートルの地点にこれを埋葬してやったのである。

それから実に九十三年を閲《けみ》した昭和三十六年（一九六一）三月十一日、——。寒河江駅から河北《かほく》町谷地《やじ》に通ずる市街貫通道路が構想され、陽春院の墓所の一部も削られることになったため、これら十九士を埋葬した場所も掘り返されることになった。

「（この日の発掘作業の結果）取り出されたのは大腿骨《だいたいこつ》と腰骨で七二本、頭蓋骨は完全なものは二、三個で、他の六、七個の中にはまだ腐蝕《ふしょく》しきらないため、脳髄が漏出し、鱈《たら》の肝臓様になって（い）るものや、目玉の飛び出したものなどがあり、誠に悽惨な様相を呈していた。その他肋骨《ろっこつ》を含めた小骨が一九八個続いて出てきた。保存のよい北東側からは、まだ血糊のにじんだ黒ドスキン羅紗《ラシャ》服の一部、同腰バンド、龍の模様のついた真鍮《しんちゅう》ボタン二個など、当時における将校の服装と偲《しの》ばれる品であった。（略）黒ドスキンの服地に残る刺創《さしきず》や頭蓋骨、大腿骨等に刃傷が生々しく遺《のこ》っているもの等があって、その戦《いくさ》の激しさがうかゞわれたのである」

新潟大学医学部の小片保教授に解剖学的見地からの調査を依頼したところ、「頭蓋は破損しているが、少くとも八体分」あることがわかった。残る首は、介錯した者の手で持ち去られたのであったろう。

「損傷として、頭蓋骨の前頭部左側より側頭部にかけて長き切傷あり、これは頭蓋腔内に及んでいるもの一、左側大腿骨三、同上腕骨一に切創《きりきず》あり、この内髄腔にまで及んでいるものもある。銃創と思われるものは確認出来ない」

戦死状況と照らし合わせてみれば、前頭部を深く斬り割られている頭蓋骨と髄腔に達する傷のある左側大腿骨のうちの一本は、長瀬金太のものであろうと容易に推論できる。

また「いわゆる〝テンボ〟になった腕が一本あること」から、これは山脇仲右衛門の遺骨であろうと想像された。「テンボ」ないし「てんぼう（手棒）」とは、「指または手首、あるいは腕の一部ないしは全部がない」状態のことである（『日本国語大辞典』)。

なおこの発掘に立ち合った人々は、いよいよ棺の蓋《ふた》をひらく段階となった時、棺内の乱雑な状態を見て驚いたという。

しかし陽春院に伝わる文書を調べると、初めこの棺に納められたのは桑名藩士十九名、庄内藩士をふくむ他藩士六名だったが、のちに庄内藩から四、五名の武士がきて、同藩士三名の遺体を持ち去ったことが判明した。さらに木戸の外で戦死した浅井金五郎のそれは初め別の墓所に葬られ、明治二年になってから改めて陽春院の棺へ納められたことがわかって、この謎も解けた。

作中に戦闘場面を描くに際しては、私は以上紹介したような先人の調査に負うところがいつも少なくない。

凌霜隊の脱落者

会津援軍のすさまじい斬り合い

いつもおなじような出だしで恐縮ながら、かつて「間諜《かんちょう》許すまじ」という八十数枚の短篇小説を発表したことがある（文藝春秋刊『眉山は哭《な》く』所収）。慶応四年（一八六八、九月八日明治改元）四月初旬、美濃郡上《ぐじょう》藩青山《あおやま》家四万八千石の江戸屋敷を脱藩した形を取り、ひそかに会津藩救援におもむいた、いわゆる

「凌霜隊《りょうそうたい》」

の運命を描いた作である。この隊名は、青山家の紋が葉菊であり、菊はよく霜に堪える特性をもつことに由来する。

隊長は佐幕派の江戸家老朝比奈《あさひな》藤兵衛《とうべえ》のせがれで、起倒流柔術と北辰一刀流の剣術に非凡な冴えを見せることから、

「郡上の小天狗」

といわれていた朝比奈茂吉《もきち》十七歳。副隊長には坂田林左衛門《さかたりんざえもん》五十二歳、使節（のち参謀）には速水小三郎《はやみこさぶろう》四十七歳が選ばれ、他の藩士たち三十六人と小者六人とで結成された凌霜隊は、黒ラシャ地、襟《えり》のふち白糸かがりの筒袖《つつそで》陣羽織と洋袴《ようこ》とを制服とし、早くも髪を断髪にして勇躍会津をめざしたのだった。

この凌霜隊の特徴は、まことに戦意盛んだったところにある。草風隊《そうふうたい》、七連隊《しちれんたい》、貫義隊《かんぎたい》などの旧幕脱走諸隊と合して八百余の勢力となったかれらは、四月十六日に下野《しもつけ》国小山で新政府軍と初交戦。

「田中亀太郎《たなかかめたろう》（二十九歳＝筆者注）頭を打たれて即死す。菅沼銑十郎《すげぬませんじゅうろう》（四十二歳）膝の上を打たれ手負ひ」（矢野原与七『心苦雑記』）

という被害を出しながらも勝利を収め、さらに北上して今市《いまいち》で会津兵と合流することに成功したのである。

その後七月いっぱい凌霜隊は塩原《しおばら》に駐屯して日光口を守備していたが、白河《しらかわ》口を抜いた新政府軍が会津へ迫ると知り、陣払いして会津へ北上することになる。途中、大内《おおうち》峠にさしかかった時には不意に出現した四、五十人の敵と白兵戦となり、すさまじい斬り合いを展開した。

「中にも桑原（鑑次郎、二十三歳）にはやうやう一軒茶屋まで引退く処、敵居合はせ、一人は只《ただ》一刀にけさがけに切りたをし、是に恐れて一人（踵を）《きびす》返さんとする時、後より胴中につき通し其儘《そのまま》引き退く。小泉（勇二郎、二十一歳）には敵二人討ち取り、土井（重造、三十六歳）にも一人を仕留め首を取り斎藤弥門（四十一歳）にも敵来《きた》るゆゑ刀を抜きて追ひかけしが恐れて持ちたる銃を投げ捨て谷合《（間）》へ飛び下り逃げ延びける故、此《この》銃を分捕りして持ち帰る」（同）

逃亡者白岩源助と山片俊三

十数度の戦いを切り抜けて鶴ヶ城に入った凌霜隊は、西出丸の守備を依頼されて九月二十二日の開城の日まで戦いつづけた。

むろんその間には、戦死者も出た。田中亀太郎と小山戦争で受けた傷の悪化した菅沼銑十郎のほかに、小出於菟次郎《こいでおとじろう》四十四歳、中岡弾之丞二十五歳、山脇金太郎十七歳、石井音三郎二十歳、林定三郎二十五歳、小者の小三郎年齢不詳。

ほかに白岩源助三十七歳と、山片俊三三十五歳が行方不明になった。

しかも、会津藩の降伏とともに鶴ヶ城から投降し、郡上藩の国許へ強制送還された凌霜隊の生き残りたちには苛酷《かこく》な運命が待ち受けていた。

実はこの凌霜隊とは、国許は早くから新政府軍につくことに決めていた郡上藩が、

万一奥羽越列藩同盟側が勝ちを制した場合にも、

「当家は、初めからこちらのお味方でした」

といえるよう、会津へ送りこんだ〝捨て石〟にほかならなかった。江戸育ちゆえに佐幕の心篤《あつ》かった凌霜隊士たちは、国家老鈴木兵左衛門のそんな魂胆を夢にも知らず、同志から八人の戦死者を出しても戦いつづけたのである。

しかし、いまや勤王一色の郡上藩国許としては、新政府に列藩同盟側にも〝保険〟をかけていたと知られてはどうされるかわからない。あくまでも凌霜隊は無届け脱藩の不心得者だったことにして城下の牢へ投獄し、ひそかに斬首してしまおうとした。

その陰謀に気づいた朝比奈茂吉たちは、獄中から城下の僧たちに対して文書作戦を展開。内情を知って義憤を感じた慈恩寺《じおんじ》の十三世住職淅炊《せきすい》和尚その他の助命工作により、凌霜隊生き残りの面々が謹慎御免となったのは明治三年正月五日のことであった。

さて、このような数奇な運命をたどった部隊を小説の主人公とするならば、前半においてはその凄惨ないくさぶりを、後半においては獄中からの文書作戦が結実してゆくプロセスをていねいに描き出す必要がある。

私はそう考えて「間諜許すまじ」を書き出そうとしたのだが、書きはじめる前に行方不明になったふたりの隊士、白岩源助と山片俊三のことが気に懸《かか》ってならなくなった。

白岩源助については、凌霜隊の記録である『心苦雑記』に、

「四月十六日小山戦争の後相知れず」

とあり、おなじく山片俊三に関しては、

「四月十七日大平山（栃木市郊外）より宇都宮へ探索して罷越《まかりこ》し一度引取り、再び罷越し候まま帰り申さず候」

とあるだけで、その失踪《しっそう》理由は明らかではない。

ただし、凌霜隊の江戸脱出が無届け脱藩ではなかったことを初めて証明した藤田清雄の『鶴ヶ城を陥すな　凌霜隊始末記』（昭和三十七年、謙光社）は、ふたりをともに「逃亡」とした上で、山片についてはこう注記している。

「この男は、明治三年ごろ東京の青山藩主（そのころは知事）の邸《やしき》へ忽然《こつぜん》と姿を見せている。

『いま横浜で暮していますよ。』

と、笑っていたという」

この記述を読むかぎり、山片は臆病風に吹かれて途中から凌霜隊を脱走したもの

の、明治三年になってから郡上藩のころがなつかしくなり、横浜からふらりと顔を出したように思われる。
しかし、『郡上八幡町史』史料編二の「第五節　青山家家臣由緒書」に収録されている「御家中之面々家録」を調べた時、奇怪な事実が明らかとなった。

結論は「勤王派のスパイ」

この史料により、凌霜隊参加者の家が、かれらの脱走後郡上藩からどのような扱いを受けていたかを見てゆくと、戦死者と家督未相続の者にはなんの沙汰《さた》もなかったが、生還者の家族には、「格別の御憐愍《れんびん》をもつて」一人扶持か二人扶持が与えられていたことが知れる。
ところが、白岩源助は脱走しているのに、その家族は二人扶持と生還者中の最高待遇の者とおなじ扱い。山片家に至っては、金之助という養子を立てて家督相続を願い出、
「明治二巳三月五日の養子願ひの通りこれを仰せ出さる。同年五月四日、現石四石これを下され召し出《いだ》さる」（読み下し筆者）
という、下にも置かぬ扱いを受けている。隊長朝比奈茂吉の父藤兵衛は、一千石取

りの江戸家老だったにもかかわらず、

「一己《いっこ》の了簡《りょうけん》にて内々（会津へ）出張などの虚名をもつて、（凌霜隊に）武器、金子等まで相渡し、脱走せしむ」

と藩の罪を個人に転嫁され、永蟄居《えいちっきょ》、屋敷没収のうえ十人扶持に落とされていた。なのに脱走者ふたりの家族は、なぜ凌霜隊の戦死者よりもはるかに良い待遇を受けたのか。

そう考えた時、私の得た結論は、

「白岩源助と山片俊三のふたりは、郡上藩勤王派の意を体して凌霜隊に送りこまれたスパイだったに違いない」

というものだった。

郡上藩勤王派としては、旧幕脱走諸隊および会津藩側の動きについて知っておきたいことが少なくなかった。凌霜隊が佐幕派としてどこまで本気で戦う覚悟か知っておきたかったろうし、かれらが本当に会津入りするのなら、〝トカゲの尻尾《しっぽ》切り〟よろしくその家族たちを処分しておく必要もあった。

だからこそ白岩源助と山片俊三は、慶応四年四月十六日、凌霜隊が小山で新政府軍と初めて交戦したのを見届けてから姿を消したのであったろう。

また速水小三郎の家族も二百五十石から二人扶持へと落とされているが、これもスパイふたりの復命にもとづく処分だった可能性が高い。

速水ははじめ、会津藩への使節として旅立ったのであって、凌霜隊には加わっていなかった。それが隊士たちに慕われるあまり、途中から隊に参加したのであり、これは国許勤王派には知るべくもない動きであった。その速水が初めから凌霜隊参加者として家禄を大幅に削減されていることから見ても、国許勤王派は江戸脱出後の凌霜隊の動向をつかんでいたと判断できるのである。

私が凌霜隊を主人公とする自作を「間諜許すまじ」と題したのは、これら水面下の動きがほぼ判明したことにより、明治三年に凌霜隊生き残りが無罪放免となってからの、かれらとスパイふたりとの暗闘を描く、という方向にチャンネルを切り換えたためであった。

前述したように、山片俊三は明治三年に横浜で暮らしていた形跡があるから、鈴木兵左衛門からもらった金で新商売でも始めたのだろう。対して白岩源助はその後いっさい行方がわからず、一方の朝比奈茂吉は赦免《しやめん》となったあと東京へむかった形跡がある。

茂吉は東京で白岩を見つけ出し、ひと知れず〝始末〟して積年の恨みを晴らしたのではないか、といまでも私は考えている。

桑名藩家老・酒井孫八郎のストレス

藩主はおらず兵もなし

武士というのは完全変態する昆虫のようなものだ、といったら叱《しか》られるだろうか。その心は、たとえば蝶《ちょう》が幼虫、さなぎを経て羽化するように、侍も幼名、ついで通称を名乗り、死んでからは諱《いみな》（実名）をもって呼ばれる、――。

幕末の桑名藩家老酒井《さかい》孫八郎《まごはちろう》の場合ならば、幼名を百寿計、通称を孫八郎、諱を朝雄という（『三百藩家臣人名事典』4）。百寿計はヒャクスケかモモスケかわからないが、いずれにせよかれの長寿を願った親たちの気持がこめられている。

しかし結果だけを見れば、この人物は短命におわった。その置かれた大状況、小状況を考えるとそれも無理からぬことだったような気がするので、今回は苦しかったであろうかれの生涯をたどってみたい。

さて酒井孫八郎は、弘化二年（一八四五）桑名藩家老服部半蔵《はっとりはんぞう》の次男として誕生。

安政五年（一八五八）、父と同職の酒井三右衛門《さんえもん》が嗣子《しし》なくして病死したため、末期養子として酒井家を相続することになったのだった。

同時代の桑名藩士で、のち法曹界で名をなした加太邦憲《かぶとくにのり》の回想録『自歴譜』に、つぎの記述がある。

「酒井朝雄（当時、孫八郎＝原注）また同門なりしが、予の同室する頃にはあまり出席を見ず、閑居独学の模様なりき」

同門とは、藩校立教館と大塚晩香《おおつかばんこう》塾の双方にともに出入りした仲、ということ。孫八郎は病弱だったのか、十代のころから人中に出ることを好まなかったようだ。

だが「本の籬《まがき》」、「文久元年辛酉　御家中分限帳」（『桑名藩史料集成』）によって、孫八郎は文久二年（一八六二）正月十五日以降五百石御奏者番《おそうじゃばん》格、のち正式に奏者番として藩主松平定敬《さだあき》に近侍していたことがわかる。慶応四年（一八六八、九月八日明治改元）一月三日に鳥羽伏見の戦いが勃発、佐幕派の雄桑名藩も一敗地に塗《まみ》れたころには上席家老、政治総裁職として国許を統轄していたから、おのずと敗戦処理に挺身《ていしん》せざるを得なくなった。

この時、孫八郎の立場はまことにつらいものであった。

あるじ定敬は、元治元年（一八六四）四月十一日に京都所司代に任じられ、藩兵の主力とともに京にあった。鳥羽伏見の敗北後、その定敬は前将軍徳川慶喜に同行を命じられて海路江戸へ去り、藩兵主力も帰国してこない。国許では硬論（官軍への徹底抗戦論）と軟論（恭順論）とが対立したものの、国許残留者七百七十七名は老人と十六、七歳以下の子供がほとんどで、籠城戦などとてもできない。

桑名城下が騒然となっていた一月九日、新政府は早くも桑名藩征伐を布令。東海道鎮撫《ちんぶ》総督橋本実梁《はしもとさねやな》ひきいる三千余の兵たちは、こぞって進発準備にとりかかった。

国許は恭順、殿様は抗戦

あわれ孫八郎の運命やいかに、と張り扇を叩《たた》く趣味はないので、つぎにはその行動だけを押さえておく。

京都—桑名間は、三十里たらず。そのちょうど中間、東海道上の宿場に土山《つちやま》という町がある。

十八日に東海道鎮撫総督軍がこの土山に入った時、単身あらわれて同軍参謀海江田《かえだ》信義と会見したのが酒井孫八郎であった。

かれは申し入れた。

「藩主（割注略）今や逃遁《とうとん》して其往《そのゆ》く所を知るべからず（同上）而《しこう》して息男万之助《そくなんまんのすけ》の

在《あ》るあり、闔藩《こうはん》（全藩）を率ひて恭順せんとす。希《ねがわ》くは寛典に処せられんことを」（海江田信義『維新前後実歴史伝』）

桑名藩前藩主松平猷《みち》が安政六年に死亡した時、その嫡男万之助はまだ三歳だった。この幼さでは、動乱期の藩政をまかせられない。そこで桑名松平家は美濃高須《たかす》松平家から定敬を養子に迎え、万之助をその嗣子《しし》とする手つづきを取った、という背景がある。

いわば定敬は〝つなぎ〟の藩主だったから、その定敬が帰国できない以上、万之助を新たな藩主に立てて賊徒桑名藩の名を一掃しよう。そう孫八郎は、必死の思いで考えたのである。

「恭順の誠心あらば、城池及《マ》び《マ》兵器弾薬、皆之《これ》を　朝廷に納《おさむ》るべく、且《か》つ恭順の徒をして寺院に幽せしむべきなり」（同）

海江田のつきつけた条件をも孫八郎はひたむきに実行に移したため、桑名藩国許は東海道鎮撫総督軍の蹂躙《じゅうりん》するところとならずにすんだのだった。

ただし新政府が、定敬から万之助への家督相続をすんなりと認めたわけではない。まだ二十三歳と血気盛んな定敬は、賊徒首魁《しゅかい》と名指されつつある会津藩主松平容保《かたもり》の実の弟で、徹底抗戦派だったからである。

桑名を通過した東海道鎮撫総督軍が、江戸へ迫ってからのその行動は以下のごとし。

「定敬は江戸城中でも主戦論を唱え、慶喜から帰藩を諭されたが、三月横浜から雇い入れた外国汽船に乗り箱館《はこだて》を経て、四月所領の柏崎《かしわざき》に上陸、ここで抗戦ののち、会津に走り、籠城を決意したが、容保の勧めで出羽国米沢に向った。会津の落城により、松島湾寒風沢《さぶさわ》に投錨中の榎本武揚の軍艦に乗り箱館の五稜郭に入って政府軍に抗戦した」(『明治維新人名辞典』)

定敬に従って越後口で新政府軍と再対決した桑名兵約三百も、雪辱の意気に燃えていた。ために北陸道鎮撫総督参謀山県有朋《やまがたありとも》は、片腕と頼んだ親友時山直八《ときやまなおはち》をも桑名兵に討ち取られてしまい、茫然《ぼうぜん》としてこう詠じたほどである。

あだ(賊)守る砦のかゞり影ふけて夏も身にしむ越《こし》の山風

しかしこう軽く表現しては孫八郎に怒られそうだが、桑名から戊辰戦争の進展を息を吞《の》んで見つめていたかれの心境も、「夏も身にしむ桑名の潮風」といいたくなるものであったろう。せっかく国許は無事で収まったのに、今後の定敬の動き次第によっては桑名十一万石は滅藩とされかねない。

榎本武揚・土方歳三との交渉の果てに

そこで孫八郎は意を決し、定敬が籠《こも》ったと聞く五稜郭へみずから赴《おもむ》くことにした。

桑名から東京へ出たのが明治元年十一月十四日、横浜からイギリス船ソルタン号に乗って出港したのが十二月七日のこと。青森港上陸から二日目の同月十二日には、

「酒甚《はなはだ》あしく、濁り、甘ミアリテ重シ。言語甚聞《きき》にくし。婦人、子ありとも老ニ至ル迄眉《までまゆ》を払《はらう》（落とす）事なし」（「酒井孫八郎日記」＝日本史籍協会編『維新日乗纂輯』四、句読点筆者）

と、土地の風俗を書きとめる余裕すら見せている。

しかし五稜郭への渡海攻撃を準備中の新政府軍の許しを得、十二月二十五日に箱館へわたってからが大変だった。

「中将様（定敬）、当地神明社神職之家ニ益《ますます》御機嫌能被為入《よくいらせられ》候由」（同）

とまではすぐわかったが、箱館脱走軍は孫八郎から両刀を奪い、宿に閉じこめてしまって逆に訊問を始める始末。二十九日には、わざわざ新選組の隊長土方歳三が会いにきた。

孫八郎が「日記」に土方との面談内容を記していないのは、すでにその余裕もなかったからか。土方は定敬よりもさらに筋金入りの徹底抗戦論者だったから、孫八郎の来訪を迷惑に感じたであろうことは想像に難くない。

そこをどう粘ったものか、孫八郎は明治二年元旦、ようやく定敬に会見することができた。その後も、榎本武揚および土方との定敬の身柄引きわたし交渉はえんえんとつづいてゆくことになる。一月六日榎本・土方、十四日同、十九日土方、二十五日同、二十八日同、二十九日榎本、二月二日同、三日土方、四日同、……。

来訪者の名前だけをならべた「酒井孫八郎日記」を読んでいると、なんとか主君を脱走軍から離脱させたい孫八郎と、それを拒否したい榎本・土方との息づまるやりとりが眼裏《まなうら》に浮かんでくるような気さえする。

このまま交渉が長引けば、春の雪解《ゆきげ》時を待っておこなわれる新政府軍の箱館総攻撃により、定敬の命も危くなる。それを思うと、孫八郎は胃の痛む思いだったのではあるまいか。

しかし、同日記二月六日の項に、

「榎本（定敬の）御座所へ来《きた》り便船之談アリ」

との記述があらわれる。榎本はようやく、定敬主従の箱館退去を認めたのである。

四月十三日出港、二十六日横浜着。定敬はその後謹慎せざるを得なかったものの、八月十五日に万之助改め定教《さだのり》は桑名藩知事に任命された。

この時孫八郎は大参事、すなわち筆頭家老相当職に選任され、明治六年には定教の妹高姫を娶《めと》っているから、桑名松平家もその労苦に充分に報いようとしたものと考えられる。

だが孫八郎のその後の人生に、特筆すべきことはなにもない。

「明治五年桑名県廃止により大参事を辞任して、東京へ移り、宮内省所属宣教師、宮内少監、警察官、検察官などを歴任した。（略）しかし明治十二年四月十五日、病のため東京にて没す」（『三百藩家臣人名事典』4）

酒井孫八郎改め朝雄は、享年三十五であった。

人は体質と置かれた状況の違いによって、早咲きと遅咲きとの別を生じる。戊辰の大乱に二十四歳で直面し、二十五歳でその処理を果たした孫八郎は、甚大なるストレスと早咲きを強いられたこととによって早く散ったような気がしてならない。

軍艦「甲鉄」とふたりの美男

横浜にきた「ストンウォール」

人それぞれに略歴がついてまわるように、船にも艦歴というものがある。

江戸の無血開城直前の慶応四年（一八六八、九月八日明治改元）四月に横浜にあらわれ、旧幕府海軍と新政府海軍とが水面下で争奪をくりひろげた装甲砲艦「ストンウォール」の場合、日本へ回航されてくるまでの艦歴はつぎのごとし。

南北戦争（一八六一～六五）の最中、南軍軍艦としてフランス、ボルドーのアルマン商会に発注される（仮称「スフィンクス」）。

一八六四年五月、アルマン商会は南軍の敗色濃厚と見て「スフィンクス」をデンマークに売却、「ステルコーダ」と改称される。まもなく契約破棄となり、「オリンダ」と再改称されてボルドーへもどる。

一八六五年一月二十四日、南軍が入手に成功し、「ストンウォール」と命名。五月十四日、キューバのハバナ港に入港したところを北軍の艦隊に取り囲まれたため、南軍は一万六千ドルでキューバに売却。七月、アメリカ合衆国政府これを同額にて購入。

一八六七年（慶応三年）末、徳川幕府が購入し、代価四十万ドルのうち三十万ドルを支払う（篠原宏『海軍創設史』）。

要するにアメリカは、残金十万ドルと引き換えに「ストンウォール」を幕府に譲渡しようとしていた。ところがその横浜到着以前に鳥羽伏見の戦いが勃発、アメリカ公使ファルケンブルグは日本が内戦状態に突入したと見て局外中立を宣言し、「ストンウォール」を旧幕府軍にも新政府軍にも引きわたさなかった。そこから両軍の、水面下における「ストンウォール」争奪戦がはじまったわけである。

なぜ両軍の目にこの軍艦がかくも魅力的に映ったかといえば、彼我ともに鉄骨木皮艦しか所有しなかった当時にあって、「ストンウォール」は艦全体に厚さ八十九ミリから百十四ミリの装甲をほどこされた日本初見参の装甲砲艦だったからだ。

その排水量は千三百五十八トン、主砲は三百ポンド・アームストロング砲（のちの二十五センチ砲）、副砲二門は七十ポンド砲（十六センチ砲）。甲板上には、毎分百八十発を連射可能な機関銃の原型ガットリング機関砲まで据えつけていた。

ついでにいえば、旧幕府海軍は江戸無血開城と同時に「富士山丸《ふじやま》」「翔鶴丸《しょうかく》」「朝陽丸《ちょうよう》」、「観光丸《かんこう》」の四軍艦を新政府側に差し出したものの、なお旗艦「開陽丸」以下排水量にして約四千六百トンを保有。新政府海軍側は、上記の四隻を加えたところで約三千七百五十トンしかなかった（運輸船は計算せず）。

旧幕府側が契約通りに「ストンウォール」を入手すれば海軍力の優位は決定的となり、新政府がこれを獲得できれば砲力においてかれを圧倒できる。かくて「ストンウォール」は、両者から戊辰戦争の帰趨《きすう》を占うジョーカーのような存在として熱い視線を注がれることになったのだった。

伊庭八郎は「俳優ノ如キ好男子」

五月十五日、上野の山にこもった旧幕府彰義隊一日にして潰滅《かいめつ》。八月十九日、江戸湾にあった「開陽丸」以下の旧幕府海軍八隻、脱走して蝦夷地へ北走。九月二十二日、佐幕派の雄会津藩ついに新政府軍に降伏。

関東・東北地方の全域が新政府の版図となったあとも、「ストンウォール」は星条旗を掲げたまま横浜港の岸壁につながれつづけていた。

すると明治改元のあと横浜に潜入し、「ストンウォール」奪取の機会をうかがった佐幕派の名剣士がいた。心形刀流の達人、伊庭《いば》八郎二十六歳。
「白皙《はくせき》美好」（「伊庭氏世伝」）
とその美男のほどを記録された八郎は、将軍親衛の遊撃隊の隊士だった。鳥羽伏見の戦いに敗れて東帰したあとは、徳川家再興をめざして無血開城当日に江戸を脱出。徳川義軍遊撃隊を再編制し、五月中に箱根の関所を占拠した。

新政府軍の江戸入りを阻止しようとしてのことだったが、八郎は同月二十六日に起こった山崎三枚橋の戦いで左手首がぶらぶらになる重傷を負い、左肘《ひだりひじ》下切断の手術を受けた。その後、乗艦「美加保《みかほ》丸」の座礁《ざしょう》によって北走する旧幕脱走軍（主将榎本武揚）からも置き去りにされ、横浜に潜伏して蝦夷地渡海のチャンスをうかがううちに「ストンウォール」の存在に気づいたのである。

当時、八郎を匿《かくま》ったのがアメリカ公使館通詞尺振八《せきしんぱち》だったことには、私も『遊撃隊始末』（文春文庫）その他で言及したことがある。しかしこの軍艦との関係は、振八の御子孫尺次郎氏の労作『英学の先達・尺振八　幕末・明治をさきがける』（発行協力はまかぜ新聞社、一九九六）によって初めてあきらかにされたことと思う。同書に写真版として掲載された高梨哲四郎書簡の一節を、つぎに紹介したい。

「明治戊辰ノ歳《とし》、尺先生横浜ノ北方《きたかた》（地名＝原注）ニ英語ノ教鞭《きょうべん》ヲ執《と》ル。先ヅ入門シタル者ハ僕ト渡辺福三郎君ナリ。居ルコト数月、新《あらた》ニ二十歳前後ノ壮者来ル。見タル所色白ニシテ温雅、所謂《いわゆる》眉目秀麗、俳優ノ如キ好男子ナリ。共ニ英語ノ会話篇ヲ読ム。常ニ左手ヲ懐《ふところ》ニシ、右手ヲ以《もっ》テ僕ノ頭ヲ撫《な》デ、哲サン、哲サント呼ブ。（略）後《の》チニ聞ケバ此《この》好男子コソ函（箱）根ノ一戦ニ一手ヲ失シタル伊庭八郎ナリト」（句読点・濁点筆者）

振八はある日、「ストンウォール」を見学させてくれた。

「其頃《そのころ》鉄艦ストンヲール（略）横浜ニ入港シアリ。幕府註文《ちゅうもん》後、其引渡《ひきわたし》ヲ受《うけ》ザルニ維新トナリタルガ為メ、新政府ニ引継《ひきつ》ガズシテ繋留《けいりゅう》シアリタリ。僕一日、先生ノ案内ニテ該艦ヲ見タルニ、正面ニ砲一門三百磅《ポンド》、両舷ニ八十磅各一門」

注目すべきは、このあとに「伊庭氏等該艦ヲ奪フテ函館ニ走ル計画モアリシナレドモ遂ニ成ラズ」とあること。「ストンウォール」乗っ取りは計画倒れにおわり、伊庭八郎は十一月二十三日、アメリカ船に乗って箱館をめざした。

その五稜郭入城は十二月二十八日のことであったが、八郎の長旅の前後に榎本脱走軍の置かれた状況は激変してしまう。旗艦「開陽丸」は江差《えさし》沖で座礁沈没、明けて明治二年一月、ファルケンブルグは日本の内戦終了と見て「ストンウォール」を新政府に引きわたした。「甲鉄」と名をあらためた同艦が新政府海軍旗艦として箱館戦争に参加することになったため、ようやく榎本脱走軍は憂色を濃くした。

土方歳三の挑戦

「甲鉄」、「陽春丸《ようしゅん》」「春日丸《かすが》」、

「第二丁卯丸《ていぼう》」の陸中宮古湾《りくちゅうみやこ》到着は、三月十八日から二十日にかけてのことだった。ところが榎本脱走軍は、このころ起死回生の作戦計画を立てていた。

出動するのは、残存艦四隻のうち「回天丸《かいてん》」、「蟠龍丸《ばんりよう》」、「高雄丸《たかお》」の三隻。「甲鉄」に接舷《せつげん》攻撃を仕掛けて乗っ取ってしまう、という破天荒な計画で、「回天丸」には斬りこみ要員たちの総督として土方歳三も乗りくむことになった。

新選組の土方歳三も、伊庭八郎に負けない美男として知られた。京にいたころには遊女たちから行李《こうり》一杯の恋文をもらい、

「報国の心忘るる婦人哉《かな》」

とバカな一句をものしたこともある。

近藤勇の主宰する天然理心流「試衛館」の師範代をしていた時代、歳三は下谷から遊びにくる伊庭八郎と吉原通いに精を出したこともあった。

近藤勇の養父周斎《しゅうさい》老人に小遣いをせびるふたりのやんちゃな姿は、流泉小史『新選

組剣豪秘話』に記述されている。

「周斎老人の財布は、大抵《たいてい》の場合中味が豊富で、それをねらうのがいたずら者の伊庭八郎とその頃店の名は忘れたが、吉原は江戸町一丁目辺の混《まじ》り店《みせ》（間口十間以下の娼家＝著者注）に深いの（深い仲の遊女＝同）があった土方歳三と両人で、よく口実を設けては周斎老人に借款《しゃっかん》を申込む。すると周斎老人は、二分や一両はきっと出してやる」

佐幕派屈指の剣客として名を知られるに至ったこのふたりは、死の直前に期せずしてともに「甲鉄」分捕りを夢見たことになる。

しかし、三月二十五日早朝に決行された「甲鉄」への接舷攻撃は成功しなかった。脱走軍側は、「甲鉄」のガットリング機関砲により、「回天丸」艦長甲賀《こうが》源吾《げんご》をふくむ死者十七、負傷者二十余を出して宮古湾から脱走する羽目になった。

ついで五月、蝦夷地の雪解《ゆきげ》時を待って開始された新政府軍の海陸からの総攻撃に、八郎は重傷を負って五稜郭へ運びこまれた。同月十一日、歳三は馬上突撃して戦死、八郎もおそらく十七日の五稜郭開城前夜のことだろう、榎本武揚の差し出すモルヒネ液を飲み干し、安楽死する道を選んだ。

八郎は二十七歳、歳三は三十七歳。ともに江戸で剣を学び、幕府瓦解後も佐幕の心厚かった美男の剣士ふたりが、ともに「甲鉄」に挑もうとしたのは奇縁である。

なお、「甲鉄」は蝦夷地平定後に東京湾へ帰投。東京湾の警備その他に活躍したが、福井静夫『写真日本海軍全艦艇史』資料篇は「甲鉄」を「初期の雑軍艦」(!)の一隻と分類し、その後半生を左のように記述している。

「(明治)4・11・15、三等艦と定める　4・12・7東と改名　7、佐賀の乱鎮圧に参加　7・8・19 長崎に停泊中、台風のため座礁、沈没、浮揚後、横須《よこす》賀《か》造船所で修理、10、西南の役。神戸港警備に従事　21・1・28 除籍、22・11・12 売却報告、後解体」

人の履歴が死をもって閉じられるのとおなじように、艦歴が解体におわるのはちと物哀しい。

奇兵隊は近代的軍隊の原点か

「順逆史観」の悪影響

私は新選組にはじまり、会津藩、桑名藩、遊撃隊、そして凌霜隊など、戊辰戦争における東軍（奥羽越列藩同盟）参加者の運命を描く歴史小説をおもに書いてきた。

そんな関係からか、講演の依頼も東日本からのものがほとんどだが、驚き、かつ傷ましく思うのは、今日の東日本の青年層の間になおも〝官軍コンプレックス〟が感じられることだ。

たとえば平成八年（一九九六）十一月二十六日、私は福島県白河市の財団法人立教志塾の求めに応じ、同市で「戊辰戦争と白河」と題する一時間半の講演をおこなった。

「戊辰戦争は佐幕派対尊王攘夷派の戦いであり、後者が勝ったために前者は賊徒の烙《らく》印《いん》を捺《お》されました。そのため佐幕派は保守的で前近代的なグループ、尊王攘夷派は進歩的で開明的なグループであったかのようにいうひとがいますが、そうではありません。すでに開国に踏み切っていた佐幕派こそ進歩派、攘夷・再鎖国などというできもしない野蛮なことを夢見ていた尊王攘夷派こそ保守派だったのです。今日の日本が外交下手で有名なのも、攘夷という外交を拒否する政体によって近代へ舟出したためではないでしょうか」

などとやらかし、帰京して少しすると主催者から礼状がきた。そこには、あの講演を聞いて東北人の血が騒ぎました、と書かれていた。これは尊王攘夷派イコール正義、佐幕派イコール悪とする一面的な認識が、東軍参加者の子孫たちにも暗い影を落としていることを示してあまりある。

これは勝ち残った尊王攘夷派グループの作り上げた、いわゆる「順逆史観」、すなわち戊辰戦争とは正義の軍隊が賊軍を討伐したいくさだったとする一方的見解が、なおも影響力をもっていることをも意味する。

「高杉晋作《たかすぎしんさく》の創設した長州藩の奇兵隊こそは、士農工商の身分いかんにかかわらず隊士になることを認めたという点で、国民皆兵制の先駆であり、近代的軍隊のはじまりでもあった」

という考え方も、このようなものの見方の延長線上にある。

なお私は、大学受験用の歴史教育程度ならば奇兵隊を右のように教えてもかまわない、と考えていて、げんに、

「奇兵隊之義ハ有志之者相集メ候ニ付《ツキ》陪臣軽卒藩士を不撰《エラバズ》同様ニ相交《マジワ》リ専《モッパ》ラ力量を以《モッテ》貴び堅固ノ隊相　調可申《トトノエモウスベシ》と奉　存《ゾンジタテマツリ》候」

という『奇兵隊日記』の一節を紹介し、奇兵隊を「近代的軍隊」と位置づけたこともある。

しかしこれは「受験の日本史」という雑誌に寄せた受験生向きの歴史読物のなかでのことであり、一般読書階級を読者に想定していたらこうは書かない。単に歴史の定説をなぞるだけでなく、その秘められた側面に肉薄するのでなければ、今あらたに史論を書く意味がないからである。

奇兵隊は腐敗していた

ところで同年十二月七日、新潟県長岡市の長岡リリックホールでは、市制九十周年記念事業の一環として長岡歴史シンポジウムがひらかれた。

私はその第二部にあたる「幕末維新、激動の長岡」をテーマとするディスカッションに出席したのだが、ともに登壇した大学教授兼評論家氏（特に名を秘す）の所論は

まことにふしぎなものであった。氏は長岡藩をひきいて東軍に加わった河井継之助を「閉じられていた」人物として否定的に評価する一方で、奇兵隊を絶讃称揚して見せたのである。

だが奇兵隊が当時としては画期的な近代的軍隊だったからといって、そんなに絶讃するに足る存在だったのだろうか。私にはとてもそうは思えないので、以下少々奇兵隊の歩みをふりかえってみよう。

なお奇兵隊の「奇兵」とは正規兵を意味する「正兵」の対立概念だから、正規ならざるゲリラ兵を示す。長州藩の非正規軍としては、このほかに御楯《みたて》隊、鴻城《こうじよう》隊、遊撃軍、第二奇兵隊その他があり、「諸隊」と総称されていた。

元治元年（一八六四）八月の馬関戦争（対英米仏蘭四ヵ国連合艦隊戦）、その直後の俗論党政権との内乱劇、慶応元年（一八六五）五月に始まった四境戦争（幕府による第二次長州追討）の三大事件を経る間に兵力には増減があったが、慶応元年三月の段階での諸隊の定員は千五百人であった（田中彰『高杉晋作と奇兵隊』）。

「戊辰戦争に出動した長州藩諸隊の人員は約五千、そのうち死者三百人以上、負傷者六百人を数えた」

と古川薫『長州奇兵隊』にあるから、戊辰戦争開戦が迫るにつれてこの兵力は三倍以上にふくれあがり、明治二年（一八六九）五月の箱館五稜郭開城とともに無疵《むきず》で帰国できたのは概算四千百人だったことになる。

しかしその腐敗は、戊辰戦争継続中からすでに始まっていた。当時奇兵隊に属していた三浦《みうら》梧楼《ごろう》の有名な回想がある。

「隊長の我輩も、兵卒も、一ケ月の手当が国札（藩札＝筆者注）三十匁《もんめ》であつた。即《すなわ》ち五十銭に当るのである。然《しか》るに我輩が或時《あるとき》、公用を以て、山口に出張すると、会計係より旅費だと云うて、五百匁を渡して呉《く》れた。即ち八両とイクラである。月手当三十匁のものに、五百匁の旅費とは、過分も過分も、非常の過分である。

『これはドウしたことか。』

と問へば、

『本陣の衆はチヨツと山口へ来れば、皆旅費として五百匁づゝ渡すことになつて居る。請求があれば、又渡す。』

との答へである。（略）必ず何か私があるに相違ないと、此時始めて気が付いたのである」（『観樹将軍回顧録』）

のちに三浦が調査したところ、奇兵隊士の月俸は実は六十匁だった。ちょうど半額、幹部たちがピンハネしていたのだ。

しかも、帰国した諸隊に対する長州藩庁の対応は、血も涙もないものだった。諸隊を常備軍へ改編すると称し、その多くを強引に放逐《ほうちく》したのである。

むろん慶応元年三月レベルの三倍の兵員に俸給を支払いつづけることができないからだが、これでは命を的に戦ってきた諸隊の兵が激怒したのも無理はない。明治二年十一月二十七日「遊撃隊嚮導《きょうどう》並兵士」名義で藩士松原音三あてに差し出された上官名《な》島《じま》小々男の弾劾書が、大暴動の引金となった。

「当隊儀名島小々男以下私曲不正之廉《かど》相重《かさな》り、……（兵士の）精選（常備軍への）合併等之儀ニ就而《ついて》も（略）自己一人勝手次第之取計《とりはからい》多く」（『奇兵隊反乱史料／脱隊暴動一件紀事材料』）

といった文章からなるこの告発書は、諸隊幹部に不正腐敗があったことのみならず、諸隊のうちにも身分差別が厳然と存在していたことを語っている。奇兵隊は「士農工商の身分いかんにかかわらず隊士になることを認めた」とはいえ、とても民主的な軍隊ではなかったのである。

脱走・武装蜂起・海賊化

さらに、――。

帰国するや放逐された兵士たち、あるいはその危険を感じた者たちが藩庁に対して牙《きば》を剝《む》いたということは、諸隊に入ることこそ出世の近道、ひらたくいえば非武士階級から士分に上る早道と考えていた者たちが少なくなかったことを物語る。武士になりたい。そのような中世的願望が渦巻いていたことを視野に入れれば、奇兵隊はとても国軍の魁《さきがけ》たり得るような近代的な軍隊ではなかった、ということになる。

それはともかくとして、このような不満によって暴発した諸隊の動きはすさまじかった。前出『高杉晋作と奇兵隊』は、当時まだ諸隊に籍を置いていた兵員を二千五百二十九人、脱走者数を千二百二十三人としているが、脱走者の一部は明治三年一月二十一日には長州藩主毛利《もうり》敬親《たかちか》のいる山口公館を武力によって包囲してしまったほど。二月九日には常備軍との間に激戦が展開され、木戸《きど》孝允《たかよし》などは茫然《ぼうぜん》としてこう書きつけた。

「十一字(時)十二字の間脱隊の徒銃を束ね襲来一時尤《もっとも》烈戦第四大隊死傷尤多漸《ようやく》三方の敵を払ひ銃声漸静なり」(『木戸孝允日記』)

一説にこの日一日に消費された弾丸は七万発に達したというから、これは五稜郭戦争以来の大戦争であった。

愕然《がくぜん》とした長州藩庁は、脱走諸隊追討を宣言。おって斬首八十四人、切腹九人をふ

くむ二百二十一人を処罰したと『高杉晋作と奇兵隊』にあるが、その判決文には、

「上を恐れぬ悪逆無道、重科遁《のが》れがたく候、之によりて誅戮梟首《ちゅうりくきょうしゅ》仰せつけられ候事」

といった無慈悲な文字がならんでいる。士分ならざる者が多かったからこそ、長州藩庁は戊辰戦争での武勲などいっさい無視し、つぎつぎに死刑を執行したのである。

「狡兎《こうと》死して走狗《そうく》烹《に》らる」

とはこのことではないか。しかも、なおも追討軍から逃れた脱走諸隊の残党は、瀬戸内海の海賊と化して明治四年まで暴れまわった。私はこういう末路を眺めると、とても奇兵隊を讃美する気にはなれない。

ちなみに『角川新版日本史辞典』「奇兵隊」の項は、その成立過程と特徴とを過不足なく押さえながらも、

「しかし隊中では、出身身分によって袖印が区別され、武士出身者が優遇されたため、入隊時に武士の養子となる手続きをとる者もいた」

と封建的側面が残存していたことにも言及し、脱退騒動にもきちんと触れている。

大学教授兼評論家氏は、この日本史辞典を読んでからディスカッションに参加すべきであった。

第五部　明治の伝説

会津藩士と「緋色」の記憶

リンゴ第一号の品種名は「緋の衣」

私は日本文藝家協会の会員であると同時に、会津会、会津史談会、会津史学会の会員でもある。会津とは縁もゆかりもない私が後三者に入会しているのは、これらの機関誌である「会津会会報」(年一回刊)、「会津史談」(同)、「歴史春秋」(年二回刊)には会津史に関する貴重な研究論文がしばしば発表され、会津史に材を得た小説をよく書く私としては最先端の研究をも学んでおく必要があるからだ。

ところでこの三者のうち会津史談会は、「会津史談会通信」というB5判八頁のパンフレットをも定期的に刊行している。一頁目には会長さんが巻頭言を執筆するのが恒例だが、このほど送られてきた第三十五号を読んだ時、私はしばし目から鱗《うろこ》が落ちた気分を味わった。

「年度初めのご挨拶」と題した文中に、畑敬之助会長はこう書いていたのである。

「リンゴの日本での原産地は北海道の余市《よいち》、その開拓者が会津藩士」、「栽培最初の品種名は『緋《ひ》の衣』である。これは幕末、京都守護職の藩主・松平容保《かたもり》が文久三年（一八六三＝筆者注）正月初めて参内した際、孝明《こうめい》天皇から下賜《かし》された『緋の御衣《おんぞ》』にちなんだという。入植した藩士たちが、当時いかに戊辰戦争にこだわっていたかがわかる」

日本で初めてリンゴを栽培したのが旧会津藩から余市へ入植した人々だったことを知らなかった私は、最初の品種に「緋の衣」と名づけたかれらの思いを知って、胸がつまる思いだった。

しかし右の引用文中に出る「緋の御衣」が、なぜリンゴの品種名に転用されねばならなかったのか、以上の書き方だけでは得心のゆかない読者も少なくあるまい。以下しばらく、幕末の会津藩主と孝明天皇とのかかわりを振り返ってみよう。

文久二年（一八六二）、幕府は京を中心としてテロルをつづける尊王攘夷派（倒幕派）の志士たちを取り締るために京都守護職という新しい役職をもうけ、会津藩主松平肥後守《ひごのかみ》容保を抜擢《ばってき》した。同年十二月、藩兵一千をひきいて上洛した容保が市中見廻りをはじめると、テロルの嵐は影をひそめたため、平穏の訪れを喜んだ京の町雀《まちすずめ》たちはこう歌った。

〽会津肥後さま　京都守護職つとめます　内裏《だいり》繁盛で公家安堵《あんど》　トコ世の中ようがんしょ

なぜ「内裏繁盛で公家安堵」なのかといえば、すでに幕府が開国に踏み切っているのに孝明天皇が再鎖国を希望して対立している現状を調停するため、容保は幕府に「叡慮御遵奉《えいりよごじゆんぽう》」（『京都守護職始末』）を申し入れ、同時に今まであまりに簡略に過ぎた勅使の待遇を改めるよう運動したからである。

その勤王の心を愛《め》でたためにこそ、孝明天皇は容保に異例にも「緋の御衣」を下賜し、

「戦袍《せんぽう》（陣羽織）か直垂《ひたたれ》に作り直すがよい」（同）

と伝えたのだった。

屈辱と哀しみの「泣血氈」

この時かぞえ二十九歳の容保は、孝明天皇の言いつけに従って「緋の御衣」で陣羽織を仕立てさせ、それを着用した姿を写真に撮らせた。その写真を贈られたひとり

に、会津藩江戸屋敷に住まっていた三歳歳上の義姉照姫がいる。

柴桂子『会津藩の女たち』によれば、歌人として知られていた照姫は、その写真に見入って一首詠《よ》んだという。


御心のくもらぬいろも明らかにうつすかがみのかげぞただしき

若き藩主が孝明天皇とともに公武合体を推進しつつあることを、この緋の陣羽織は象徴的に語っていた。国許の会津や江戸屋敷を守る会津藩士と家族たちにとり、こうして「緋色」は誇らしき色彩としてその記憶に焼きつけられたのである。

だが、慶応二年（一八六六）七月二十日、徳川十四代将軍家茂は二十三歳にして病没。同年十二月二十五日、孝明天皇も三十六歳にして崩御すると、公武合体の世は崩れ去り、慶応四年（一八六八、九月八日明治改元）正月の鳥羽伏見の戦いに敗れた容保と会津藩は賊徒の汚名を着せられてしまう。

同年九月二十二日、刀折れ矢玉尽き果てた会津藩は降伏し、明治新政府軍との間で開城式をおこなわざるを得なくなった。

鶴ヶ城北出丸の北追手前にしつらえられた式場は、周囲に幔幕《まんまく》を張りめぐらされ、その内側には十五尺（四・五メートル）四方の緋毛氈《ひもうせん》が敷きつめられていた。かつて会津藩士たちの誇りであり、容保の誠忠の象徴でもあった「緋色」は、城下の盟を結ばざるを得ないという武門最大の屈辱を示す色彩へと一気に塗り替えられてしまったのである。

会津藩代表のひとりとしてこの式場に入った秋月悌次郎（のち胤永《かずひさ》）は、後日こう回想している。

「式事了《おわ》りて皆謂《い》う　今日の辛苦、蓋《けだし》、戦場啻《ただ》ならず　畢生《ひっせい》、忘るる能《あた》わざるなり。乃《すなわ》ちこの氈を切り、同苦者相分ち以《もっ》て、徴拠とす」（相田泰三『松平容保公伝』）

秋月悌次郎は、初め「四尺（一・二メートル）四方」（同）に切り分けられたその断片を、その名も「泣血氈《きゅうけつせん》」と名づけた。

今や亡国の臣となり果てた会津人は、賊徒、朝敵と蔑視されつつ明治の世を迎えねばならない。泣血氈を見るたびにこの屈辱を思い出し、それをバネとして逆風の時代を生きぬいていってほしい――この行為には、はからずも会津滅藩に立ち会った秋月たちの哀切な願いがこめられていた。

甦った喜びの「緋色」

いったん滅藩処分となった会津藩二十八万石は、明治三年五月、斗南《となみ》藩三万石として再興することを許された。斗南藩領と指定されたのは、陸奥国二戸《にのへ》郡のうちの十二村、三戸《さんのへ》郡のうちの十二村、その北に七戸《しちのへ》藩領をはさみ、本州最北端の北郡（下北半島）のうちの四十六村、および北海道の胆振《いぶり》国山越《やまこし》郡、後志《しりべし》国瀬棚《せたな》、太櫓《ふとろ》、歌棄《うたすつ》の四郡であった。

だが公称三万石とは新政府の真赤な嘘で、斗南藩領は実質七千五百石程度、しかも雑穀しか採れない不毛の大地でしかなかった。斗南移住は、実質は挙藩流罪にほかならなかったのである。

ところが斗南藩誕生以前に、旧会津藩士の身分のまま流罪という形で小樽へ送られた「百七十四戸、約七百人」がいた（中沢剛「明治五年　余市会津人の生活」）。開拓使の意向により、余市入植を決定されたかれらが実際に余市へ移住したのは明治四年になってからのこと。

そのころ開拓使次官黒田清隆《くろだきよたか》は、アメリカの農務局長ホーレス・ケプロンを開拓使顧問として来日させることに成功していた。ケプロンはリンゴやナシ、サクランボなどの果樹の苗木の無償配布を推進したため、ここに余市入植の旧会津藩士たちは初めて西洋リンゴと巡り合うことになる。

「その過程を知りたいのですが、史料を拝見させてもらえませんか」

別の用事で畑敬之助会長に電話した際、私は臆面《おくめん》もなくこんなおねだりをした。その直後、これもまた別の用事で会津若松市へゆき、さるパーティに出席すると、畑会長も招かれていて史料をたくさん手わたして下さった。

そのひとつ、余市豆本の会主宰・前田克己氏の一文「余市入植旧会津藩士物語」（「福島民報」平成元年十一月十二日付）には、入植会津藩士川俣友次郎《かわまたともじろう》の養子兵司の著した『藩士ニ因《ヨ》ル林檎栽培業績』から次のようなくだりが引用されていた。

「明治八年、五百本ノ苗木ヲ各戸ニ交付サレ、続イテ九年ニモ交付ヲ受ク然《シカ》シテ斯業発達ヲ奨励セラレタルモ中ニハ笑ニ付シ顧《カエリ》ミザル人多ク、只畑隅又ハ庭先ニ植エ殆《ホト》ンド放擲《ホウテキ》スルノ状態タリ、夫《ソレ》ヨリ幾星霜ヲ過《スギ》テ偶々《タマタマ》山田村赤羽源八氏ノ庭先ニアリシ十九号、金子安蔵氏ノ畑隅ニアリシ四十九号ニヤサシキ花ガ咲キシニ之ヲ見タル人々ハ何ヲ成ルカト話シ合イタリト時ニ明治十二年ノ事ナリト」

つづけて前田氏は書いている。

「花が散った後に実はなったが、小指ほどの大きさになると、次々と落ちて期待は薄れていった」

しかし赤羽源八の十九号には六つ、金子安蔵の四十九号には七つの実が熟した。

「翌年一本の木から十二、三貫収穫する者もあり、札幌の農業仮博覧会に出品し大好評を得、思いのほか高価で売れることがわかった」

こうして余市のリンゴ栽培は軌道に乗ってゆくのだが、金子安蔵の四十九号が「国光」と名づけられたのに対し、赤羽源八の十九号は、その名も「緋の衣」と呼ばれることになる。

かつてすべての会津藩士が誇りとした容保拝領の「緋の御衣」の鮮やかな色彩は、鶴ヶ城の開城とともに屈辱と哀しみの「泣血氈」へと変貌をとげざるを得なかった。だがそれから実に十一年後に、喜びと哀しみをふたつながら象徴した「緋の衣」は、余市への旧会津藩入植者たちの勝利の印であるリンゴの品種名として甦《よみがえ》ったのである。

「入植した藩士たちが、当時いかに戊辰戦争にこだわっていたかがわかる」

と畑会長が書いた背景には、実にこのような有為転変の会津の歴史がひそんでいるのだった。

なお「明治五年　余市会津人の生活」によれば、明治三十九年に余市に設立された日本果実酒会社こそ、今日のニッカウヰスキー株式会社の起源だという。してみると現代の日本人は、果物好きも酒好きも、旧会津藩士たちの努力の恩恵に浴していることになる。

西南戦争と名刀伝説

斬られた当人が気づかない

前に、名槍伝説について書いたことがある。対して名刀伝説はそれ以上に多種多様であって、徳川八代将軍吉宗が調査させた「名物の刀剣」二百三十四振りだけをとってみても、その名称のよってきたるところは五種類に分類できる、と常石英明『日本刀の鑑定と鑑賞』(金園社刊、一九六七)は解説している。

①　かつての持ち主の名にちなんだもの＝今川義元《いまがわよしもと》の「義元左文字」、宇喜多秀家の「宇喜多志津」、宮本武蔵《みやもとむさし》の愛刀といわれる「武蔵正宗」など。

②　刀身の形状や彫刻にちなむもの＝「庖丁正宗《ほうちょうまさむね》」、愛染明王《あいぜんみょうおう》の彫られた「愛染国俊」など。

③　まつわる伝説自体を名称としたもの＝源　頼光《みなもとのよりみつ》が酒顚童子《しゅてんどうじ》を斬ったといわれる「童子切り安綱」など。

④　切れ味のよさを表現したもの＝「籠手《こて》切り正宗」、「ヘシ切り長谷部」など。

⑤　和歌の歌意などから名づけられたもの＝織田信長の「振分髪《ふりわけがみ》」、細川忠興の「小夜左文字」ほか。

特に私は④に属する刀にまつわる話が好きなので、これも常石氏の研究から二ヵ所ばかり引用させていただく。

「波浮兼光《なみおよぎかねみつ》は備前国兼光の作品で、逃げて行く敵将を《(に)》川辺《べ》りでやっと追いつき、川を渡り始めたところを背後から一太刀浴《あび》せたところ、その者が川を渡り、向う岸に着いたとたんに胴体が真二つに裂けたと伝えられています」

「二《に》念物兼元《ねんぶつかねもと》は関の初代孫六兼元の作で、慶長のころ前田利家の二男利政《としまさ》が下手人を一刀の下に成敗したところ、南無阿弥陀仏を二口となえて胴体が割れたといわれています」

これは首を斬られたことに当人が気づかず、念仏を二度まで唱えたということだろう(二念物は二念仏か)。いずれにしても、「山よりも大きな猪《いのしし》」ふうの話になっているのがなんとも楽しい。

鬼官兵衛、試斬の刀

かくいう私も、刀剣について調べる必要を感じたことがある。その刀のたどった流転の運命に、感じ入ったこともある。

その最初の経験は、処女長編『鬼官兵衛烈風録』（角川文庫）を書こうとしている時におとずれた。鬼官兵衛とは幕末維新期の会津藩士佐川官兵衛のことで、かれは鳥羽伏見の戦いに孤軍奮闘して薩長勢を悩ませたことからこの渾名《あだな》をたてまつられた。

だがその生涯を描くに際して第一のネックとなったのは、かれがいつの時点で国許詰めから京都詰めになったのかわからないことだった。ところがこの謎は、ひょんなことから解決することができた。

昭和六十三年（一九八八）春、会津若松市の観光施設「会津武家屋敷」で「佐川官兵衛展」が開催された。おっとり刀で出かけてゆき、『鬼官兵衛ゆく』と題された冊子を購入してページを繰ると、なんと官兵衛が京に上る以前に試し斬りをした会津長道の写真が載っているではないか。

会津長道とは、会津藩のお国鍛冶《かじ》三善《みよし》長道の鍛えた刀という意味。ふたつ目釘穴《めくぎあな》のあるその刀身の中子《なかご》（茎）には、こう刻まれていた。

「西郊薬師堂《やくしどう》河原ニ於《おい》テ二ツ胴ヲ裁断シ之《これ》ヲ試ミ速《すみやか》ニ平砂《ひらずな》ニ入ル　佐川官兵衛」

（表）

「慶応二年六月十二日」（裏）

会津藩若松城下の西の郊外薬師堂河原とは、藩の刑場のあった場所である。そこで刑死者の胴体をふたつ積み重ね、官兵衛がこの会津長道をふるったところ、刀はみごとにこれを切断し、下に平らに敷かれていた砂にまで斬りこんだのだ。

官兵衛の剣の技量がよくわかるが、より重要なのは「慶応二年（一八六六）六月十二日」という試斬《しざん》期日の方。この時官兵衛はまだ国許にいたことがあきらかになったわけで、かれの京都行きは同年初夏以降、とようやく上限を画定することができたのだった。

そして官兵衛は、慶応四年八月二十三日に始まった鶴ヶ城籠城戦の間に、藩主松平容保《かたもり》からひと振りの名刀を授けられた。これは「正宗の刀」であった、と山川健次郎監『会津戊辰戦史』は書き留めている。

時が移って明治十年（一八七七）二月となり、西南戦争が勃発すると、官兵衛は戊辰の仇敵薩軍を晴れて賊徒として討伐すべく九州へむかった。明治七年から東京警視庁に出仕し、一等大警部となっていたかれは、豊後口《ぶんごのくち》警視隊副指揮長として阿蘇の南《なん》郷谷《ごうだに》から西方の二重峠《ふたえのとうげ》めざして進撃したのである。

明治十年三月十八日午前一時のことだったが、この時も官兵衛は警視隊の制服にベルト代わりの晒《さらし》を巻き、その左腰に正宗を佩用《はいよう》していた。

しかし前方をふさいだ薩軍は思いがけない大軍で、官兵衛は敵将と正宗を抜いてわたり合ううち、狙撃されて戦死した。その目撃談がある。

「佐川隊長は、混戦中高野村ぎはの湯の谷温泉昇り口附近の窪道《くぼみち》に於て賊将と一騎打ちの交戦中、東側の藪中より一兵の為に狙撃され、胸板を貫ぬ《ママ》かれ名誉の戦死を遂げられた。（略）其時《そのとき》丁度朝日の出廻りであつたので、剣先旭日と相映じ、火花を散らして戦ふ有様は何ともたとへ様のなき凄惨の極《きわみ》であつた」（竹原新八「明治十年小戦史」、読点筆者）

右は、『乱世に生きる――歴史の群像』（中公文庫）所収「佐川官兵衛討死の光景」中に翻刻しておいたところだが、官兵衛のふるう正宗が朝日に輝き敵将の太刀と打ち合って火花を散らしたというのは、まさしく目撃者ならではの証言であろう。

官兵衛の死によって、容保から拝領した正宗も薩軍に略奪されてしまった。だがその後官軍がこれを取り返して佐川家へ返還したため、戊辰・西南の両戦争を戦ったこの正宗は、今日も官兵衛の令孫佐川和子さんのもとに伝えられている。

さらに種々の調査から、鬼官兵衛と一対一の死闘を展開した薩将とは薩軍奇兵隊四番中隊長鎌田雄一郎のこと、というのが定説とされている。それにしても鎌田雄一郎は、どのような利刀によって官兵衛の正宗に相対峙《あいたいじ》したのか。

正宗VS.波平行安

熊本県阿蘇《あそ》郡白水村《はくすいそん》吉田（現在は南阿蘇村）——官兵衛最後の出撃基地となった阿蘇南郷谷のこの村に、「鬼官兵衛記念館」がオープンしたのは平成四年（一九九二）夏のことだった。元白水村村議の興梠二雄《こおろぎつぐお》氏が、拙作にちなんで独力で開設して下さったのだ。

興梠氏は、地元紙に「鬼官兵衛記念館」関係の記事が掲載されるとかならず送ってくれる。先日いただいた手紙に同封されていた新聞記事を見て、私は思わず目を瞠《みは》った。

平成九年四月八日付「大分合同新聞」掲載、杉乃井ホテル・杉乃井美術博物館長塔鼻勝人氏執筆の「ふるさと民俗夜話」第八十一回のタイトルは、

「西郷軍・鎌田雄一郎の刀／鶴崎襲撃後、退却中に投棄」

塔鼻氏が大分市在住、釘宮郷喜《くぎのみやさとき》氏に取材したところによれば、鎌田雄一郎とその部下二十名は明治十年五月十七日早朝、すなわち官兵衛と戦ってから二ヵ月後、鶴崎の

戦いに敗れて南大分にあらわれた。

釘宮氏の祖母で当時十歳だったアンさんが子守しながら眺めていると、鎌田雄一郎は、すでに頭部に負傷して包帯をぐるぐる巻きにしており、庄屋の家で茶を飲んだだけで早々に小坂から宮の瀬橋の方角へ退去していった。

「渡橋のとき兵士が鎌田を背負ったが、そのとき鎌田は杖にしていた刀を小坂のヤブの中に投げこんだ」

帰宅したアンさんが兄の仁市氏にこれを伝えると、仁市氏は答えた。

「おれが拾いに行くからだれにも言うな」

数日後にアンさんがまた藪《やぶ》をのぞいた時、もうその刀はなかった。大正三年生まれの釘宮氏は、祖母のアンさんからこの話を聞かされて育ったものの、

「口外するなと念を押されていた」

と塔鼻氏は書いている。

私なりに解釈するならば、九州にはいまも西南戦争の薩軍に同情的な人々が多いから、薩軍の隊長の刀を兄が拾得したと知れたら大変なことになる、とアンさんは感じていたのだろう。

つづいて話は、西南戦争から七十六年の歳月を閲《けみ》した昭和二十八年のことになる。

「釘宮氏は家を改築するため母屋の草ぶき屋根を取り払ったところ、梁《はり》の上にある牛《うし》木《ぎ》にサビ刀が縄で結びつけられているのを発見。刀の茎には古びた白布が巻いてあった」

塔鼻氏によれば、鎌田雄一郎のこの佩刀《はいとう》は、「波《なみ》の平行安《ひらゆくやす》」二尺四寸五分（七十四・二センチ）だという。

波平《なみのひら》系は薩摩の刀で、南北朝以前の古波平と応永《おうえい》年間（一三九四〜一四二八）以降の末波平とに大別される。初代が波平正国《まさくに》、二代目と三代目はともに行安と名乗ったそうだから、くだんの「サビ刀」は古波平ということになる。

鎌田雄一郎は姿をアンさんに目撃されてから十二日後の明治十年五月二十九日、延岡病院において発狂し、戦後まもなく帰郷して没した。しかし、かれもまた鎌田家に伝わる名刀に命運を託し、薩軍に加わったのであったろう。

平成九年といえば、奇しくも西南戦争百二十周年。恩讐《おんしゅう》を越えて、どこかの機構が官兵衛の正宗とこの波平行安とを同時に展示公開してくれれば、私などはすぐ見学にゆくのだが。

海軍の「単縦陣戦法」由来

横隊戦術と縦隊・散兵戦術

高校二年のころ、人物往来社の刊行する『世界の戦史』シリーズを小遣いで定期購読していた。特に面白く読んだのは第二巻『ダリウスとアレクサンダー大王』の、古代ギリシア時代の戦術を解説したくだりだった。

いま、三十数年ぶりに同書をひらいてみると、安藤弘「重装歩兵《ホプリーテン》戦術」の章につぎのようにある。

「重装歩兵はホプロンとよばれる大きな丸ダテを垣根みたいにつらね、ブロンズづくりのカブトやスネあて、それに胸ヨロイを身にまとい、ふといやりをふりかざし、ラグビーのスクラム風の密集隊列をくんで敵にぶちかましてゆくのだ」

「横列は、軍勢の大小によりまちまちだが、縦列のほうは、古典期では八人がふつうだった。(略) じかに敵とたたかうのは第一列の横列だけで、第二横列以下は、第一列の戦士がたおれたら、すぐさまこれをおぎなって戦列にきれ目をつくられぬようにする」

これを読んで私が感じたのは、ああ、古代ギリシアに生まれなくてよかった、のひとことだった。

第一列に組み入れられたなら、とても生きて帰れるとは思えない。第二横列以下にいたところで、前列の兵が戦士すると同時に最前線に押し出されるのは気分が悪い。

とりあえず「気分」云々は除外して話を進めると、その後私は右のような横隊戦術が、アメリカ独立戦争（一七七五〜八三）以前までヨーロッパ各国陸軍の基本戦術でありつづけたと知って二度驚いた。横隊戦術の反対語は、いうまでもなく縦隊戦術。この場合、兵たちの左右はひらけているから、兵は自由に散開（散兵）して戦うことができる。

「アメリカ独立戦争において、英国の羈絆《きはん》を脱れようとする自由の戦士たちは、その訓練や経験の欠如を戦線で自由な散兵をつくることでおぎない（略）、起伏せる土地や村落や密林などあらゆるものを利用して、自由自在に個人の創意性を発揮した」（絲屋寿雄『大村益次郎《おおむらますじろう》』）

アメリカ独立戦争が、人間の平等性や人権は天賦《てんぷ》のものであることを謳《うた》った独立宣言によって、ヨーロッパ市民革命に大きな影響を与えたのは周知の通り。当然のこととして、アメリカ軍の新戦術はヨーロッパへ逆輸入された。
「ナポレオンはこの新戦術を正規の組織にまとめあげ（略）、機械的な横隊戦術を廃止し、運動に便利な縦隊を採用し、戦闘にさいしては地区地物を利用した散兵戦術を採用した」（同）
縦隊から散兵して戦う兵士たちの姿は、第二次大戦のヨーロッパ戦線を舞台とする往年の連続テレビドラマ『コンバット』に印象的に描かれていた。ニュース映画に観るベトナム戦争においても、アメリカ軍はつねに縦隊で掃討戦をおこなっていた。すなわち散兵戦術は、今日なお生きているといってよい。

海軍の定説は横陣有利

戦い方の「横から縦へ」の変化は、日本戦史上にも如実にあらわれる。

戦国の合戦は、およそ横隊対横隊の戦形でおこなわれた。まず、横一線に布陣した弓足軽同士が弓矢で遠《とお》いくさを開始。彼我の距離が迫るにつれて槍足軽がとって代わり、どちらかの横列に破れ目を生じるや騎馬武者が発進して勝負をつける。

幕末においては、長州藩の大村益次郎がいち早くナポレオン流の散兵戦術を採用。

佐幕派諸藩も軍政改革を急いだものの、足並がそろわなかったため戊辰戦争に一敗地に塗《まみ》れた。今日も靖国神社前に大村益次郎の像が立っているのは、横隊に対する縦隊・散兵戦術の優位を象徴的に物語る、といえなくもない。

では、海軍はどうだったか。なにせ今回は、古今東西の戦史を眺める羽目になりつつあるので駆足になるのをお許しいただきたい。

古代ギリシア・ローマの時代から、軍船《いくさぶね》の船首喫水下部には「衝角《ラム》」といわれる巨大な突出がもうけられていた。敵船をTの字の横棒に見立てるならば、われはその縦棒となり得る海域に位置を占め、突撃して敵船の横腹に大穴を穿《うが》ってしまえば撃沈成功となる。

「衝角突撃法」といわれる戦術で、相手が沈まなかったところで両者の接触面から敵の甲板上へ突入すれば、「接舷攻撃」に切り替えられる。「接舷攻撃」は、エロール・フリン主演のハリウッド製海賊映画でもよく見かけた。

さてこの衝角は、船の推進力が人力（オール）から風力（帆走）、蒸気エネルギーと変わるにつれて装甲衝角へと進歩した。並行して軍艦も木艦から鉄骨木皮艦、砲塔をもつ装甲艦へと変化したが、砲戦のあと衝角突撃法によって決着をつけることはもっとも有効な海軍戦術と信じられつづけて十九世紀後半に至った。

ところで、艦隊決戦に際して衝角突撃法を成功させるには、敵が縦陣、われが横陣にかまえている場合が一番ありがたい。わが艦隊の衝角の前に敵艦隊の横腹がずらりと露出するからである。

実際、一八六六年七月にアドリア海で起こったリッサの海戦では、単縦陣をとったイタリア艦隊本隊に対し、オーストリア艦隊は凸横陣（主力をやや前に出した横陣）から衝角突撃を敢行。旗艦「フレディナント・マックス」の衝角により、イタリア旗艦「レ・ディタリア」を一瞬にして沈没させた（外山三郎『近代西欧海戦史』）。縦陣よりも横陣が有利——リッサの海戦の結果、各国海軍は陸軍とまったく逆の確信を抱いたのであった。

薩英戦争と黄海海戦を較べてみると

ここで一気に話を飛ばし、明治二十七年（一八九四）九月十七日、日本連合艦隊と清国北洋水師とが艦隊決戦をおこなった黄海海戦を見る。

「定遠《ていえん》」、「鎮遠《ちんえん》」の主力艦二隻を前に出して凸横陣の隊形をとった清国北洋水師に対し、連合艦隊は「松島《まつしま》」、「厳島《いつくしま》」、「橋立《はしだて》」の三景艦ほかに単縦陣を組ませて挑みかかった。その結果、定説に反して連合艦隊側の大勝利となったことは、『海将伝』（文春文庫）に書いた。

単縦陣を組むと一番艦しか衝角突撃や水雷攻撃をおこなえない、とする単縦陣否定論者の少なくない時代だったにもかかわらず、連合艦隊が単縦陣戦法にこだわった理由はなにか。

単縦陣をとった場合、一番艦以外は前をゆく艦の進路をひたむきに追うだけだから操艦が易《やさ》しい。一斉に右か左へ二ないし四点等（二二・五度ないし四五度）の回頭をおこなえば梯陣《ていじん》となるし、おなじく八点（九〇度）回頭すれば単横陣、十六点（一八〇度）回頭すれば、一番艦と殿艦《でんかん》が入れ代わった逆番号単縦陣の陣形が容易に得られる。

海軍大学で教鞭《きょうべん》をとったジョン・イングルス英国海軍大佐はそう主張し、参謀島村速雄中佐が艦隊演習をおこなわせてみても、単縦陣から開戦した方が断然有利だった。日本海軍には、海上においても陸上同様、縦は横より柔軟な隊形であるというデータが蓄積されていたのである。

ただし私は最近、単縦陣戦法が日本海軍のお家芸になった背景には、日清戦争時の連合艦隊司令長官伊東祐亨《ゆうこう》中将（のち元帥）の〝原体験〟も大きかったのではないか、という気がしてきた。

天保十四年（一八四三）生まれ、薩摩藩出身の伊東は、文久三年（一八六三）の時点では二十一歳。同年七月、生麦事件の犯人処罰と賠償金支払いを求めてイギリス艦隊七隻が鹿児島の錦江湾《きんこう》に乗りこみ、薩英戦争を起こした時には、海岸砲台祇園洲《ぎおんのす》台場の太鼓役をつとめていた。

錦江湾は北から間延びしたSの字形を描いて南へ湾口をひらいているが、Sの字のふたつの半弧の中央海域にそびえるのが桜島。その西側、鹿児島城下の最北端に張り出したのが祇園洲台場だった。Sの字を南から北へたどって湾奥に占位したイギリス艦隊は、終始単縦陣をくずさず祇園洲台場以下六つの海岸砲台に挑みかかった。

Sの字形の海を南下したイギリス艦隊の戦い方は『薩藩海軍史』中巻に詳しい。

「抑《そもそ》も艦隊よりの砲台攻撃は、其《そ》の一端より一砲台つゝ漸次沈黙せしむるを以《もっ》て最良の戦術とす。故《ゆえ》に英艦隊は戦列を整ふるや、先つ祇園洲台場を破壊すべく順次運動を起し、単縦陣にて進航したり。（略）祇園洲台場は忽《たちま》ちに破壊され、右側の一、二門を残して、各砲は直ちに使用すること能わざるに至れり」

旗艦「ユーリアラス」号（二三七一トン、砲三五門）以下七隻の形作る単縦陣は、薩摩側からは「一字線」と呼ばれて怖れられた（松尾千歳「薩英戦争絵巻」）。

錦江湾西岸に北から南へ並んだ薩摩藩の六つの砲台は、海上から見れば横陣そのもの。その前方海域を単縦陣で南へ擦過する七隻からの一斉砲撃は、砲台側から見れば一度に七回ずつ殴られるようなものだったろう。

横陣の敵には、単縦陣で立ちむかって側面から次々に集中砲火を浴びせてゆくのがもっとも有効な戦術である――伊東司令長官は、二十一歳にしてそう思い知らされていたからこそ、島村参謀の練った作戦計画に即刻同意して北洋水師の凸横陣に肉薄していったのではあるまいか。

最後の将軍の婿殿、神隠しに遭う

大奥に消えた大名

「神隠し」

というと古色蒼然たる印象を抱く人もあろうが、蒸発、失踪といいかえれば今日でも時おり聞く話だ。

妻に聞いたところによれば、大学時代の友人A子さんのそのまた友人B子さんが、フランスで行方を絶った。A子さんが妻に語った内容は、つぎのごとし。

A子さんとB子さんは、大学の夏休みにパリに遊んだ。裏町の、道の両側にアパルトマンのならぶ通りを歩いていると、歩道にお婆さんがしゃがみこんで苦しんでいる。

幸か不幸か、B子さんはフランス語がしゃべれた。B子さんが話しかけたところ、そのお婆さんはあるアパルトマンを指差し、あそこの私の部屋までつれていってほしい、といった。

B子さんはA子さんを残し、お婆さんを介抱しながらそのアパルトマンへ入って行った。そして、いつになっても帰って来ない。A子さんは、恐くなってホテルへ帰った。B子さんは、それから四半世紀を経た今も行方不明のままである、——。

友人の評論家宮崎正弘氏にこの話をしたところ、氏は答えた。

「香港では、ブティックに買い物に行った日本女性が更衣室に入ったきり出てこなかった、というケースもある。闇の社会には〝人肉市場〟というものがあり、日本女性はもっとも高い値段がつくから、大方どこかのハーレムに売られてしまったんでしょう」

おかげで私は今もってフランスと香港には行く気がしないのだが、似たような神隠しに遭った話は日本史の上でも少なくないようだ。

そこでつぎに、私自身が取材して真実と確認したものではないのが残念ながら、奇怪きわまる印象を受けた話をふたつ紹介する。

一番目は明暦三年（一六五七）一月に発生した明暦の大火（振袖火事）により、江戸城の本丸や二の丸も焼失した時に起こったといわれる谷村《やむら》藩主秋元富朝《あきもととみとも》の神隠し。

「チト話は古いが、甲斐国谷村城主一万八千石秋元越 中 守《えっちゅうのかみ》富朝が、明暦三年御本丸の焼けた時に、大奥へ飛び込んだ儘《まま》、紛失してしまった。焼死なら屍《しかばね》が出るはずだのに、それもなかった」（「稼ぐ御殿女中」＝『三田村鳶魚全集』第三巻）

鳶魚翁は、女性たちを避難させるべく大奥へ走った四十八歳の富朝が性的欲求不満に陥っていた者たちの犠牲になった、という大変な「伝説」のあることに言及し、その遺体の運ばれた場所まで推定している。その場所とは、大奥の厠《かわや》の塹坑《ざんこう》。

「将軍家や御台所の便所はいうまでもない、大諸侯までも便所は一代に一つである。糞浚《さら》いということは貴人にない（略）、それほど糞地は深く深く大きく穿《うが》たれてある。この暗い深い塹坑の底へ投入されたら、屍の出る気支《きづか》いは決してない」（同）

『寛政重修諸家譜』、『徳川実紀』などの正史は、この神隠しに一切触れていない。前者は秋元富朝の死を、

「明暦三年六月十七日谷村にをいて」

とするばかり。すなわち鳶魚翁のいう事件が本当に起こったことなのか、文献的に確かめにくくなってしまっているのは惜しまれる。

延岡藩主は帰らなかったか

二番目は、延岡七万石の藩主内藤政義《ないとうまさよし》の神隠し。橘よね子さんという方の執筆にな

る「武船異難――海に消えた!?　延岡藩主」（別冊歴史読本『江戸諸藩怪奇ふしぎ事件帳』）は、参勤交代で帰国するはずの内藤政義の御座船がなにものかに襲われ、君臣ともに海に消えてしまう事件が嘉永二年（一八四九）夏に起こったとして、「武船異難」という古書をもとに書いている。

「船梯子《ふなばしご》を昇って見ると、人影はなく、辺り一面血潮にまみれて激しい戦闘が行われた跡も歴然としているのに、刀剣はもとより、槍・弓矢などの打ち物の跡形もなく、戦いに倒れた死体も負傷者の姿さえ見当たらず、当然積み込まれてあった藩主愛用の大名道具も、金子《きんす》貴重品をはじめ、一行の衣類や身の回りの品々、炊飯の道具・食糧・酒類にいたるまで、根こそぎ失われていたのである」

私は「武船異難」なる古書を読んでいないので、判断を保留するしかない。しかし、これを事実と仮定すると辻褄《つじつま》の合わないことが多くなり過ぎるように思う。

『三百藩藩主人名事典』第四巻を見ると、内藤政義は明治二十一年十一月十八日に死亡、享年六十九。

「文久二年（一八六二）致仕、（略）明治元年四月、延岡に移住。同四年二月二十四日、東京府貫属となり、同年十一月二日、東京移住」

とあって、嘉永二年以後の足取りも確定されている。

「武船異難」を信じると、これらの理由づけが必要になるから政義替え玉説を採らなければならなくなる。ひとつの説が別の説を必要とするのは、もとの説が弱いため——そういっては、この〝幽霊船〟事件について書かれた古書があることを教えて下さった橘さんに失礼になってしまうけれど。

さて、以上二件は時間があったらいずれ自分でも調べてみたいと思っている神隠しだが、調べるまでもなく起こったことの確実な神隠しというものもある。

最後の将軍徳川慶喜といえば、明治以後、中根幸《なかねこう》、新村信《しんむらのぶ》のふたりの側室との間に十男十一女を生《な》した子沢山として知られている。明治十三年九月に幸の産んだ七女の浪子《なみこ》（奈美子とも）は、元津山《つやま》藩松平家の分家にあたる松平斉《ひとし》のもとに嫁いだ。

明治二十九年のある日、まだ東京帝大理学部で植物学を学んでいたこの斉が、結婚七ヵ月目に煙のようにかき消えたのである。

その日の模様は、やはり幸の腹に生まれた四女筆子《ふでこ》と蜂須賀正韶《はちすかまさあき》侯爵との間の子、年子の著作『大名華族』に描かれている。

「ある朝、男爵（斉）が学校に出かけるため、学生服に角帽をかぶり、小わきには折カバンをかかえて玄関に出てきた。

玄関に（人力車の＝筆者注）車夫が車の用意をして待つていた。その時表門から一台の馬車がはいってきた。その客は男爵の父（斉民《なりたみ》＝同）をたずねてきたある顕官であった」

家令や女中たちが迎えに出たため、玄関を出ようとしていた斉と入ってきた顕官とで式台の上と下とは大混雑となった。その波が引いたあとも、車夫はまだ斉を待っていた。

「おや、お前は何をしているのだ、若殿様をお乗せして大学へ行ったのではないのか？」

とたずねた家令に、奉公して十年にもなる車夫は答えた。

「いいえ、先ほどからこうしてお待ちしております」

最後の将軍の婿殿は根岸の屋敷からこうして消えたというのだが、細部については異説もある。やはり幸の産んだ十女糸子（四条隆愛《しじようたかちか》侯爵夫人）の娘富士子（大河内輝信《おおこうちてるのぶ》子爵夫人）は、浪子の直話としてこう語っている。

その日も斉は、人力車に乗って東大まで行った。そして、

「いつもの時間に迎えに来てくれ」

と車夫にいい置いて、学内に消えた。車夫がその時間に迎えにゆくと、顔見知りの他家の車夫がいった。

「オヤ、おめえの旦那は今帰ったよ、急いで追いかけりゃ、まだ間に合うだろう」

車夫は慌《あわ》てて根岸の屋敷へ引き返したが、斉は帰っていなかったのだという（遠藤幸威『聞き書き徳川慶喜残照』）。

いずれにしても、斉は上野の山の山狩りまでしたのに見つからなかった。

慶喜最晩年の心配事

ここで特に興味深いのは、六つ違いの斉と浪子とは至って夫婦仲が良く、浪子は妊娠五ヵ月目に入っていたことだ。つまり、斉に家出すべき理由がない。
なおこの事件発生当時、六十歳の徳川慶喜はまだ静岡にいた。維新後、同地に移住していたためだが、おそらく明治三十年十一月に巣鴨《すがも》邸へ入ってからのことだろう、慶喜は浪子を呼んでたずねた。
「お前、何ぞ心あたりがないか？」（『大名華族』）
「何の心あたりもございません」（同）
と、浪子は答えた。
この年に一子斉光を産んだ浪子は、「帰らぬ夫を待ちながら十五年を空しく男爵家にくらしてしまつた」（同）

するとすでに公爵を授与され、勲一等に叙されていた慶喜がまた言い出した。

「奈美子（浪子）にあんな暮しをさせておいてはかわいそうだから、もういいかげんに、わが方にひきとつて、蜂須賀の後添えにやつては……」

蜂須賀正韶に嫁いだ筆子がすでに死亡していたため、慶喜は浪子を正韶と再婚させようと画策したのだ。この縁談は不調におわったとのことだが、私は編集者時代、慶喜の婿殿の神隠しを題材に小説を書いてみないか、とある作家に提案したことがある。私の空想したストーリーは、以下のごとし。

慶応四年（一八六八）一月三日に鳥羽伏見の戦いに敗れ、慶喜が将兵を置き去りにして江戸へ逃亡（失踪）したことを憎んだ佐幕派の忍びの者がいた。トップを失った敗兵たちの塗炭の苦しみの寸分なりとも、いつか慶喜自身に味わわせてやりたい。そう思いつめた忍びの者が二十九年目に慶喜の婿殿を失踪させ、復讐を成就する、——。

その作家がギブ・アップしてしまったため、いまもってこの小説は日の目を見ていない。慶喜の敵前逃亡に批判的なあまり、私の空想がちと牽強付会《けんきょうふかい》にすぎたということだろうか。

軍神・杉野兵曹長は戦死したか

小野田少尉はミンドロ島に？

歴史小説や歴史読物を書いていると、時にとんでもない話が耳に飛びこんでくることがある。もし取材に成功し、作品化できたならベスト・セラー疑いなし。だがよく考えてみると、とても取材は不可能、といった類の話である。

今回は趣向を変えて、私がまだ文藝春秋に勤めていたころ小耳にはさみ、今なおよく覚えている話をふたつ紹介しよう。

そのひとつ目は、昭和《しょうわ》四十九年（一九七四）までフィリピンのルバング島に潜んでいた小野田寛郎《おのだひろお》元陸軍少尉に関する話。

「かれはずっとルバングのジャングルにいたのではなく、実はその隣のミンドロ島に住み、原住民の女性と結婚して子供も何人かいたのです」

そう確信ありげに話してくれたのは、動物記録映画の監督のN氏だった。

「その二年前にグアム島から出てきた横井庄一《よこいしょういち》さんは、自分が二十八年間住んでいた洞穴まで公開したのに、小野田さんは生活の跡を一切見せなかった。これは、ルバングには住んでいなかったためです」

N氏は小野田さんが発見されてから数年後に、記録映画を撮影すべくミンドロ島へ出張。ある集落に入って、持参の小野田さんの写真を見せた。すると、

「あっ、お父さんの写真だ」

と叫んで集まってきた子供たちがいたので、びっくりした。そこでN氏は、小野田さんの生活の拠点はこの村であり、食糧調達のため定期的にカヌーでルバング島へ渡っていたのだと確信したという。

N氏は私と知り合う前に、この話をS社の「月刊P」の編集者に伝え、その編集者はすでに取材を進めていた。そこで私は、その取材の〝成果〟が記事になるのを楽しみにしていたが、いつの間にかもう二十年近い歳月が流れてしまった。

「月刊P」がなおも取材を続行中とは考えられないから、N氏を疑うわけではないが、これは与太話に過ぎなかったのだろう。

杉野兵曹長は生きていた?!

そのふたつ目は、明治三十七年（一九〇四）の日露戦争に戦死し、広瀬《ひろせ》武夫《たけお》海軍中佐とともに軍神として祀《まつ》られた杉野《すぎの》孫七《まごしち》兵曹長にまつわる話である。

周知のように、杉野兵曹長は同年三月二十六日におこなわれた第二回旅順港閉塞隊に参加。

「廿七日爆発薬点火の為め船艙《せんそう》に下りし際殪《たお》る」（大植四郎『明治過去帳』）

というのが定説で、杉野を必死で探し求める広瀬中佐の姿は、

「杉野は何処《いずこ》、杉野は居ずや」（「広瀬中佐」）

という文部省唱歌にまでなった。

ところが、今から十年近く前に知己となった新人物往来社の編集者A氏は、雑談のおりに私にいった。

「防衛大学のT助教授によると、杉野は生きていたんですって」

こういう話が大好きな私は、私なりに杉野兵曹長生存の可能性を調べてみた。すると最初にわかったのは、その死体を見た者はだれもいない、という事実であった。

右に引用した『明治過去帳』が参考にしたとおぼしき東郷平八郎《とうごうへいはちろう》連合艦隊司令長官の報告書には、左のようにある。

「戦死者中福井丸ノ広瀬中佐及ビ杉野兵曹長ノ最後ハ頗《スコブ》ル壮烈ニシテ同船ノ投錨《トウビョウ》セントスルヤ、杉野兵曹長ハ爆発薬ニ点火スル為メ船艙ニ下リシ時、敵ノ魚形水雷命中シタルヲ以テ遂《ツイ》ニ戦死セルモノノ如ク広瀬中佐ノ乗員ヲ端舟ニ乗移ラシメ杉野兵曹長ノ見当ラザル為メ自ラ三タビ船内ヲ捜索シタルモ船体次第ニ沈没、海水甲板ニ達セルヲ以テ止ムヲ得ズ端舟ニ下リ……」（傍点筆者、有馬成甫『軍神広瀬中佐伝』より）

杉野生存説が、死体の未発見を最大の根拠としていることは確かであろう。

となれば、杉野はロシア側に捕われた可能性がなくもない。しかし長谷川伸の労作『日本捕虜志』は、第一回、第二回旅順港閉塞戦の際に「敵手に落ちたもの」はゼロ、第三回のそれでは「十数名」が重傷を負って捕虜となったが、

「捕われてからも自ら死を選んで世を去ったものもあり、傷病のため歿《ぼっ》したものもあり、旅順開城のとき日本側へ還ったのは数名だけだった」

と書いている。杉野戦死の証拠はないが、生きていて捕虜となった証拠もないのである。

それでもなお、杉野生存説がひそかに語りつづけられたのは事実であった。昭和二十一年（一九四六）十二月一日付「朝日新聞」、「生きてる？　杉野兵曹長」と三段抜きの見出しを掲げた記事に、神川房治という人の談話が紹介されている。

「私は終戦とともにソ連軍に抑留されその後中共八路軍に渡されて百姓などしていた、さる九月二日錦西の収容所に入ったが日本人は二万位いた、帰還の決った日は私達の大隊長であった東京都某師範学校教官佐久間範曲《ママ》氏と中隊長の杉山俊氏（現在高松市在住＝原注）がみなを集めて〝実に意外な人に会った、驚くべき話で夢のようだが〟と杉野兵曹長の話を伝えた。

杉野兵曹長は（略）旅順港に向う途中砲弾のために閉塞船福井丸のデッキからはねとばされ海中に転落、波に流されているうち中国人に救われた、帰りたくとも内地では余りに英雄扱いにしているので帰ることもならず、中国人になり切って生活していた。時代が変った今なら帰れると思ってやって来たと淋しく語りながら収容所内の日本人の世話をやいていた。本人の話では七十六歳で頭もはげ、顔も温和で好々やを思わせたと、私達はそんなばかなことがあるかと信じなかったが、いま会ってきたという話ですから夢のように思います」

中国人に助けられたのなら、長谷川伸の「敵手に落ちたもの」ゼロという調査とも整合性を持つことになる。

「満州で饅頭屋をしていました」

この辺から俄然《がぜん》興味が湧くのを覚えた私は、次に評論家の桑原稲敏氏が、『現代』昭和五十七年十二月号に「生きていた軍神――あの杉野兵曹長が満州に現地妻と」と題した十二ページに及ぶレポートを書いているのを見つけ出した。

ここに紹介される語り手は、田島竹子という明治四十五年生まれの女性。戦時中、満州事変で暗躍した甘粕正彦《あまかすまさひこ》憲兵大尉（大杉栄を虐殺した人物）の下で働いていた田島竹子は、満州の新京（今の長春）で甘粕から二度杉野に引き合わされた。「茶色に汚れた綿入れの支那服を着た白い髭《ひげ》の老人」だったとして、その口から聞いたところをこう述べている。

「杉野兵曹長は乗っていた福井丸を爆破沈没させようとした矢先、敵の魚雷を受けた。そのショックで舷外に放り出され、気を失っているところをロシアの小艇に救われて捕虜になった」

「ポーツマス条約の締結後、杉野兵曹長は釈放されて日本に帰ることになった。そして韓国の釜山までたどり着いたとき、うれしさのあまり電報を打ったところ、日本から叔父さんと奥さんが駆けつけてきた。ところが、叔父さんは（略）〝孫七よ、おまえは軍神広瀬中佐と共に戦死したことになっており、海軍大臣から大枚の勲功金も頂いている。生家には軍神の家という木札も下って、村の人たちにも尊敬され、もう昔のように貧乏な家ではない。だから、いまさら帰ってくれるな。（略）〃といったそうです。断腸の思いで帰国をあきらめた杉野兵曹長は、悄然《しょうぜん》と肩を落として釜山を去った。そして新京の近くにある饅頭屋《まんじゅうや》で働くうちに、その真面目な性格を見込まれて、そこの娘さんと一緒になったという」

その後、杉野は四、五人の子供に恵まれ、肉ダンゴや饅頭を売る店を開いていた、とも田島竹子という女性は証言している。神川証言とこの証言とはかなりの部分で一致しているし、饅頭屋の親父におさまっていたというくだりなどには、事実は小説より奇なりの趣すら感じられる。

ところで私は平成二年（一九九〇）七月にカラフト旅行をした時、フェリーの中で鉄道システムの専門家斎藤雅男氏と知り合った。斎藤氏の祖父は日露戦争時の連合艦隊旗艦「三笠」の副長だった松村龍雄海軍中将と知って、杉野生存説について感想を求めると、

「大いにありうることですな」

と斎藤氏は身を乗り出した。

「祖父の退役後も、その家では海軍兵学校の同期の者たちの宴会がよくひらかれていた。しかし、ひとりだけ話の輪に入らず、うつむいて何もいわない男がいる。『あの

人は何』と聞こうとしたら、母に『そんなこと言ってはいけません』と口を押さえられて、子供心にも奇妙に思ったことがある。あとで思えば、その影のような男は帰還捕虜だったんですね。当時、将校の捕虜は認められない建前で、捕虜となったとわかると戸籍も兵籍も消されてしまった。だから同期の者たちが、順番に面倒を見てやっていたんでしょう」

そのような状況であってみれば、杉野が生きていたにもかかわらずついに帰国を果たせなかったとしてもよくわかる、と斎藤氏はいう。

ちなみに桑原レポートは田島竹子という女性について、

「七十歳のいまは、若いころ会った『生きていた軍神』の真相究明に情熱を傾けている」

と結んでいるが、その後調査結果が発表されたとは聞いていない。

どなたか長春付近を調べて、杉野の子供を発見すれば一躍有名になれますよ。

第六部　明治を駆けぬけた女たち

悲しき毒婦・高橋お伝

吉蔵殺し

明治九年（一八七六）八月二十六日の、夜もまだ早い時分のことである。浅草蔵前《くらまえ》片町《かたまち》の旅宿「丸竹」こと大谷三四郎方に、人力車の合乗りでやってきた一組の男女がいた。男は中年の商人風。女はかなり身を持ちくずした感じだが、色白・面高の美人で、なかなか豊満なからだつきであった。

下女が二階の二間続きの部屋に案内し、宿帳への記入を乞うと、男は毛筆をとって、

「武州大里《おおさと》郡熊谷《くまがや》新宿　平民　茶業　内山仙之助　三十八歳
同じく妻まつ　二十五歳」

と書きつけた。そして問われもしないのに、

「我々は横浜見物に来て昨夜は神奈川に泊り、今日は大師《たいし》河原《がわら》に参詣して来たところ

だ」

　とつけ加えた。当時の横浜は日本屈指の新開地であったし、その頃の日本の二大輸出品は絹と茶であったから、茶を商う夫婦が横浜見物に出かけて来たという説明を下女は疑おうともしなかった。

　自称・内山仙之助とまつ夫婦は、十時頃まで酒を酌みつつ何やらおしゃべりしていたが、まもなく下女が吊《つ》った蚊帳《かや》の中に仲良く枕を並べて就寝した。

　ところが、である。

　翌朝二人はなかなか起きて来ない。どうしたのかと下女が二階に上がると、まだ蚊帳の中にいたまつが、亭主はからだの加減が悪いので、しばらくこのままにさせておいてほしい、という。

　結局二人は朝食をとらず、まつだけが午後二時頃、次の間で昼食をとった。さらにしばらくたってから、まつは帳場に降りて来、一円を前渡ししながらこういった。

「私はちょっと近所まで出て来ますけど、亭主は短気ですから、起こさずあのまま寝かしといて下さいな」

　しかし、まつは外出したきり一向に帰って来ない。

　さらに一夜あけて、八月二十八日の朝である。さすがに不審に思ったくだんの下女が二階に上がり、仙之助の布団《ふとん》をめくるや魂《たまぎ》消るような悲鳴を発した。仙之助は、喉《のど》首《くび》をえぐられ、敷布団を朱に染めて息絶えていたのである。

「丸竹」の主人以下大いに驚き、早速もよりの警察屯所《とんしょ》に届け出た。警官と検視官が調べた結果、死体は咽喉部甲状軟骨（のどぼとけ）の右側から左頸動脈《けいどうみゃく》そして気管に至る部分を、S字型に切り裂かれて失血死していることがわかった。長さ二寸二分（約六・七センチ）、食道にまで達する深手だった。

凶器が日本剃刀《かみそり》様の鋭利な刃物であることは、容易に察しがついた。

さらに死体の枕元からは、『書置』が発見された。

「此《この》もの（に）五年いらい（以前）あねをころされ、その上わたくしまでひどふ《（だう）》のふるまひうけ候はせんかたなく候まゝ、今日までむねんの月日をくらし、ただいまあねのかたきを打ち候也。いまひとたびあねのはかいまゐ《（へ）》り、その上すみやかになのり出候也。けしてにげかくれ、ひきょふ《（けふ）》はこれなく候。此むね御たむろ（警察）へ御とどけ下され（たく）候。

　かわごい（川越）うまれにて　まつ」

名前の下に、御丁寧にも拇印《ぼいん》が捺《お》してあった。字面も拙《つたな》い金釘《かなくぎ》流で、誤字の多いことからも、犯人が無学な女性であることが察せられた。

逮捕のてんまつ

所轄《しょかつ》の警察署では、まつという女の身元を割り出すべく、下女の話をもとに人相書を作成。とりいそぎ付近の旅館に配布した。むろんこの段階では、下手人どころか被害者の身元もわかっていない。

だが、被害者の身元はまもなく割れた。日本橋檜物《ひもの》町の古着商・後藤吉蔵（四十八歳）の家族から、主人が二十六日より行方不明になっている、との届けが出されたからである。「丸竹」で殺害された男は、まさしく後藤吉蔵であった。

しかも家族は、二十六日に外出する時、吉蔵は二十五円を所持していた、と証言した。正米一石が五・〇一円で買えた時代だから、これは今日の約三十七万五千円に相当する。だが死体は、一銭も身につけていなかった。

『書置』のいう「あねのかたき」とはデタラメで、真の狙いは物盗りにあったはず、と目星がつくのは当然である。しかもまつという女は、風体からして私娼らしい。金に困った私娼が、色仕掛けで男を連れ込み、凶行に及んだものであろう……。

そのような方向で捜査を続けるうちに、日本橋呉服《ごふく》町で舶来屋（外国製品を売る店）を営む稲葉九右衛門から、お伝《でん》という女が怪しい、との密告があった。前後して日本橋馬喰《ばくろ》町の旅宿「梅田屋」からも、人相書に似た女が「京橋新富《しんとみ》町のかつ」と名乗って投宿したことがある、と届け出があった。

ではまず新富町からシラミ潰《つぶ》しに探っていこう、と探索の手を伸ばすと、はたして新富町三丁目の宍倉《ししくら》佐太郎方の二階に、その名も高橋《たかはし》お伝という女が、男と同棲していることが判明した。人相風体からして、犯人《ほし》はこの女に違いない。それでは、ということになって、犯行から二週間後の九月九日、ついにお伝は逮捕された。

この時お伝と同棲していたのは、小川市太郎という男（後出）。一説によるとお伝は、浅草の小料理屋で当時はやりの牛鍋をさかなにこの情夫と一杯やっていたところを急襲されてつかまったという。

ところがのんきなことに、新聞はこの時点になってもまだ吉蔵殺しを一切報道していなかった。

前年には福岡・島根などで農民騒擾《そうじよう》約十五件が発生。新政府内にあっても、島津久光左大臣や板垣退助《いたがきたいすけ》参議などが、政府の方針に不満を唱えて下野するなど多事多難な年であったが、ひきつづいてこの明治九年にも、地租や地価の改定をめぐって和歌山・鳥取・長野などで農民一揆約二十六件が発生。不平士族たちも神風連《じんぷうれん》の乱（十月二十四日）、秋月《あきづき》の乱（同二十七日）、萩《はぎ》の乱（同二十八日）、そしてあくる年の二月に勃発する西南戦争へと向けて動きはじめていた時期である。

そうではあるが、右のような激動の政治情勢を追うのに急なあまり、各紙とも吉蔵殺しを見過ごした、という訳ではない。事態はその反対で、このような猟奇的犯罪ほど当時の新聞が好んだテーマはなかったのである。

その証拠に、九月十二日付『読売新聞』が第一報を伝えるや、各紙こぞってこの事件を報道。『書置』に重点を置いて仇討説《あだうち》を紹介したため、一時お伝は、悪女どころか貞婦の鑑《かがみ》として下町の人気を集めたほどだった。

ちなみに、仇討禁止令が出たのはこの事件発生に先立つ明治六年（一八七三）二月のこと。しかし、数百年に及ぶ封建時代の間一貫して最高の美徳の一つとされて来た行為が、一片の政令をもってとどめられるはずもない。明治初年から禁止令発布までの間に八件、発布後明治末年までの間に四件、大正に入ってからも一件の仇討事件が発生した（「高橋お伝」＝『海音寺潮五郎全集』第十八巻）。

そのような仇討讃美の風潮がまだ色濃く残っていたからこそ、新聞各紙がおっとり刀で報道するや、一躍お伝は民衆から喝采《かっさい》を博したのである。

――薄幸の美女が、私娼にまで身を落して姉の仇をつけ狙う。ついに仇に巡り合うや、場末の宿屋に誘い込み、肌身を許すという女性として最大の犠牲を払った果てに宿願を達成する。しかも朱《あけ》に染まった死体と同衾《どうきん》して朝を迎え、その隣室で平然と食事をとってから立ち去ったというのだから、猟奇性も満点ではないか。仇討という言い分が正しければ、お伝は曾我兄弟や赤穂浪士と同格の女傑として世に謳《うた》われることになったであろう。

しかしことの真相は、そんな綺麗事《きれいごと》ではなかった。

ではこの事件を起こすまで、一体お伝という女はどんな人生を歩んで来たのか。時計の針を戻しながら、この薄幸な悪女の来し方を眺めてみよう。

男から男への人生

高橋お伝は、本名でん。嘉永四年（一八五二）七月、上野国《こうずけ》（今の群馬県）利根郡下《しも》牧《まき》村四十四番地に生まれた。母の春が沼田《ぬまた》藩用人の家に奉公しているうちに、その用人のお手つきとなって身籠《みごも》った子ともいわれ、おなじ村の博徒《ばくと》に欺《だま》されて生んだ子ともいわれるが、おそらく後者の説が正しい。

ともかく春は、お伝を孕《はら》んだまま、下牧村の百姓勘左衛門（後に高橋姓を名乗る）に嫁いだ。だが勘左衛門は、お伝誕生から二ヵ月後の同年九月初旬、春を離縁してしまう。春がわがままちぎたためと伝わるが、あるいは勘左衛門は春が孕んだまま嫁いで来たことを知らずにいて激怒し、出生を待って去らしめたのかもしれない。孕み女をあえて嫁にするほどの男が、わがままくらいで不満を爆発させるとも思えないからである。

ともかくこうして、以後お伝は勘左衛門の兄・九右衛門の養女として育てられる。慶応元年（一八六五）、わずか十五歳にして、おなじ下牧村の宮下治郎兵衛の次男・要次郎を婿養子に迎えた。前年要次郎に手ごめにされて以来、逆にお伝の方から要次郎を追いかけ回すようになった。それが村人たちの噂《うわさ》にのぼるようになったために、やむなくとった処置だったという（駒田信二『世界の悪女たち』）。

しかし、この初めての結婚生活は一年ももたなかった。母の春に似てかお伝はわがままにすぎ、その上淫奔すぎて身がもたないと、要次郎の方から離縁してくれるよう申し出たのである。

しばらく別居させて頭を冷やさせようと、九右衛門は要次郎をとどめ置いて、お伝を二年間の女中奉公に出すことにした。奉公先は、中仙道板鼻《いたはな》宿の料理屋。あたりに数多い女郎屋に料理を仕出しする店であった。この時期に女郎たちの生態を間近に見たことが、皮肉にもお伝に、女はからだ一つで金を稼ぐこともできるのだ、という悪《あ》しき認識を与えるきっかけとなったふしがある。

慶応三年（一八六七）六月帰郷。しかし要次郎の気持は変わらず、とうとう正式に離婚した。働き手を失って腹を立てた九右衛門は、ふたたびお伝を女中奉公に出す。今度の奉公先は、おなじ利根郡戸鹿野《とがの》村の造り酒屋・星野惣七方であった。だがお伝は、ここに一ヵ月もいなかった。下男を追いかけ回す好色さに、惣七が愛想をつかして暇を出したのである。

どうもお伝は、一人できちんと生きて行けるタイプの女ではないらしい。呆《あき》れつつも、可愛い養女のことではあり、田畑を耕す男手もほしい。そこで九右衛門は、同年十一月、おなじ村の親戚・高橋代助の次男・波之助を婿に迎えてお伝を再婚させた。周囲は大いに危ぶんだことだろうが、二人はよく琴瑟相和《きんしつあいわ》した上に、波之助は働き者であったから、九右衛門はようやく肩の荷を下ろした気分になり、二人に田畑の大部分を譲って隠居した。

しかし、まさしく「禍福はあざなえる縄のごとし」。お伝の真の不幸は、この結婚から始まるのである。

明治二年（一八六九）の春もまだ浅い頃、波之助が奇病にとりつかれた。時おり顔色が赤黒くなり、手足が腫《は》れ上がる。腫れたところからは、血膿が流れ出すことすらあった。波之助はハンセン氏病を発したのである。

今でこそ特効薬があるが、当時のハンセン氏病は別名を天刑病ともいわれ、遺伝性の業病と受け止められていた。この業病を治すには人肉を食うしかない、という根も葉もない巷説を信じた者が、数え年十一歳の少年を殺害し、左右の尻の肉を切り取るという酸鼻な事件（いわゆる「人肉スープ事件」）をひき起したのが明治三十五年（一九〇二）のことである。ましてその三十三年前、明治二年の農村にあっては、波之助が適切な治療を受けることなど望み得べくもなかった。

さらに波之助の病は進み、野良に出るのもままならぬ日々が続く。養父・九右衛門から譲られた田畑を担保に借金をくりかえしていたが、明治四年（一八七一）、すなわち発病二年目の暮れに至り、とうとうにっちもさっちも行かなくなってしまった。

「都会に出て必死で働き、田畑を買い戻すための金を稼ぐしか生きる道はあるまい」

そう決心し、若夫婦が下牧村から姿を消したのは十二月二十五日のことであった。

その後の細かい足どりは省くが、ともかく二人は、あくる明治五年五月までには、横浜にやって来た。止宿先は吉田町の木賃宿・植村清次郎方。波之助は高橋粂八《くめはち》、お伝は吉蔵殺しの時にふたたび名乗ることになる名前、まつを名乗っていた。

波之助は、からだの具合がいい日には人足として働いた。お伝も三たび女中奉公に出た。しかし波之助の病は篤《あつ》くなりゆくばかり、収入は細るのみであった。

やむなくお伝は、かつて奉公した造り酒屋・星野惣七が横浜に出していた支店に時おり顔を出し、いくばくかの金をもらってその治療費に充《あ》てた。星野側は、あの尻軽娘が心をいれかえ、難病に苦しむ夫をけなげに看病している、とやさしい目でお伝を見てくれたのだった。

しかし、お伝としてもそう毎度毎度星野の支店に借金を頼み込む訳には行かない。彼女は中仙道板鼻宿で間近に見た女郎たちのことを思い出し、時々暗い街頭に立って嫖客《ひょうかく》たちの袖《そで》を引くようになって行った。

逮捕後お伝は、二人で横浜を目ざしたのは高名な医師ヘボンに診《み》てもらいたかったからだ、と供述している。私娼になった始まりが愛する夫のためであったとは、何とも無惨なことである。

貧困にまみれて

お伝の心も知らず、同年九月十七日、ついに波之助は病み衰えて死亡した。波之助が死んでは、もはや横浜にいる理由もない。翌日その遺体を太田《おおた》清水《しみず》町の東福寺《とうふくじ》に埋葬するや、お伝は忽然《こつぜん》と横浜を立ち去った。

実は波之助は病死ではなく、お伝とその新しい情夫・奥村七之助に邪魔者扱いされて絞殺されたのだ、という説がある。しかしこれは、お伝の毒婦性を強調すべく後に創作された話であろう。何よりも、奥村七之助という男の実在は今も確認されていない。

さてお伝は、いったん故郷の上州に戻り、富岡の絹商人・小沢伊兵衛の囲われ者となる。前にも書いたが、当時の絹商人はすべて横浜に関心が集中していた。伊兵衛も、かつて商売のため横浜に行き、帰りに私娼・お伝の客となった者の一人であろう。そうでなければ、お伝がまっすぐに伊兵衛のもとを頼るはずもない。

しかしお伝は、長い放浪生活と看護生活とから、たいそうからだをこわしていた(痔疾)。それを見かねてか外聞をはばかってか、伊兵衛はお伝をかねて懇意の神田仲《かんだなか》町の菓子屋・秋元幸吉方に移転させる。横浜の帰りに時々立ち寄ってやればよい、という計算であった。

この妾奉公に安住していれば、後の事件は起らなかった。だが伊兵衛はケチで、ろくに小遣いもくれない。自分のからだが商品になることを知ってしまったお伝には、つましい暮らしに耐えることは最早《もはや》できない。

月に約一度の伊兵衛の来訪の合間に、お伝はふたたび街頭で男の袖を引くようになる。この頃お伝は、嫖客同士の争いに巻き込まれたのか、右腕を刃物で傷つけられる目にも遭った。やつれが取れれば、お伝は面高色白で肉《しし》おき豊かな美人である。奪い合いの対象になるような、魅力ある私娼だったのだろう。

まもなく、秋元幸吉方からお伝は姿を消した。新しい情夫・小川市太郎のもとへ走ったのである。

市太郎は尾張日置《おわりへき》出身の士族だが、例によって「士族の商法」で失敗をくりかえし、この頃は麹町《こうじ》でささやかな競取《せど》り業を営んでいた。競取りとは、同業者の間に立って注文品を尋ね出し、売買の取次をして口銭をもらう一種の仲買業である。

お伝が本当に愛したのは、波之助とこの市太郎の二人だけであった。ところがお伝の選択はいつも裏目に出てしまう。社交的気性に欠けた市太郎は、いわば無能な競取り業者にすぎなかったから、同棲を始めるやいなやたちまち二人の暮らしは困窮《こんきゅう》の一途を辿《たど》った。

下宿を追われ追われて、ついに新富町の三丁目の知人・宍倉佐太郎方に転がり込んだのは、明治九年（一八七六）の夏であった。

ところがこの宍倉自身も、行川やすの店子《たなこ》という身の上なのである。店子が下宿人を背負い込むという奇妙な事態になったわけだが、そこが明治人の人の良さ。宍倉は、二人が赤貧のあまり食費も持っていないと知ると、二人に食事をまかなってやるほどであった。

「すいませんね。横浜のいとこから金策して、この借りはきっとお返ししますから」と、お伝は宍倉に頭を下げるのを常とした。だが「横浜のいとこ」などいはしない。思うにお伝は、この科白《せりふ》を吐きながら、困窮から逃がれるためには大バクチを打つしかない、と思い定めていたのである。

八月二十日頃から、お伝は金策と称して外出し、夜遅くまで帰って来なくなった。またしても私娼として日銭を稼ぐようになったためでもあるが、前後して宍倉の日本剃刀を盗んでいることを勘案すれば、今度の袖引きはただの売春のためではない。小金を持っていそうな客がつけば、色仕掛けでどこかにつれこみ、枕探しに成功すればそれでよし、発覚したら人殺しをも厭わぬ覚悟だった。

その哀れな犠牲者が、八月二十六日深更、「丸竹」で喉笛を掻《か》き切られた後藤吉蔵だった、ということである。

吉蔵も、「丸竹」の宿帳に三十八歳と、実際の年を十も偽って泊っているのだから、お伝と出会ってかなり浮かれていたのだろう。

しかし、そこは古着屋である。布団に入ってからも、金入れを腰の下に敷き込み、その上に横たわる用心深さだったから、いかに酔いを発して寝込んだとて、ちょいと手を伸ばして抜き取るわけには行かない。ここに至ってついにお伝はほぞを固めた。かねて用意の剃刀を取り出し、やおら吉蔵に馬乗りになるや、その喉首に剃刀を一閃《いっせん》させた……。

こうして奪い取った財布を改めると、現金は二十五円入っていた。中から一円抜いて「丸竹」の帳場に渡し、下女をうまく欺《あざむ》くと、お伝は人力車を傭《やと》って新富町に帰って来た。帰り着くやお伝は、宍倉に今までの食事代だといって、借りた金十円を返済している（他の二人に計十一円を返済したという説もある）。無論、「横浜のいとこ」から算段して来た、と言いなしてのことである。

その夜は、久しぶりに市太郎との外食を娯《たの》しんだ。

興味深いのは、明けて二十八日、吉蔵の死体が発見された日のお伝の行動である。お伝は、朝八時、新富町三丁目の研ぎ師・今宮秀太郎宅に出向いて剃刀の研ぎなおしを依頼したあと、髪結いに出かけた。丸髷《まるまげ》に結い、その髻《もとどり》に根掛《ねかけ》を飾ってもらうためであった。ついでにかんざしを求めて、丸髷にそっと差してみた。

丸髷とは、いうまでもなく若女房の結う髪型である。いつも借金に追われ、髪も長い間無造作な櫛巻《くしま》きにしか結ったことのないお伝は、借金を払ってさっぱりした後、せめて一度だけでも市太郎との新婚気分を味わってみたかったのだろう。その犯罪に同情の余地は全くないが、このふるまいは一掬《いっきく》の涙に値する。
九月九日逮捕。まだ十円近くがそのふところに残っていたという。

ふたたび仇討を主張して

収監《しゅうかん》されてからも、お伝は多くのエピソードを残した。その第一は、指を食い破って市太郎宛《あて》に血書をしたためたことである。

「このたびはいろ〳〵の事内《ことうち》はむつかしく候、いのちにかゝ（わ）り候まゝ、りんさいぢ（臨済寺？）のほ《（は）》うぢよ《（や）》う（方丈＝住職のこと）に、本町のせんせいと、たかいところからたんがんして下され、したからではだめだ、（中略）そふ《（さう）》でなけ（れば）、たすからない、おさげ（釈放）だけ（で）よいから」

明治九年九月十三日付『仮名読新聞』は、この書状の全文を引用しつつも、

「此《この》文体では助命《たすか》る積りと看《み》へますが、是《これ》が臭い者身知らずの類《たぐ》ひで有りませう」

と決めつけている。知り合いの僧や「せんせい」（不明。医者・教師の類か）に頼めば助かる、と思っているところが無知ゆえに哀れである。「たかいところ」すなわち彼女にとって最も権力に近く見えた存在は、近所の僧侶や「せんせい」でしかなかったのであった。

だが、無知は一面において図々しさ、ふてぶてしさとなる。お伝があまりに嘘八百を並べるので、その審理は難航を重ねた。言うことがいちいち違うのに、その各々を真実として拇印を捺《お》す有様に、新聞も呆れてみせている。お伝の裁判が長びいたのは、西南《せいなん》戦争が間にはさまったこともあるが、その原因の一半は、裁判所側がお伝の嘘を論破し、反証を出すために大いにエネルギーを費したところにある。

そのような長い審理の中であきらかにされたお伝の言い分は、大略次のようなものであった。

――夫・波之助がハンセン氏病を発してのち、故郷を離れた二人はまず馬喰町二丁目に止宿した。お伝の日課は、虎《とら》ノ門《もん》の琴平《ことひら》社へ夫の平癒《へいゆ》祈願に出かけることだったが、某日お伝はその境内で義理の姉・お金《かね》に出会う。お金は、お伝の母・春が沼田藩用人のお手つきとなる以前に同家に奉公していた女が、同人によって孕んだ娘であった。お金は目下、横浜野毛《のげ》町の商人・内山仙之助の囲い者になっているとのこと。誘われて波之助ともどもお金の家に厄介《やっかい》になると、時おり通って来る仙之助は、お金の目を盗んでお伝にちょっかいを出す。

それをキッパリはねつけて看病暮らしをつづけるうち、旧会津藩士・加藤武雄と名乗る男が、仙之助に頼まれたといって水薬を持参した。その薬を飲ませたところ、

「怪しむべし波之助は日増しに苦痛いやまして、胸のあたりは一面に紫色に腫《はれ》あがり」、ついに八月に死亡した。

その後お伝は、小沢伊兵衛の妾となって神田仲町に止宿するようになる。そしてある日突然、後藤吉蔵と名を変えた内山仙之助の訪問を受けた。仙之助はお伝のことが忘れられず、おれの妾にならぬか、と口説《くど》きに来たのである。お伝は、彼をすげなく追い返した。

ところがその後数ヵ月して久しぶりに外出すると、亡き波之助に奇怪な薬を贈った加藤武雄とぶつかった。加藤は慌《あわ》てて逃げ出したが、お伝は必死に追いつき、糺問《きゅうもん》しようとした。すると加藤は不意に短刀を抜いて切りかかって来た。お伝の右腕の疵《きず》は、その時できたものである。

そのうちに、お金の隣家に住まう須藤某《なにがし》より、お金は先頃何者かに殺された、と通知して来た。急ぎ須藤方に駆けつけて事情を聞くと、お金の死後その家財を引き取りに来た男は仙之助に相違ない。さては加藤を使って波之助を謀殺したのも、お金殺しも仙之助の仕わざか、と初めて合点が行った。

ふたたび東京に出たお伝は、今度は麹町の小川市之助方に止宿した。腕に職もないので、房州出身の石井甚三郎という男に借金を申し込むと、

「日本橋檜物町に住む古着屋の後藤という者に頼めば融通してくれるだろう」

という答え。早速添書をもらい、後藤に面会すると、これが意外にも仙之助だった。

しかも部屋を見回すと、机の上にお金が所持していた脇差の小柄《こづか》がある。なぜそれがここにあるのか、と問い詰めても、仙之助こと後藤吉蔵は曖昧《あいまい》なことを言うばかり。日も暮れかかったので、明日出直して事情を聞く、と決めつけると、吉蔵は、明日は取り込みがあるので呉服町の旅宿「稲田屋」で待っていてくれ、と注文をつけた。これが明治九年八月二十四日のことだった。

二十五日の午後ようやく「稲田屋」に顔を出した吉蔵は、ふたたび言を左右にし、翌日の再会を約して去った。

ついに二十六日となり、夕方「稲田屋」に来た吉蔵は、実は小柄の差してあった脇差は、お金の生前の頼みでさる道具屋に質入れしてある。その道具屋には私一人でこれから出向いて受け出して来る。加藤武雄の居場所も探知したから、彼の言い分を聞けば私への疑惑も晴れるだろう、懇意の家で待っていてくれ、とお伝を口説いた。こうして人力車に乗せられ、案内されたのが蔵前片町の「丸竹」である。

その後ふたたび出かけた吉蔵は夜になって戻って来たが、道具屋としては主人が帰って来るまで質に入っているものを戻せという意には従えないという、二人で彼の来る夜まで待つとしようではないか、と酒肴を運ぶよう下女に命じた。

お伝は酒を無理強いされるうちに吐き気を催した。厠《かわや》に行って戻って来ると、蚊帳の中の布団に、何と枕が二つ並んでいる。腕ずくで蚊帳の中に引き込まれ、

「つれないことばかり言わねえで、俺の自由になれ」

と吉蔵に抱きつかれたが、お伝はその手をきつく振り払った。すると吉蔵は本性を現し、

「こう言い出したからには男の意地だ」

と叫びつつ、お伝を膝の下に組み敷いて短刀を顔に突きつけた。

その手を摑《つか》んでもみあううち、吉蔵は誤っておのが頸筋《くびすじ》に切りつけてしまった。吉蔵は大いに驚いたが、日頃の悪事が露見した上このような疵を負っては最早《もはや》これまで、と短刀を逆手に持ちかえ、みずからの喉をえぐって自殺してしまった。

これにはお伝も驚き、早速訴え出ようとした。しかし吉蔵は姉の仇であるから、証拠を揃《そろ》え、いったん故郷に戻って親に暇乞《いとまご》いをしてからでも遅くはあるまい、と思い返した。吉蔵が就寝中と見せかける小細工をし、仇討である旨『書置』を残したのはそのためだった……（以上「鬼神のお松と謳はれた毒婦高橋お伝」＝『東京曙新聞』明治

十二年二月一日〜七日付より要約）。

判決は「斬罪申付ル」

何とも大がかりな嘘をついたものだが、これも審理の厳密性を知らない者の浅智恵でしかない。裁判の過程で、これらの申し立ては次々と破綻《はたん》して行った。

まず第一に、義姉お金や加藤武雄の実在が証明できない。お伝が沼田藩用人の胤《たね》であるという主張も確認できない。お伝とお金が士族の娘ではなく、加藤や内山仙之助さえもいなくては、仇討ちという主張には何の根拠もないことになる。

第二に、吉蔵自殺説も簡単に否定された。彼の疵は自損によるものではないと、検視官が自信をもって証言したからである。対面した相手に斬られた疵とみずから突いた疵とでは、場所にも角度にもおのずから違いがある。今日では三流推理作家でもわきまえている事実を、お伝は全く知らなかった。

何よりも致命的だったのは、お伝が研ぎ師・今宮秀太郎と宍倉佐太郎とに、

「自分の殺人は姉の仇討だったと口裏を合わせてくれれば、赦免後夫婦になってもいい」

と持ちかけていたことが二人の証言でバレてしまったことである。

取調室および獄中での態度も、蓮っ葉そのものであった。取調室で小机を間に取調官と向い合わせになるや、お伝は机の下から足をのばして、取調官の股間をくすぐろうとしたという。この期に及んでも、色仕掛けで助かるかも知れぬ、と思っていたのだろうか。

また西南戦争の際、薩軍に呼応の動きあり、として逮捕された土佐の志士・片岡健吉《かたおかけんきち》が隣の房につながれるや、お伝は片岡に媚《こ》びを売ることただならぬものがあったという（『読売新聞』明治二十四年六月二十六日）。

こんなふうであったから、まして法廷での態度はふてぶてしかった。

証拠・証人を突きつけられてきびしく詮議《せんぎ》されても、不利な点は知らぬ存ぜぬの一点張り。ついに抗弁できなくなると、急病だ、と悩まし気な風情を見せて泣き倒れ、次回の法廷には箯輿《あんだ》に乗せられてやって来る。そして看守に肩を借り、足を震わせながら出廷しては、房内で考えて来た新たな嘘をつきまくる。その日の調べが済むと、入廷の時とはうって変ってケロリとした顔になり、一人でスタスタと歩み去るという有様だった。

判決は明治十二年（一八七九）一月三十一日。逮捕後約二年半を閲《けみ》していた。その内容は、「斬罪申付ル」。執行日はあくる二月一日と定められた。

斬罪執行場所の市ヶ谷監獄は、伝馬町《てんま》にあった江戸時代の牢屋敷を移したもので、その裏手が五十坪ほどの刑場となっていた。

人呼んで「地獄の辻」。鬱蒼《うっそう》たる杉林の中に絞首台が立ち、その下に土壇場がしつらえられている。土壇のすぐ前には、広さ畳《たたみ》一枚分、深さ一尺の穴（血溜り）が掘られている。漆喰《しっくい》で固められ、周囲には木材の框《かまち》がはめられているが、首斬り役人の刀が打ちおろされる部分のみ、木が三日月形に削れているのが生々しかった。

二月一日に斬首されたのは、浅子なか、安川巳之助《みのすけ》、そして最後に高橋お伝の三人であった。なかと巳之助は、密通・共謀してなかの夫を毒殺した者どもである。なお、絞首台もあるのは、この時代の死刑には「絞《こう》」と「斬《ざん》」の二種があるためである。

刑の執行者は、八代目山田浅右衛門《やまだあさえもん》（通称首斬り浅右衛門）吉亮《よしふさ》と、その門人浜田某。

まずなかが、巳之助に、

「では一歩お先に」

と胆《きも》の据わった挨拶をして、浜田に斬られた。次は巳之助だが、彼はからだが恐怖のあまりブルブルと震えて止まらなくなっている。吉亮の回顧談によると、その時お

伝は、

「お前さんも臆病《おくびょう》だね、男の癖にサ、妾《わたくし》を御覧よ、女じゃアないか」

と笑って励ますほど平然としていた（篠田鉱造『明治百話』）。

そのお伝が、白木綿の面紙《つらがみ》で目隠しされて土壇場に座らせられる時が来た。獄卒《ごくそつ》二人がそのからだを押さえ（押さえ役）、もう一人が背後に回って正座したお伝の両足の拇指《おやゆび》を握った。

この拇指をグイと引けば、自然お伝のからだは前にのめって首を突き出す。そこを吉亮が、首の皮一枚を残して斬首するといういつもの手筈《てはず》である。首の皮一枚を残すのが斬首ないし介錯の際の最良の作法とされたのは、完全に切断してしまうと首がおびただしく血を吹き出しながらあらぬ方に飛んで、一帯を血で汚すからである。皮一枚を残しておけば、あとは獄卒が前のめりに倒れた死体の背中を揉《も》み上げ、血をすべて血溜りの中に流し込むことができる……。

だが吉亮が愛刀を鞘走《さやばし》らせようとした時、突然お伝は絶叫した。

「待って下さい！　申し上げることがございます」

斬首となる前に一目別れを告げに来る約束の市太郎がついに姿を見せなかったことが、最後の未練となったのである。

「お願いです。市太郎さんに会わせて！」

もとより叶《かな》えられる話ではない。よし会わせてやろう、と獄卒はお伝の気を静めるべく、言葉の上だけで了解の態度を見せた。しかし押さえ込んだ彼らの力は一向に緩まない。お伝はふたたびあばれ出した。

「お願い、市さんに会わせて！」

まずいことになった、と吉亮は検視役の安村治孝《やすむらはるたか》大警部（市ヶ谷監獄署長）を見やったが、安村は「やれ」と目で合図を送って来る。やむなく吉亮は、呼吸を整える暇もなく愛刀を振りおろした。

「ヒエーッ！」

とお伝が怪鳥《けちよう》のような叫び声をあげた。その身動きに目算を狂わせられ、刀はお伝の後頭部に当って撥《は》ね返った。雲井龍雄《くもいたつお》や夜嵐お絹《きぬ》、大久保利通《おおくぼとしみち》暗殺犯の島田一郎《しまだいちろう》らを常に一閃のもとに屠《ほふ》って来た吉亮としては、思いもよらぬ大失態であった。

「嘘つき！　助けて！」

お伝は後頭部から血を流しながら、もがきつづけ、叫びつづける。面紙が外れ、血走った目が吉亮をにらみつけた。

逆上した吉亮は、すぐに第二撃を打ち込んだが、これもお伝の顎《あご》に斬りつけただけに終る。獄卒が、あわててお伝のからだをうつ伏せに押さえ込んだ。今度こそ身動きも出来ない。ついに観念してお伝が「南無阿弥陀仏」と唱え終るのと同時に、吉亮はお伝の首筋に刀を宛がい、その刀に全体重をかけて餅《もち》を切り分けるように押し切りにした。お伝は享年二十六であった。

からだと髑髏の行方

お伝の死体は、浅草の警視第五病院で解剖に付された。執刀は小山内建医師（小山内薫の父）。その結果は、

「お伝は四年間獄裡《ごくり》に在《あり》て毫《ごう》も屈せず壮健にして、其《その》肥肉の油濃かりしは舌を巻て驚く計《はか》りなりし……」（同年二月十二日付『東京曙新聞』。見出しは「獄裡四年容色衰へず／油ぎつた高橋お伝の死体」）。

などという記事となって、お伝の毒婦のイメージをいやが上にも増幅した。

だがここに特筆しておきたいのは、小山内医師の関心が、必要以上にお伝の性器に集中していたように感じられることである。彼はお伝のその部分を大きく切り取り、アルコール漬にして保存した。その所見に言う。

「小陰唇の異常肥厚及び、肥大、陰梃部の発達、膣口、膣内径の拡大……」

御苦労なことに、その実測寸法まで付記されていた。

その後このアルコール漬標本は、東大医学部に移され、長く学生たちの好奇の目に曝《さら》されることになる。たとえば昭和十二年の五月祭の時、駒田信二は一般公開されたそれを見ている。また『斬』の著者・綱淵謙錠も、同書の中で昭和三十七年頃東大法医学教室で実見したと述べている。

それにしても、いかに悪女だったからとは言え、その肉体の一部がなぜこのような目に遭わなければならないのか。一体に人間の性欲を司るのは大脳視床下部なのである。異常性欲者の異常たるゆえんを調べるのなら、視床下部をこそ標本とすべきではないか。

「死者の名誉」という概念もまだなく、脳のしくみもまだよくわかっていなかった時代のこととはいえ、性器のみを切り取って保存するとは、綿谷雪も指摘するように、まことに「法律の権威を濫用《らんよう》した淫虐な低級趣味だった」（『近世悪女奇聞』）と言うべきである。

このように、生き恥どころか死に恥をまで曝すことになったお伝にとって、一つだけ救いだったのは、小川市太郎が最後までその菩提をとむらってくれたことであろう。

明治十四年（一八八一）、その三回忌のおり、市太郎は小塚原《こづかっぱら》に葬られていたお伝の遺骨を、許しを得て谷中《やなか》天王寺に改葬してやった。ついで明治十八年（一八八五）、その七回忌の大法会を主催するや、彼は墓前で剃髪《ていはつ》・出家してしまう。

その逐一《ちくいち》が報道されたところを見ても、小説や芝居となってこの頃までには稀代《きたい》の毒婦ということにされてしまっていたお伝が、民衆の人気をいかにかちえていたかが知れるのである。お伝・市太郎に関する新聞報道は、この七回忌の記事をもってプッツリ途絶える。

ところが、明治二十二年（一八八九）のことである。浅草田町の漢方医・宮田清宅を突然訪ねて来た旅の僧があった。俗名小川市太郎。御当家にお伝の髑髏《しゃれこうべ》があると聞き、一目会いたくて越後路より上京して来たのです、という口上であった。

当時の獄卒たちは、斬首された罪人の衣服を剥《は》ぎ、あるいはまたその頭骨を標本として売って小銭を稼ぐことを黙認されていた。お伝の髑髏もそのような経過を辿《たど》り、宮田医師の手元に置かれるようになっていたのである。

篠田鉱造『明治開化綺談』によれば、この時市太郎改め夢幻法師は、差し出された髑髏を膝に乗せ、しばらくの間なつかしそうにその後頭部の疵あとを撫《な》でていたという。これこそ首斬り浅右衛門が仕損じた際に出来た刀痕であった。

処刑の期日を一日間違え、ついに死に目に会えなかった次第を静かに語りおわって一礼するや、ふたたび夢幻法師は頭陀袋《ずだぶくろ》を首にかけ、いずこともなく姿を消したと伝えられる。

谷中のお伝の墓には、三回忌の際に次のような和歌が刻まれた。

暫くも望みなき世にあらんより渡し急げや三つの川守

『高橋阿伝夜叉譚《おでんやしやものがたり》』(明治十二年刊)の作者・仮名垣魯文《かながきろぶん》がお伝になりかわって詠んだ辞世の歌である。魯文のこの作は、お伝を次々と男を殺してゆく悪女に仕立て、彼女を毒婦のイメージで塗り固めてしまった作品だが、魯文は市太郎から真のお伝像を聞かされて舞文曲筆《ぶぶんきよくひつ》が過ぎたことを恥じたのかもしれない。

そのようなことを想像させる碑文ではある。

女優第一号は芸者出身・川上貞奴

自由童子・川上音二郎

第一回総選挙の騒ぎも一段落した明治二十三年（一八九〇）九月十一日、東京・芝《しば》付近に住まう人々は、時ならぬ太鼓の音に眠りを破られて一斉に表通りに飛び出した。この時代、「太鼓を回す」即《すなわ》ち触れ太鼓でその到来を告げるものといえば、相撲の巡業よりほかにない。芝の人々も、てっきり相撲巡業が来たものと思って外に飛び出したのである。

しかし、彼らの目に映ったのは相撲とりや呼び出したちの一団ではなかった。太鼓の後から来る洋服姿の男数人は、「川上音二郎《かわかみおとじろう》一座」「開盛座」等と書いた大旗を押し立て、照れた表情で歩いている。その後からやって来る人力車三十数台は、いずれも壮士風の男を乗せ、「松本」「花亀」「竹田」などという小旗を風になびかせている。その中央の、座席に白い毛皮を敷いて一際人目を引く一台には、紺ガスリ、紺足袋《たび》、鳥打帽子姿の男が自信たっぷりの様子で乗り込んでいた。

これが、前月より横浜伊勢佐木町《いせざき》の「蔦座《つた》」で書生芝居を興行し、「初日より殊《こと》の外《ほか》大入評判」(『東京日日新聞』同年八月二十九日)であった川上音二郎一座が、東京市民の目に触れた最初の光景である。

元治元年(一八六四)博多生まれ。寺の小僧、慶応義塾の学僕、裁判所給仕、洋傘直し、巡査などの職を転々としたあげく、明治十年代後半に隆盛をきわめた自由民権運動に身を投じた音二郎は、自由童子と名乗り、京阪方面ではよく知られた人物だった。

滑稽《こっけい》政談を得意とする「演舌つかい」だった自由童子。なぜ彼は政治の世界から書生芝居へと転身をはかり、奇抜なやり方で東京市民に顔見せすることになったのか。壇上から「官吏」を「官ちゃん」呼ばわりするなどして逮捕(官吏侮辱罪)されることを繰返し、ついに検挙百七十数回、実刑二十数回を数えるに至った音二郎は、あらゆる政治活動を禁じられて、やむなく演劇に仮託《かたく》して自己の政治思想を訴えようと図ったのである。

しかしその演劇のレベルは、この頃はまだ、「科《しぐさ》といい、白《せりふ》といい、ほとんど滑稽に近く、全然一見の価なきものなりき」(福田英子『妾の半生涯』)

と酷評される程度のしろものでしかなかった。なのになぜこの一座に人気が集まったかといえば、それはひとえに、幕間に音二郎が歌う「オッペケペー節」が爆発的に流行したからである。

「〽権利幸福嫌いな人に、自由湯をば飲ませたい。オッペケペー、オッペケペッポーペッポーポー。

〽マンテル・ズボンに人力車、意気な束髪ボンネット。貴女《きじょ》に紳士のいでたちで、上辺の飾りはよいけれど、政治の思想が欠乏だ。天地の真理が解《わか》らない。心に自由の種をまけ。オッペケペ、オッペケペッポーペッポーポー。

〽不景気極《きわま》る今日に、細民困窮かえりみず、目深《まぶか》にかぶった高帽子、金の指輪に金時計。権門貴顕に膝を曲げ、芸者太鼓に金をまき、内には蔵に米を積み、同胞兄弟見殺しか。いくら慈悲なき欲心も、あまり非道な薄情な。ただし冥途《めいど》のおみやげか、地獄で閻魔《えんま》に面会し、賄賂使って極楽へ、ゆけるかえ行けないよ。オッペケペ、オッペケペッポーペッポーポー……」(明治二十四年文英堂版『新作オッペケペーぶし』より表記を改める)

音二郎は、ざんぎり頭に白鉢巻、陣羽織に袴をつけ、右手に日の丸の扇子《せんす》を持つという一時期の高校野球の応援団のようないでたちで、愛敬たっぷりにこの歌を唄《うた》った。並行して書生芝居の方も、「市の子女をしてこの芝居を見ざれば、人に非《あら》ずとまで思わしめ、場内毎日立錐《りっすい》の余地なき盛況」（『妾の半生涯』）を呈するに至った。音二郎一座が芝の「開盛座」に乗り込み、あくる明治二十四年（一八九一）、ついに浅草鳥《とり》越《ごえ》の由緒ある大劇場「中村座」に出演するまでには右のような経緯があったのである。

「中村座」における主な演目《だしもの》は、『板垣君遭難実記』三幕（のち五幕）。明治十五年（一八八二）に起こり、「板垣死すとも自由は死せず」の名せりふで知られたこの事件を、音二郎たちは次のように演じてみせた。

……まず刺客相原（音二郎）が、飛びつくようにして板垣退助を刺す。板垣も負けじと刺客に組みつき、二人そろって倒れ込む。さらに起き上がっては組みつき、組みついては倒れるリアルな格闘の合間に、板垣と刺客とは大声で自由民権思想について議論する。二人の格闘を制止すべく警官が登場すると、音二郎の華々しい逮捕歴を知っている観客たちは、芝居を中止させるべく本物の警官が舞台に駆け上がったものと錯覚し、一瞬棒立ちになって「おー！」と叫ぶ。何とも興奮の極みであった。

拙《つたな》さはさておき、目新しい題材を生々しく演じてみせたことが、スピード感の欠落した歌舞伎や人形浄瑠璃しか知らない市民たちに深い共感を呼んだのである。

「俳優志願者続出に川上音二郎参る」（『東京日日新聞』明治二十四年八月二十九日）

という記事も出たほどだから、まして観客席は大にぎわい。気をよくして音二郎は、次のような「オッペケ節」も唄った。

「〽お妾権妻娘《ごんさいじょう》さんに、芝居を見せるは不開化だ。勧善懲悪わからない。色気の所に目を止めて、大事の夫を袖にして、浮気をするのは必定《ひつじょう》だ。おためにならないおよしなさい。国会開けた今日に、役者にのろけちゃいられない……」

このくだりは一般に、暇にまかせて書生芝居を見物に来た妾や権妻たちを皮肉ったものと解されている。だが「役者にのろけちゃいられない」とあるのを見ると、客席から熱い視線を向けて来る役者好き・書生好きの娘たちも少なくなかったのであろう。

当時二十歳、芳町《よしちょう》一の売れっ子芸者・奴《やっこ》もそのような一人であった。

芳町の売れっ子芸者

奴、本名貞《さだ》は、明治四年（一八七一）七月十八日、日本橋両替町《りょうがえ》で書籍商と両替商をかね、町役人もつとめる小山久次郎とタカ夫妻の十二番目の子として生まれた。七歳の時生家が没落、日本橋住吉町《すみよしちょう》で芸者置屋「浜田家」を営む浜田可免《かめ》の養女となる。可免（亀吉）は強情とお俠《きゃん》で通った、木遣《きやり》のうまい芳町芸者だった。貞は彼女から下地っ子としてあらゆる稽古事を厳しく仕込まれたが、それを何ら苦にする風もなく天衣無縫《てんいむほう》に育ってゆく。

十二歳で雛妓《おしゃく》に出て小奴《こやっこ》。十六歳で時の総理大臣伊藤博文《いとうひろぶみ》に水揚げされ、一本立ちとなって奴を名乗った。芳町の「奴」は、新橋における「ぽんた」同様、きわめつけの名妓にしか継ぐことを許されない由緒ある名である。養母・可免は、その美質に惚《ほ》れ込んで養女とした貞にこの名を与えるため、その名に恥じぬ後見人を必要とした。伊藤博文という当代随一の人物に水揚げを頼んだのはそのためである。

鼻筋が通り、彫りの深い日本人離れした美貌の奴は、しかし男女のことなど意に介する風もなく乗馬、玉突き、水泳、柔道などに熱中した。伊藤もそんな奴を可愛いがり、明治二十年（一八八七）の夏、神奈川県夏島の別荘で大日本帝国憲法草案を作成した際には、同地に奴を伴ったほどであった。奴はやっかみ半分に「あいのこ芸者」と渾名《あだな》されたが、このような後ろ楯のおかげで、井上馨《かおる》、井上毅《こわし》、黒田清隆《くろだきよたか》、西園寺《さいおんじ》公望《きんもち》などからひきもきらずにお座敷がかかった。

そんな売れっ子芸者がなぜ「中村座」へ通うことになったのかといえば、福沢諭吉《ふくざわゆきち》の養子・桃介《ももすけ》によって初めて失恋の苦汁を飲まされたからである。

約五年前、奴（当時小奴）は、馬に乗って成田詣《もう》でに出かけた帰途、野犬の群れに襲われ、竿立《さおだ》ちになった馬から危く落ちそうになったことがあった。その野犬の包囲から救ってくれたのが、慶応義塾の学生・岩崎桃介である。その後二人の仲は急速に進展してゆくかに見えたが、福沢諭吉の次女・房子と桃介の婚約によってあっけない終焉《しゅうえん》を迎える。

「僕は将来、実業界で名を上げたいと思うんだ。芸者を細君にしたら、世間の信用が得られないよ」

現実主義者の桃介は、「立身出世」の波に乗るべく、こうして奴から離れて行った。人一倍気位の高い奴にとって、面白かろうはずがない。荒れた彼女は、花札賭博にのめり込んだり、中村芝翫《しかん》（後の歌右衛門）、尾上栄三郎《おのええいざぶろう》（後の梅幸）、横綱小錦などと浮名を流したりした。そのあげくに気を引かれたのが、川上音二郎だったというわけである。

いつか楽屋に通いつめるようになった奴は、ある夜音二郎と共に向島《むこうじま》にある大倉喜八郎《おおくらきはちろう》の別邸をめざした。政商・大倉の別邸は、伊藤博文その他の政治家がしばしば密談に利用していた場所である。ここに三日籠《こも》って互いの気持を確認したのち、奴は養母・可免に音二郎と結婚する、と告げた。可免は伊藤の承諾を得た上で、その秘書官・金子堅太郎《かねこけんたろう》に媒酌《ばいしゃく》の労を取ってもらった。ここに「演舌使い」あがりと芳町芸者という、奇妙な夫婦が誕生した。この夫婦の以後数年の歩みは、戸板康二に要約してもらおう。

「わずか二、三年でその川上一座は、劇界の一角に大きな地位を占め、岩崎舜花の『意外』『又意外』で人気を集めている時、日清戦争がはじまった。

すると川上はただちに戦争劇を上演したばかりか、みずから朝鮮に戦線視察に行き、帰国すると今でいうルポ・ドラマ『戦争見聞記』を演じて、大評判になり、二十八年には、日本一の劇場といわれた歌舞伎座に出演するところまで行った。

俳優としてよりも、むしろプロデューサーとしての卓抜した才能を持った人物というふうに考えられる」(『物語近代日本女優史』)

奴こと貞は、この間終始団員たちの世話を見る裏方の仕事に打ち込んでいた。

しかしまもなく、その「プロデューサーとしての卓抜した才能」ゆえに、音二郎は一頓挫《とんざ》を来たすことになる。結婚直後のアメリカ視察旅行で、演劇の改良は劇場の構造改革から始めねばならない、という信念を抱くに至った彼であったが、その信念実現のために神田三崎《みさき》町に建築していた「川上座」(明治二十九年六月十四日落成式)

が、皮肉にも一座の結束を突き崩す結果を招いたのである。

いつものアイデア・マンぶりを発揮し、「川上座」に猿や熊、狸《たぬき》のいる小動物園を併置して話題を呼んだまではよかったが、川上夫妻は興行収入のほとんどを「川上座」建築につぎこむばかりか、その冷酷さゆえに「アイス」と呼ばれた高利貸たちからも借金を重ねていた。その内情を知った幹部たちが、自身の薄給を怒り、次々に脱退してしまったのだ。

この頃から、音二郎の勘は狂いはじめる。明治三十一年（一八九八）に行なわれた二度の総選挙（三月と八月）に、政治家の夢去りがたい音二郎は、抜群の知名度だけを頼りに立候補。今度は触れ太鼓は用いずに、

「栗毛の駒にゆらりと跨《また》がり、鐙踏張《あぶみふんば》り大音声《だいおんじよう》あげ、我こそは衆議院候補川上音次《ママ》郎政見なりと、名乗をあげた」（『東京朝日新聞』八月六日）

これで当選していれば、日本最初のタレント議員の誕生となったわけだが、結果は惨敗につぐ惨敗。雪ダルマ式に嵩《かさ》んだ借金のカタに、貞との新居ばかりか「川上座」まで差し押えられる事態となった。

徒手空拳の身の上となった川上夫妻は、世の中が全く信じられなくなった。舞台で日の丸の扇子を打ち振っていた元気もどこへやら、厭世観《えんせいかん》にとりつかれた音二郎は、

貞と一緒に北極か無人島に行ってしまいたい、と呟きはじめる。

亭主の愚痴《ぐち》を聞き流すのは女房の務めのようなものだが、何せ貞は、白昼躰《からだ》に晒《さらし》を巻きつけて隅田《すみだ》川を泳ぎ回り、巡査に注意されるや、

「男は泳いでいるのに、女は泳いじゃいけないという法律でもあるの！」

と言い返したエピソードを持つほど気の強い女である。音二郎から清・韓・英・仏・米諸国への遊芸修業渡航免状を見せられ、長さ約十三尺（約四メートル）の短艇も入手済みだ、と告げられるや、その舟に乗って一緒に外国へ行く気になってしまった。

その短艇を名づけて「日本丸」。面舵《おもかじ》と取舵《とりかじ》の区別も知らない二人が、この舟に乗って築地河岸から漕《こ》ぎ出したのは、同年九月十日の昧爽《まいそう》であった。この珍妙とも暴虎馮河《ひょうが》ともいうべき試みを、同月十五日の『時事新報』は、半ば呆れ口調で次のように報じている。

「……郡司大尉の鼻を明《あか》せん目論見《もくろみ》にや、乃至《ないし》は一時の悪洒落か、……浪路ようよう険しかる初秋の海に漂いつつも、房総の山景色面白く眺めて、翌十一日横浜に碇泊《ていはく》し、明《あく》る十二日再び勢い込んで舟出せしが、東京湾口に差かかりし時思いの外に浪荒《あら》びて空さえ怪しうなりけるに、妻子の恐怖一方ならず自らも太く疲れ、内々は辟易《へきえき》し

て横須賀へ寄港したり」（新仮名遣に改める。見出しは「一葉の扁舟《へんしゅう》に棹《さお》して／川上音二郎米国へ押渡る算段／狂か暴か判断つかず」）

「寄港」といえば聞こえはいいが、実のところは二百十日の荒波にもまれ、膝までの浸水に死を覚悟するうち、軍艦「富士」の灯を港と錯覚して横須賀軍港に迷い込んでしまったのである。

軍港部長に懇々《こんこん》と説諭されたのは言うまでもない。しかし思い込んだら命がけの二人である。ふたたび密かに「日本丸」に乗り込むと、まんまと横須賀港を脱走してしまった。やっと着いた先は下田である。音二郎は手も足も豆と打ち身で血だらけ。貞も腰が抜けていた上に差し込みに襲われつづける有様だった。その後二人は、天竜川《てんりゅう》の河原に打ち上げられたりアシカの群に危く「日本丸」を転覆《てんぷく》させられそうになったりする珍道中をつづけて、ようやく翌年一月二日神戸港に辿《たど》り着く。着くや否や音二郎は大量に血を吐いて、すぐさま病院に運び込まれてしまった。

こうして二人の海外雄飛の夢は、あえなく砕け散るかに見えた。しかし人生は全くわからない。音二郎の療養中に、アメリカ巡業の誘いが舞い込んで来たのである。

マダム貞奴誕生す

話を持って来たのは、国際的興行師の櫛引弓人《くしびきゆみんど》。音二郎は一も二もなく承諾し、貞を含む一行十八人を従えて、明治三十二年（一八九九）四月末日神戸港を出発した。

乗船「ゲーリック号」がサンフランシスコに着いたのは五月二十三日。同市「カリフォルニア座」で二十九日から公演する約束だったが、驚いたことに町のポスターには貞が看板女優であるかのように紹介されている。

早速抗議したものの、劇場側は受け入れるどころか、逆に、

「川上貞では面白くない。貞奴と名乗ってはどうか」

と注文をつけて来た。

羽振りのよい時なら伝法な口調で怒鳴りつけもしたろうが、何せ国を売るようにして出かけて来た異国の旅空である。是非《ぜひ》もなくすべての条件を呑《の》み、演目も予定の『心外千万・遼東《りようとう》半島』をやめて、『児島高徳《こじまたかのり》』『楠公』『道成寺《どうじようじ》』を出すことにした。

『道成寺』が、貞奴の初舞台となったことはいうまでもない。座長の妻として随行して来たつもりだったが、かくて貞は、むりやり女優・川上貞奴へと転身を余儀なくされる羽目になった。

芸者の出である以上、一通りの踊りはこなせるから腹さえ括《くく》ってしまえばそれはそれで問題はない。やれやれ、と一息ついた頃、大事件が出来《しゆつたい》した。櫛引弓人から興行

権を引き継いでいた光瀬耕作弁護士が、劇場・ホテルに必要経費も払わぬまま売り上げを持って逐電《ちくでん》したのである。

それでも一行が、シアトル↓タコマ↓シカゴと何とか乞食《こじき》旅行を続けられたのは、「何としてもここで一旗上げて、半年後にパリで開かれる万国博覧会に乗り込むんだ」

という音二郎の意志が、よく団員たちの帰国願望を制したためである。

しかしシカゴに辿り着いた時には、もはや場末の宿に二人部屋を一室とると、団員たちが一日一食摂《と》れる余裕もないほど手元不如意になっていた。

日本贔屓《びいき》で知られる「ライラック座」の座主ホットンに頼み込み、ようやく次の日曜日のマチネー（昼の部）に出させてもらうことになったが、それまでの四日間が食いつなげない。たった一つの部屋に団員全員が折り重なるようにして眠り、目ざめてからは水ばかり飲んで飢えを凌《しの》いだ。

土曜日には、フラフラしながら武者行列を装い、雪の降る中をホラ貝と太鼓で練り歩いて前景気を煽《あお》った。東京に進出した時と違い、今度は黒字を出さなければ一同餓死するしかないのだから誰も必死である。おかげで、翌日幕を開けると安息日にもかかわらず上々の入りとなった。

最初の演目は『児島高徳』。前述の『板垣君遭難実記』とおなじく迫真の格闘場面のある作である。しかし音二郎の高徳に飛びかかって投げ捨てられると、空きっ腹の団員たちは目を回してしまって起き上がれない。次の『道成寺』でも、貞奴は両手で振り出し笠を操るうちに卒倒してしまった。仰天した坊主役が駆け寄って助け起こすとふたたび踊り出したからまあ何とかつながったが、これが日本でのことであったら何を書かれていたかわからない。

しかしアメリカの客たちは、エキゾティシズムで見に来ただけである。投げ飛ばされたサムライたちが受け身もとらずにのびてしまうとかえってその迫力に感心し、踊る貞奴が倒れ伏すと、ドージョージ・ダンスとはそのような舞いなのかと、ひたすら貞奴の美貌と衣裳の美しさに打たれて盛大な拍手をくれた。

こうして川上一座は、一回限りという条件付きだったマチネーで、願ってもない名声を獲得してしまう。人のよいホットンは、向こうから続演を頼み込んで来た上にニューヨークの同業者まで紹介してくれた。ふたたび音二郎に運が回って来たようであった。

ニューヨークでは、イギリスの世界的名優サー・ヘンリー・アービングの十八番『ベニスの商人』を実見する幸運に恵まれ、図々しくも彼にロンドンへの紹介状を書いてもらうことにも成功した。

　こうなると、気転のきくプロデューサーとしての素質がむくむくと頭をもたげる。アービングが去った後、ところもおなじ「ボストン座」に出演した川上一座は、臆面《おくめん》もなく『ベニスの商人』の翻案劇を舞台にかけた。題して『日本趣向の人肉質入裁判』。シャイロックは才六、ポーシャはお袖と改めたものの、演技は徹頭徹尾アービング一座のそれを模倣《もほう》し、科白《せりふ》は日本語なら何を言ってもわかるまいと口から出まかせをしゃべり合った。

　音二郎が一晩で書き上げたこの芝居が、またしても大ヒットする。才六が矢立から筆を取り出し、安藤仁三郎（アントニオ）の胸に三寸四方の線を引くところが、アービング一座よりも名趣向だと地元紙にベタ褒《ほ》めされてしまったのである。

　当然この快挙は、ワシントンの小村寿太郎《こむらじゅたろう》駐米公使の耳に入る。二月初旬、小村は公使館主催の夜会に川上一座を招き、マッキンレー大統領の前で『曾我討入』や『道成寺』を演じさせた。日本に川上一座の名声が初めて伝えられたのも、この頃のことである。

「本月二日の紐育《ニューヨーク》ヘラルドには、其の前夜同地のバークリー館に於《おい》て、川上一座の演じたる甚五郎一幕、児島高徳一幕、士族と芸者二幕の評判を総入りにして掲げ、川

上は日本一の男優にして、サダ子は又同国無双の女優なりとの事なりと記し……」（『時事新報』明治三十三年三月二十七日）

同記事は、つづけて音二郎が彼の地でイタリア第一の名優サルヴィーニに比されていることも伝えているが、「日本人には訳の分らぬ日本演劇」とも書いているところに記者の怪訝《けげん》の念が表れていて何ともおかしい。

しかし、すっかり自信を甦《よみがえ》らせた音二郎は、もはや日本での評判など気にもしない。彼が思い描くのは、ヨーロッパの大舞台のみであった。

パリのサダヤッコ・ブーム

明治三十三年（一九〇〇）四月二十八日、一行は「ユベニア号」に乗ってロンドンを目ざした。ロンドンで「コロネット座」と「ロセッタ座」に出演できたのは、ひとえにアービングの紹介状の賜物《たまもの》であった。建国後日の浅いアメリカではあまり受けなかった『児島高徳』も、騎士道の伝統を持つ君主国イギリスでは忠臣ものとして人気を集め、ついにはバッキンガム宮殿に招かれて、プリンス・オブ・ウェールズの前で同作と『芸者と武士』を演じる光栄に浴した。

余勢をかってパリに乗り込んだ時には、六月も末になっていた。すでに万国博は始まっていたが、ロンドンでの評判が伝わっていたため、川上一座は会場内に新設された「ロイ・フラー座」のこけら落し公演に抜擢《ばってき》される幸運をつかむ。音二郎が用意したのは、『遠藤武者』と『芸者と武士』の二作品。前者は遠藤武者盛遠《もりとお》が元許嫁《いいなずけ》の袈裟《けさ》を誤って殺してしまい、悔《く》いのあまりに出家するという歴史物、後者は彼の目ざした新演劇とは程遠い歌舞伎と新劇をゴッタ煮にしたような作で、「やたらとハラキリなど演じる、見ようによっては国辱ものといってよいグロテスクな芝居」（杉本苑子『マダム貞奴』）であった。

しかも二日間空席が目立つのを見ると、座主ロイ・フラーは遠藤武者にもハラキリをさせろ、と要求して来た。

幕末におけるもっとも酸鼻な大量切腹事件といえば、慶応四年（一八六八）二月十五日に起った「堺事件《さかいじけん》」にとどめを刺す。この事件にはフランス人も大いに関与していたので、フランス人はサムライのハラキリに強い関心を寄せていた。フラーの要求は、そのことを計算してのことであったろう。

「堺事件」とは、前述の日にフランス軍艦「デュプレー号」からバッテーラで堺に無断上陸した同艦の水兵十一人が、土佐藩警備兵と衝突して射殺された事件である。駐日公使ロッシュの強硬な抗議にあい、土佐藩士二十人に切腹が申しつけられることになるのだが、その最期のさまが凄じかった。

「箕浦《みのうら》（猪之吉。土佐藩歩兵第六番隊長）は衣服をくつろげ、短刀を逆手《さかて》に取つて、左の脇腹へ深く突き立て、三寸切り下げ、右へ引き廻して、又三寸切り上げた。刀が深く入つたので、創口は広く開いた。箕浦は短刀を棄てゝ、右手《めて》を創に挿《さ》し込んで、大網（腸間膜）を摑《つか》んで引き出しつゝ、フランス人を睨《にら》みつけた。

馬場（介錯人）が刀を抜いて項《うなじ》を一刀切つたが、浅かつた。

『馬場君。どうした。静かに遣《や》れ』と箕浦が叫んだ。

馬場の二の太刀は頸椎《けいつい》を断つて、かつと音がした。

箕浦は又大声を放つて、

『まだ死なんぞ、もつと切れ』と叫んだ。此声は今までより大きく、三丁位響いたのである」（森鷗外『堺事件』）

箕浦を初めとして切腹が十一人まで終った時、ロッシュ公使は顔面蒼白、地に足のつかぬ風情になり、残る九人の切腹を中止させてあたふたとその場から退席した――。

このようなサムライ独得の死の作法があることを耳にしていたフラーにとって、サムライが前非を悔いて出家するだけの話では何とも物足りなかったに違いない。

その要求を受け入れて、音二郎は連日パリの舞台でハラキリを演じ、腹から糊紅《のりべに》を盛大に迸《ほとばし》らせてヤンヤの喝采《かっさい》を浴びた。噂を聞いたパリジャンたちが続々と詰めかけるので、川上一座は十一月三日のパリ万国博閉会の日まで百二十三日間も続演。ついに『芸者と武士』二百十八回、『袈裟』八十三回、『児島高徳』二十九回、『左甚五郎』三十四回、総計三百六十四回公演という驚異の記録を樹立してしまう。

しかしこの記録を支えたのは、音二郎よりもむしろ貞奴の人気であったといってよい。

懐中が豊かになるにつれ、貞奴は京都西陣から豪華な振袖《ふりそで》を大量に取り寄せて舞台でも夜会でも着用した。身長一メートル四十八センチと小柄だが、彫りの深い美貌に均斉の取れたスタイルの貞奴が振袖を着て夜会に行くと、新し物好きのパリの貴婦人たちはこぞって振袖に憧れた。かくてパリ社交界には「ヤッコ・ドレス」と名づけられた和洋折衷《せっちゅう》の夜会服が大流行し、「ヤッコ」という香水まで売り出された。

貞奴は、八月十九日にエリーゼ宮で開かれたルーベー大統領の園遊会でも第一等のスターだった。大統領夫人みずからが彼女と腕を組み、庭内を散歩して回る歓待ぶりだったのである。

歓迎されたのは、彼女の衣裳だけではない。『フィガロ』紙は「マダム・サダヤッコの至芸はエッフェル塔より高い」と手放し絶賛したし、ピカソ、アンドレ・ジイド、イサドラ・ダンカンなども貞奴の艶麗な舞姿に陶酔した。貞奴は、『道成寺』の可憐《かれん》な所作で、一躍《いちやく》音二郎以上の国際的人気俳優になってしまったのであった。十一月五日には、夫婦そろってオフィシェ・ド・アカデミー三等勲章を授けられた。

だが貞奴は、文化人たちの称賛が近代女優としての自分にではなく、日本の伝統舞踊の美しさに対するものであることをよく見抜いていた。それは、一流どころの芸者なら誰でも身につけている「お座敷芸」の一つにすぎない。

だから彼女は、明治三十四年（一九〇一）一月に凱旋帰国した後も、同年四月から八月にかけて再渡欧し、ジュール・ルナール他に激賞されてからも、日本では決して舞台に立とうとはしなかった。日本における女優川上貞奴の誕生は、二年後の明治三十六年（一九〇三）二月、二度目の帰朝公演として「明治座」で幕を開けた『オセロ』まで待たねばならない。

帰国後、これでまた役者の妻・貞に戻れると思ってホッとしていた貞奴を、舞台に引っ張り出したのは、ほかならぬ音二郎である。彼は妻を、

「とにかく『オセロ』にだけは出てくれ」

とかき口説き、それでも渋っていると仲人の金子堅太郎に応援を頼んだほどだっ

た。貞奴は、二人にとうとう拝み倒されてしまったのである。

貞奴が出ると決った後の町の話題は、『オセロ』一色に染め上げられた。森銑三『明治東京逸聞史』によれば、早合点して『オセロ』という煙草《たばこ》をくれ、と町の煙草屋に飛び込むそそっかし屋もいたというから、その騒ぎのほどが察しられる。

それかあらぬか、初日には森鷗外、坪内逍遥、尾崎紅葉、与謝野鉄幹その他の大家たちが総見に来た。それらの厳しい視線の中でやむなくデズデモーナ（翻案して鞆《とも》音《ね》）を演じた貞奴であったが、幸い彼女の演技は大方の好評を博した。

この成功に安堵した音二郎は、以後『ゼ・マアチャント・オブ・ヴェニス』『サッフォ』『ハムレット』『モンナ・ワンナ』といったいわゆる赤毛物を、「正劇」と称して矢継ぎ早に公演。その間に貞奴は、本邦女優第一号としての階段を着実に登って行った。お伽芝居《とぎ》『浮かれ胡弓』で少年フレッドを演じた際、半ズボン姿で登場して保守的な観客を驚かせたのもこの頃のこと。一代の当り芸、『ハムレット』のオフェリア（翻案して織江）役を演じて「到る処大入を占め」（『都新聞』明治三十八年十月三十一日）、その後一座の誰かが病気になると「あれはハムレットのたたりだ」といわれるのでハムレット祭を催した、などというエピソードを残したのもこの前後のことである。

寛永六年（一六二九）二月将軍家光の治下、風紀を乱すものとして女舞・女歌舞伎が禁止されて以来無慮二百七十年間、日本の演劇に登場する女性は、すべて女形の役者によってまかなわれて来た。いつの間にか貞奴はその旧弊を打破し、日本近代演劇史の第一頁に名を刻まれる女優になっていたのである。

明治三十九年（一九〇六）十一月、冨山房から刊行された『日本家庭百科事彙』（芳賀矢一・下田次郎共編）の「女役者」の項に言う。

「新演劇の起るに及んで、新派の女役者も亦《ま》た出でたり。その中にて殊《こと》に有名なるを貞奴とす。貞奴はもと東京の芸妓にして、新演劇の領袖《りょうしゅう》たる夫川上音二郎と共に欧米諸国に興行して、到るところ喝采を博し、その名海外に轟《とどろ》きて、寧《むし》ろ千両役者にもまさるが如き観あり」

晩年は桃介と共に

明治四十一年（一九〇八）九月、貞奴は帝国女優育成所（翌年、帝国劇場付属技芸学校と改称）を設立した。女優第一号としての自分を自覚し、後進の女優育成を志したのである。

同四十三年（一九一〇）には、音二郎と共に、『東京朝日新聞』の記者をして、

「今の所では類のない日本一の大阪帝国座……総ての設備、舞台の模様、何《ど》うやら外国へ行ったような気がする」（同紙三月一日）

と言わしめた念願の大劇場「帝国座」を大阪北浜《きたはま》に建設する。「川上座」を高利貸に差し押えられてから十五年にわたる川上夫妻の孤軍奮闘の成果が、ここに結実したかに見えた。

しかし、得意の時期はそう長くは続かない。「帝国座」秋の公演を準備中に、音二郎が病に倒れた。持病の腹膜炎が最終的に悪化したのである。

同四十四年（一九一一）十一月十一日暁闇《ぎょうあん》、すでに数日前から昏睡状態に陥っていた音二郎は、貞奴の指示により、団員たちの手で「帝国座」の板（舞台）の上に移された。その一時間後、ついに意識を恢復《かいふく》しないまま、この一代の風雲児は静かに息を引き取った。享年四十七であった。

もはや川上一座の屋台骨を支えるのは貞奴しかいない。しかし再起しようとする彼女に、劇評家たちは掌《てのひら》を返したように冷たい言辞を投げつけた。

「貞女丈夫に見えてもモウ年なるに、……つらつら刀自《とじ》のために考うれば、女優商売大抵に切上げがよし」（『文芸倶楽部』明治四十五年三月号）

「われ等は見る影もなきオッペケ川上を引き立てたる東京芸者奴の心意気をこそ買

え、物になりたる川上の女房としての役者稼業、そんな事は根っから豪《えら》いとも感心とも思わず……さすがは江戸前の女だと言われて死んで貰《もら》いたし」（同、同年五月号）

女優という存在に対する、いわれなき偏見に満ちた文章である。明治という時代は、舶来品や新知識は両手を挙げて歓迎するが、既成の概念から飛躍しようとする女性には冷たい目を向ける時代であった。

彼女は元芸者であったから舞台で時々内股になってしまう悪癖があったし、欧米仕込みの演技であったがために所作がともするとオーバー気味になる傾向があった。しかし貞奴のために言っておくと、彼女はそのような癖を直すべく終始努力していたし、事実この頃には大方の矯正に成功していた。そうでなければ『ハムレット』におけるオフェリアの内面の苦悩を表現できる訳もなく、『ハムレット』が当たり芸とされる訳もないではないか。

だがある男の出現によって、貞奴に対する中傷はさらに止めどのないものになってゆく。小奴時代に思いを寄せたことのある福沢桃介。

桃介は、福沢諭吉の女婿《じょせい》となってアメリカ留学を果たした後、北海道炭鉱鉄道に入社。その後株で大もうけして「兜町《かぶと》の飛将軍《ひしょうぐん》」の異名を取り、その資金を元手として実業界に驥足《きそく》を展《の》ばしていた。彼は帝劇の役員もしていたので、貞奴が帝国女優育成所を設けた時にも賛助員として名を連ねていた。その彼が、音二郎が死ぬと大っぴらに貞奴に接近するようになったのである。

貞奴一座が巡業する先々に桃介も姿を見せたので、二人の仲は、スキャンダルを何より好む新聞記者たちの絶好のネタとなった。

「信州上諏訪《かみすわ》の都座で去《さる》二十二三の両日興行した川上貞奴一座の芝居は頗《すこぶ》る好評で、見ぬ人までも評判取りどりであったが、第二日目の二十三日貞奴は、如何《いか》にもソワソワして落着かぬ様子を見せた。……果然二十三日上諏訪停車場に降り立った一人の紳士がある。……其紳士は諏訪ホテルの三階に陣取って居た。

すると二階の貞奴も直《ただち》に三階へ転じた、誰あろう紳士其の人は東京麹町区内幸《うちさいわい》町一の五会社員後藤文作（四十四）実の名を福沢桃介というて遥《はる》ばる貞奴の後を慕って上諏訪まで飛んで来たのだと知れた。……貞奴は桃介君とホテルの三階で睦言宜《よろ》しくあった後、二十五日午前汽車で龍野に向った、ソノ後から桃介氏は又も貞奴を追って飯田《いいだ》に行ったというので当地では芝居外の芝居として大変な評判である」（『東京朝日新聞』大正二年八月二十六日）

醜聞攻撃は、何と明治末から大正四、五年まで続くのである。そのような中で、川上夫妻の人生のモニュメントとなるはずだった「帝国座」が人手に渡る。第一次大戦勃発直後の恐慌のあおりを受けて取引銀行が傾いたこともあるが、何よりも貞奴一人に大劇場の経営は荷が重すぎた。

「水に落ちた犬は叩け」とでもいうように、貞奴攻撃は勢いを増して来る。『新演芸』（大正五年三月号）などは、「貞奴を如何に処分すべきか」という懸賞を募集するほどの悪乗りぶりであった。大正四年（一九一五）には『サロメ』を演じ、以後再演するたびにその演技の進歩を評価された貞奴であったが、現実の舞台を離れたところではいつもこのように低劣に扱われてしまう。川上家とのゴタゴタや、自身の健康問題も相まって、大正六年（一九一七）、貞奴はついに引退を決意した。

「私はモウ四十七になります。……女優になって丁度《ちょうど》十五年たちます。……今年は川上の七回忌に当りますし、其《そ》れを機会に愈々《いよいよ》退隠する事に致しました」（『都新聞』九月二十三日）

女優生活を「十五年」といい、欧米で脚光を浴びた時代を計算に入れていないところに、近代女優としての貞奴の最後の誇りが感じられる。引退興行は十月の「明治座」、演目は『アイーダ』と『雲のわかれ路』であった。

引退後の貞奴は、名古屋市東二葉町《ひがしふたば》の通称〝二葉御殿〟に桃介と同棲し、同時に川上絹布株式会社を設立した。すでに愛知電気鉄道、名古屋電灯その他の会社の社長に就任しており、まもなく木曾《きそ》川の水力発電に成功する桃介の全面的バックアップがあったことは言うまでもない。

昭和十三年（一九三八）、「電力王」と謳われたその福沢桃介も、六十九歳で逝《い》った。貞奴はさらに八年間をひっそりと生き、昭和二十一年（一九四六）十二月七日、熱海の別荘で永眠した。享年七十五。

晩年は、熱燗《あつかん》の「松竹梅」二合の独酌をゆっくりと時間をかけて楽しむ日々であった。そんな折、たまの来客に女優時代の話を乞われると、

「私の一生はミステイク――」

とポツリと洩《も》らすのを常としたという。

幼くして芸者置屋に出され、時の総理に寵愛《ちょうあい》されて勝手気ままに生きた芸者時代。音二郎と洋行するや、しゃにむに女優に仕立てあげられ、選んだ訳でもないのに女優一筋で生きた貞奴時代。そして桃介の押しの強さに負けて、何となく女社長兼「お妾」になってしまった後半生――強烈な個性を持った三人の男に出会い、そのそれぞれの都合に合わせて生きて来た我が身をふりかえり、かつてのマダム貞奴は、万感の思いをこめてこの科白を口にしたように思えてならない。

（本文中に明示した文献以外に、山口玲子氏の労作『女優貞奴』を参考にしました）

明治と夫に殉じた大将夫人・乃木静子

結婚式に遅刻した新郎

明治十一年（一八七八）八月二十七日。雨の中を芝区西久保桜川《にしくぼさくらがわ》町の乃木《のぎ》邸に集まった人々は、夕刻まで手持ち無沙汰な時を過ごしていた。

この日乃木邸では、東京鎮台歩兵第一聯隊長《れんたいちょう》・乃木希典《まれすけ》陸軍中佐と、旧薩摩藩上士・湯地《ゆち》定之《さだゆき》の四女・お七の祝言があげられることになっていた。だが、媒酌の乃木高行《たかゆき》夫妻、主賓の東京鎮台司令官・野津《のづ》鎮雄《しずお》少将、二人の仲をとりもった第一聯隊長副官・伊瀬地《いせち》好成《よしなり》大尉をはじめ、新郎の母・寿子《ひさこ》（父・希次はすでに死亡）、花嫁の両親たる定之・天伊子《ていこ》夫妻も、ことごとく軍服や紋付姿で集結しているのに、定刻を過ぎても肝腎《かんじん》の新郎が姿をあらわさないのである。

伊瀬地大尉は、平常通り出勤したという希典の居場所を知るべく、各所と連絡をとるのに忙しかった。

伊瀬地大尉は、「嫁をもらうなら薩摩の女がよい」という乃木中佐の言を真に受けて、両家の縁談を進めて来たのだった。この縁談がトントン拍子に進んだのには、以下のような背景があった。

一つは、乃木希典が、まだ人々の記憶に新しい西南戦争の英雄の一人であったこと。当時第十四聯隊長心得・小倉《こくら》営所司令官であった乃木少佐は、熊本・植木《うえき》駅付近で薩軍の白兵突撃に遭い、聯隊旗を奪われながらも木葉《このは》駅に進撃、さらに東進して田原坂《たばるざか》上に進出する功を立てたのである（橋本昌樹『田原坂』）。その奮戦ぶりは当時流行の錦絵にも描かれたから、希典の名は東京市民にもつとによく知られていた。

もう一つは、お七自身が希典の姿を望見した経験があったことである。

この年の五月十四日、参議・大久保利通が紀尾井坂《きおいざか》で石川県士族・島田一郎に暗殺された。三日後の五月十七日に行なわれたその国葬の式典で、儀仗兵《ぎじょうへい》指揮官をつとめたのが希典だった。

「儀仗兵は国葬のはじまる前、榎坂《えのきざか》において堵列《とれつ》していたが、指揮官乃木中佐の馬上の位置がちょうど湯地家の門前であり、やがて葬儀の開始とともにかれは儀仗兵に号令をくだすべく姿勢をただし、指揮刀をぬいた。その馬上の姿を、邸内の菜園にいたお七の目は、生垣《いけがき》を通して十分に見ることができた」（司馬遼太郎『殉死』）

希典との縁談がもたらされた時、お七の脳裏には、この時の彼の乗馬姿が蘇ったであろう。しかし希典は、実は結婚を望んではいなかった。西南戦争中、薩軍に聯隊旗を奪われたことを軍人としての最大の恥辱と感じた彼は、いかに死に場所を求めるか、ということのみを考えつつ、日々を生き延びていたのである。「嫁をもらうなら薩摩の女がよい」というのは、母・寿子にそろそろ妻帯せよと迫られた際、遁辞《とんじ》として口にした言葉にすぎなかった。

乃木家は長州の支藩たる長府藩《ちょうふ》（後の豊浦藩《とよら》）の藩士であり、分家も長州藩に仕えている。薩摩藩とは全く無縁の家系であって、どこをどう手繰《たぐ》っても薩摩藩士――しかも同格の家柄――に辿《たど》り着くことなどあり得ない。だから「薩摩の女」と言っておけば、母も嫁さがしを諦めるだろう……。

そのような読みが、薩摩出身の副官・伊瀬地大尉によって完全に狂わせられてしまった。希典が、自分の祝言の日だというのに平常通り出勤し、客や親族たちを五時間も待たせるという非常識な行為に出た裏には、このような事情があったのだった。

そうするうち、さすがに新婦側親族から、「けしからん」と言う声が聞かれるようになった。しかしこの時、

「これくらいのことは、かねて覚悟しております」

と言ったのは、ほかならぬ新婦お七であった（黒木晩石「乃木外伝」）。

希典が帰宅した時は、すでに黄昏時《たそがれ》となっていた。馬を馬丁に渡し、革長靴を脱いで上がって来たその顔を見ると、散髪もしていないし髭《ひげ》もあたっていない。希典は野津少将以下に手短に挨拶すると、そのままの姿で三三九度を挙げた――。

こうして公の式がおわった時である。人払いしてお七と二人だけになるや、希典は藪《やぶ》から棒に切り出した。

「御身《おんみ》は鹿児島に生まれた薩摩藩士の子にして、我は豊浦藩士の子である。されば人情、風俗を異にし、家庭の状態もおのずから相異するところが多いであろう。ことに乃木家には、やかましい母と心の曲った妹がいる。それでも御身は辛抱できるか。できぬと思うなら、まだ二人きりの誓いの盃《さかずき》を交さぬうちに、婚姻の儀は取り止めてもよい」

のちにお七は、この時の気持を「初めて来《き》たれる当夜のことにて少なからず返答に困じたりき」と述懐しているが、表面上は落着いて答えた。

「私も薩摩の武士の娘です。いかような困難がありましても、必ず辛抱するでありましょう」

この答えを聞くと希典は、おなじ席で始まった同僚たちとの宴席で深更まで酒を呷《あお》りつづけ、軍服のまま前後不覚に眠りこんでしまった。

姑との対立・夫の芸者買い

結婚初夜は惨憺《さんたん》たる有様となってしまったが、お七はそんなことでおろおろするような女ではない。翌朝、いちはやく起き出して希典の出勤を見送った後、お七は同居する集作（希典の末弟）、女中、馬丁を集めて宣言した。

「今まではお母様が台所を指図なさっておられましたが、今日から私が主婦です。私が指図しますから、そのように心得て下さい。今後は私を『奥様』と呼び、お母様のことは『御隠居様』とお呼びするように」

新家庭を営むのだ、という初々しい気概に満ちた言葉である。このお七に、希典はみずからの号「静堂」から一字を取って静子《しずこ》と名乗るよう命じた。八百屋お七を連想する名は、武人の妻としてふさわしくないという理由であった。お七改め静子は十九歳、希典は二十九歳。

しかし静子の新生活は、まことに苦渋に満ちたものとなる。希典と「やかましい母」寿子とが、のべつ彼女に冷水を浴びせつづけたからである。

希典は、明治四年（一八七一）、当時の陸軍中将・黒田清隆によって豊浦藩陸軍練兵

教官から陸軍少佐に大抜擢されて以来有頂天になり、

「おい乃木、竿も身の内だぞ」

と周囲からたしなめられるほどの遊蕩限りを尽くしはじめた。世にいう「乃木の豪遊」がこれで、名古屋鎮台勤務時代（明治六～七年）には、芸者に子供まで生ませている。

死に場所を得ず、鬱々《うつうつ》としていた希典は、そのお茶屋遊び、芸者遊びを結婚後も連夜つづけていた。泥酔の上、脂粉の臭いをまとわりつかせて深夜帰宅。待合に芸者と泊り込んで、帰って来ない夜もある。遊興費は、甲の待合から借りて乙の待合に返すほどだから、静子は主婦として手元不如意も甚《はなはだ》しかった。

それに輪をかけて彼女を悩ませたのが、「やかましい母」寿子の存在である。彼女と寿子とは、初めから全く性が合わなかった。

もともと寿子は常陸《ひたち》の土浦《つちうら》藩士の長女に生まれ、同藩から輿入れして来た土浦藩主息女に従って長府藩へと西下して来た女性である。気性の激しさは人一倍であったようで、希典の父・故希次に嫁いでからも、次のような逸話を残している。

「（かぞえ五十七歳の）ある日、希次は自分の家屋敷の周囲がなん間あるか計ったうえ、戦場に出て行くときのような完全武装をして、かけ足でまわり出した。腹がすく

と、前もって用意してあった小型のにぎりめしを口に入れたまま走りつづけた。（略）
　これが、昼も夜も休みなくつづいた。（略）けっきょく七日七夜走りつづけて、まだ倒れるところまでいかなかったというので、自分の体力に自信を持つことができたという」（大宅壮一『炎は流れる』）
　希次の古武士的剛直さを物語るエピソードだが、今注目したいのはそのことではない。寿子がその間縁側に腰かけたまま今が何周目か記録をとっており、雨が降っても休まなかった、という点である。
　このような気性の激しさは、時として狂気じみた怒りの発作につながる。
　希典がまだ無人《なきと》といった幼年時代、寝坊してなかなか布団を離れないでいると、寿子が外した蚊帳を彼の肩に振り下ろした。その弾みに蚊帳の吊具の環が当り、無人は左眼を失明してしまった。
　またある時は無人の頭部を棒で打擲《ちょうちゃく》し、三日月形の傷を作ってしまった（この傷跡は、一生希典の頭部に残っていた）。
　対して湯地家は、開明派のリーダー格といってよい家風である。父・定之は十人扶《ぶ》持《ち》の奥医師にすぎなかったが、静子が末っ子だったこともあって幼時から彼女をことのほか可愛がり、鹿児島時代から女学校や絵画塾に通わせた。また長兄・治左衛門《じざえもん》定《さだ》基《もと》は、明治二年（一八六九）八月、薩摩藩第二回留学生に選ばれ英国に派遣されている。湯地家が一家を挙げて上京したのも、この定基が同四年（一八七一）四月に帰国するや黒田清隆に引き立てられて開拓使出仕となったからである。彼は明治二十四年（一八九一）には貴族院議員に勅選されたほどの人物であり、帰朝後は女子教育の重要性を家族に説いた。この兄の財力と見識とによって、静子は上京後麴町女学校（麴町小学校の前身）に学び、当時のハイカラな新教育を受けることができたのである。

いわば湯地家と乃木家とは新旧両グループの代表同士のごとき関係だった。この対立関係が、嫁・静子と姑・寿子との間に集約的にあらわれることになるのである。二人の角逐《かくちく》を伝える代表的逸話としては、次のようなものがある。

——新婚間もない頃、静子が来客用の器のしまい場所を尋ねると、寿子は突っ放すように言った。「あなたは乃木家の主婦でしょう。そんなことぐらい、私に尋ねなくても頭に入っていなければ困ります」

——寿子には、三食ごとに茶碗酒を飲む悪い癖があった。その酒を、給仕する静子に無理強いして断わられると、「何かね、私の酌は受けられんとでもいうのかえ」などと、厭味《いやみ》を言うのを常とした。

——明治十二年（一八七九）には長男・勝典《かつすけ》、同十四年（一八八一）には次男・保典《やすすけ》が生まれた。いわゆる乃木家の「両典」だが、寿子はおむつを日向《ひなた》に干すことを許さなかった。不浄なものを太陽に当ててはならないというのである。このような旧式の太陽信仰は、新教育を受けた静子には不条理のきわみであったが、やむなく彼女は家や樹の蔭《かげ》におむつを干した。無論よく乾くわけがない。夜も火の用心のためと称して、乃木家では火鉢《ひばち》その他の使用が禁じられていたので、静子はおしめを背負い、みずからの体温で乾かそうとした……。

嫁と姑の対立は、多くの場合夫の優柔不断に由来する。乃木家の場合も、希典が遊興に時と金とを費すばかりで、家庭を顧慮《こりよ》しないことに女性二人の不仲の最大要因が存した。しかも悪いことに、どちらに非があるのか冷静に考えればすぐにわかる時でも、忠孝を重んじる希典は母に軍配を上げつづけた。

たとえばほかならぬ希典自身が、静子にはお召しを、母と妹には銘仙を買って与えた時のことである。寿子に「嫁より安い服など着て歩けるか」と一喝された希典は、静子に向って宣言した。「今後あなたは、一生綿服で通してもらいたい」

また冬の夜、静子が希典に羽織を着せかけようとすると、「そんなものはいらん」とにべもない。それを寿子が、「風邪を引いてはいけません」と再度着せかけると、「そうですか」とすんなり受け容れるという具合であった。

この間の時期に関して、後に静子が実姉・馬場貞子《ばばていこ》に笑いながら語ったこととして、次のような言葉が伝わっている。

「私は嫁いで三年目までというもの、夫の足や目が不自由なことを知らなかったのですよ」

希典が少年時代に左眼を失明したことは前述した。足が不自由だというのは、西南戦争中、右足に薩軍の銃弾を受けて以来、希典が軽度の跛行《はこう》を見せるようになっていたことを指している。これら夫の肉体にかかわる重大問題について「三年目まで」「知らなかった」のは、夫と親しく会話する間もない味気ない新婚生活であったことを端的に物語っている。

明治十五年（一八八二）の早春、ついに寿子が希典を呼びつけて言った。

「私とお静との仲はとてもうまく行かないから、しばらく私が家を出ることにします」

無論これは本音ではない。寿子は暗に、静子を離縁してしまえ、と謎をかけたのである。困った希典は、思案のあげく、しばらく静子と両典とを別居させることにした。

勝典は、この時すでにかぞえ五歳。だがこの当時、幼稚園といえばお茶の水の東京女子師範学校付属幼稚園しかない。そこに勝典を入園させるとすれば、芝区の家からは通いきれないから、その近所に一時母子が別居するといっても世間に説明はつく。

そう考えついた希典は、みずから本郷の湯島《ゆしま》天神近くに借家を見つけ、女中一人を添えて妻子を別居させたのである（芹沢登一《せりざわとういち》「乃木将軍夫妻の別居の真相物語」）。

希典は、しげしげと妻女を訪ねて来たものの、上がっても軍服は決して脱がない。夕方来て両典の顔を見ると、またしても行きつけの料亭に行って芸者遊びで憂《う》さを晴らすのだった。

とりなす人があって、静子が乃木家に戻ったのは一年半後のこと。早期離婚を唱える寿子も、希典に「静子を離縁する日は、あれの死んだ時だとお思い下さい」と言われて、ついに我を折ったのである。おそらく希典は、湯地家に戻ろうともせず、借家に「仕立てもの致します」という札を立てて一年半を過ごした静子のけなげさに打たれるものがあったのだろう。

静子も初めて夫の愛情を知り、帰宅後は何かにつけて寿子を立てるよう心掛けた。寿子の外出用に人力車夫を一人常傭《じようやと》いするようになったのもこれ以後のことだし、彼女に博多帯を織って贈ったのもこの頃のことである。やがて寿子も、「うちの嫁は日本一じゃ」と周囲に吹聴して歩くようになった。

「乃木式」への変身

明治十三年（一八八〇）大佐、同十八年（一八八五）少将と、希典は順調に昇進した。その彼が、川上操六《かわかみそうろく》少将と共にドイツ留学を命じられたのは、十九年（一八八六）十一月のことである。翌二十年（一八八七）一月十二日出発。帰国したのは二十一年（一八八八）六月であった。

静子は夫に負けまいと思ったのか、あるいは両典に手がかからなくなったため持ち前の向学心が蘇ったのか、この時期にミス・アンナその他の英国婦人について英語を学んだ。華族女学校の創立が明治十八年であることを思えば、その二年後に英語のマン・ツー・マン教育を希望した静子の学問的好奇心は、時代の最先端を行っていたと言ってよい——あえてこのようなことを書くのも、静子は死に方が死に方であったため、ややもすれば明治に生きたもっとも古風な女性だったと受け止められがちだからである。

帰国後の希典に関しても、特筆しておくべきことがある。

もともと日本陸軍は、幕末に来日したフランス軍事顧問団によってその基礎が築かれた。明治初期の陸軍幼年生徒隊（陸軍幼年学校の前身）ですら、

「教官はすべてフランス人にて……国語、国史、修身、習字などいっさいなく、数学の九九までフランス語を用い、地理、歴史など教えるもフランス本国の地理、歴史なり」（石光真人編著『ある明治人の記録』）

という状態であった。それが明治十年代後半に至ってなぜドイツ式に切り換えられたのか、という点については篠原宏の労作『陸軍創設史』その他を参照して頂きたいが、ともかく乃木・川上両少将のドイツ派遣も、この兵制のドイツ化に伴なう措置であったことは間違いない。

その国策を意に体してか、希典は帰国した時にはドイツ風の厳格さを身につけたガチガチの職業軍人へと変貌を遂げていた。

おなじ長州出身の、田中義一《たなかぎいち》の回想。

「（乃木）将軍は、若い頃は陸軍切ってのハイカラで、着物でもつむぎのそろいで角帯をしめ、ゾロリとした風をして、あれでも軍人かといわれたものだ。所がドイツ留学から帰って来た将軍は、友人が心配したのとは反対に、恐ろしく蛮カラになって、着物も愛玩《あいがん》の煙草いれも皆人にくれてしまって、内でも外でも軍服で押し通すという変り方（であった）」（『東京朝日新聞』昭和三年四月九日付より仮名遣を改め句読点を付す）

ここに述べられた「内でも外でも軍服で押し通す」点が、もっとも目立った変化であった。以後希典が平服を身につけたのは、明治四十四年（一九一一）四月、英国王ジョージ五世の戴冠式《たいかんしき》に列席するため、海軍大将・東郷平八郎《とうごうへいはちろう》らとともに訪欧の旅に上った時だけである。これは、鉄血宰相ビスマルク治下のドイツ陸軍の主流を占めた、プロイセン貴族たちの制服美に打たれたためと言われる。

　軍服に身を包む人間の精神性をより重要視するようになったのも勿論《もちろん》である。帰国後、希典が大山巌《おおやまいわお》陸相に出した「意見具申書」を引く。

「独逸《ドイツ》国軍人ガ能《ヨ》ク自ラ名誉ヲ愛重スルノ一例ヲ挙グレバ、将校等ガ居住必ズ其《ソ》ノ制服ヲ脱セザルニ於《オイ》テモ亦《マタ》見ルベシ。（略）彼《カ》ノ国ニ於テ旅館、茶屋、割烹店ノ如キモ、彼ハ将校等ノ出入スル処ナリト言ヘバ、其ノ家屋ハ鄙賤《ヒセン》醜猥ニ非ザルヲ証スルニ足ルノ慣習アリ。（略）然《シカ》ルニ我国上流、高等ニアル武官ニシテ浴衣《ユカタ》、寝衣《ネマキ》ヲ以《モチ》テ公事ヲ部下ニ談ジ、訓戒、督責モ行フガ如キ、又ハ鄙猥賤業ノ家屋ニ出入シテ憚《ハバカ》ラザルガ如キ、共ニ礼節、徳義ヲ放棄スル者ナリ」

　希典もついこの間まで「鄙猥賤業ノ家屋ニ出入」する者の一人だったのだから、この変わり方はまことにコペルニクス的である。以後、誰言うとなく軍服一本槍に代表される希典の愚直な生活様式・思考形態を「乃木式」と呼ぶようになった。

「乃木式」の生き方は彼の人生にさまざまな波紋を呼ぶことになるのだが、静子とのかかわりでいえば、希典が新設の第十一師団の初代師団長として香川県の善通寺《ぜんつうじ》に赴任した時の事件を紹介しておくべきだろう。

日清戦争後、陸軍中将・男爵に補された希典は、明治二十九年（一八九六）から三十一年（一八九八）まで台湾総督となる。現地で母・寿子を喪《うしな》った彼は、三十一年十月、四国に単身赴任した。師団長室や師団長宿舎の華美を憎み、希典は金倉寺《こんぞうじ》という寺を宿舎として簡素な生活を楽しんだ。

こうして明治三十二年（一八九九）の一月も残り少なくなったある日のこと、静子が不意に雪の中を金倉寺にやって来た。静子は勝典が士官候補生の試験に落第したことを心配し、今後のことを相談すべく何度も夫に手紙を出していた。しかしはかばかしい返事が来ないので、思い余って四国のはずれまでやって来たのである。

しかし、静子の不意の来訪を告げられた時、希典は言い放った。

「追い返してしまえ。会うことはならぬ。許可せぬのに勝手に来た者に、会う必要などはない」

「乃木式」に考えれば、軍人が任地にあるのは戦地にあるのと同義なのである。だから、家族との面会などはみずからに断固許さない……。

静子にも夫の考え方はよくわかっていたから、唇《くちびる》を嚙《か》みつつもその日は会わずに引き下がった。周囲のとりなしで面会できたのは、その翌日のこと。話し合った結果であろう、静子はこの年の夏から元成城《せいじょう》学校教師・芹沢登一を勝典の家庭教師に起用した。

初めて乃木邸に上がった時、芹沢は地味なかすりの服に束髪姿の静子を女中と錯覚した由だが、静子は彼の講義中はできるかぎり同室し、自分も傍聴するよう努力した。芹沢が椅子を進めても、決して腰をおろさなかったと伝えられる。希典の生き方が「乃木式」なら、静子もまた「静子式」の生き方を目ざしていた。

明治三十四年（一九〇一）五月、希典はこの第十一師団長の職を擲《なげう》ち、休職生活に入った。前年六月、北京に義和団《ぎわだん》事件が勃発し、第十一師団麾下《きか》の丸亀《まるがめ》聯隊からも第三大隊が現地に派遣された。その第三大隊が「馬蹄銀《ばていぎん》事件」（清国の銀貨・馬蹄銀を不法に横領し、持ち帰った事件）を引き起したのを憎み、その責《せめ》を負って周囲が止めるのも聞かずに辞任したのである。

その後の乃木夫妻は、十年前に入手した栃木県那須《なす》の別邸と東京の家とを往復しつつ、おそらく人生におけるもっとも穏やかな日々を過ごした。しかし、晴耕雨読の生活もそう長くはつづかない。日露関係の険悪化に伴ない、陸軍部内に、希典の復職を望む声が高まって来たからである。

「陸軍中将乃木は近日現役に復し、或《あ》る重要なる任務に服すべしという。廿七年役(日清戦争)には彼れ第一師団の一旅団長として山地将軍の下に驍名《ぎょうめい》を振えり、征露の大役に此の人欠く可《べか》らざる也」(『万朝報』明治三十七年二月八日より仮名遣を改める)

三十七年二月五日、対露開戦の大命降下により、陸軍は近衛、第二、第十二師団をもって第一軍を編制する。希典はまず、留守近衛師団長に任じられた。

この時、長男・勝典は第一師団歩兵聯隊付中尉。次男・保典はおなじく第一師団の第一聯隊付少尉となっていた。四月、第一師団は第二軍に編入され、三人の軍人を擁《よう》する乃木家からは、まず勝典が出征することになった。

三典同葬の悲願

四月十五日は、勝典が東京で過ごす最後の日であった。静子は久しぶりに親子水入らずの夕を過ごしたいと願い、女中も使わずに一人で勝典の好きなそばを打った。四人が食卓に着く。静子は、希典に言った。

「あなた、お願いがございます。明日は勝典のめでたい出陣の日ですから、今夜だけは笑顔を見せてやって下さいませんか」

しかし希典は、静子を一瞥《いちべつ》したかと思うと、大声で言った。

「笑っちゃいかん、しっかりしろ！」

そして、戦いが始まったら一番に死ね、それが叶わなければもっとも困難な戦いに死ね、とつづけた。

希典は、両典が幼い頃からスパルタ教育のみを実践して来た。耳の近くで突然拳銃を発射して反応を見たり、散歩に出るや「家からここまでの距離は？」と不意に尋ね、答えかねると怒鳴りつけたりする。自分が寿子から荒々しく育てられたものだから、子供はそのように育てるものだと思い込んでしまったのであろう。

無論そのような希典であっても、子に対する愛情は人後に落ちない。ただそれを表現するすべを知らないので、照れ隠しに「しっかりしろ！」などと絶叫して、一座の雰囲気をしらけさせてしまったりするのである。つづいて保典も出征した。

第一軍、第二軍の派遣に続き、大本営は旅順を背後から攻撃して旅順港内にあるロシア艦隊を撃滅する作戦を立てた。五月二日、そのために編制された第三軍の軍司令官に任命されたのが希典である。

彼は勇躍東京を出発、同月二十九日広島に着いた。しかし、彼を待ち受けていたのは勝典戦死の悲報であった。希典は、留守を守る静子に電報を打った。

「カツスケメイヨノセンシマンゾ　クスヨロコベ　イサイフミマレスケ」

つづけて出した手紙には、親子三人の柩《ひつぎ》が揃《そろ》うまで葬式を出してはならぬ、と書きつけた。これが希典の、名高い「三典同葬の悲願」である。

両典は、宇品《うじな》から出港する前に、広島市内の写真屋で二人仲良く一枚の写真に収まり、両親の元に送っていた。希典はその写真屋を訪ね当て、両典の写る写真原板を手にした自分の姿を撮影させて、これも静子の元に送った。子供だけを死なせはしない……。この写真には、軍人特有の悲壮美が横溢《おういつ》している。

しかし、そのような悲壮美は、静子には遠いものであった。陸軍中将の妻だから表立って非戦を語ることはできないが、彼女もまた与謝野晶子のように「君死にたまふことなかれ」と祈りつづけていたはずである。

勝典戦死の報を受けた時、静子は一瞬ほとんど失神状態に陥《おちい》り、その後は自室に閉じこもってしまって一時は健康も危ぶまれる事態となった。駆けつけた弔問客には止むを得ず応対したが、慰められるたびに泣き崩れ、口に当てたハンカチを何枚か嚙《か》み破るほどだったと伝わる。その静子の悲嘆が夫に対する怒りに変わったのは、かの電報を一読した時である。

「こんな馬鹿な。いくら何でもあんまりよ！」

と絶叫するので、実姉・貞子にいい加減にしなさい、と叱《しか》られるほどだった。

「この状態は大本営の知るところとなり、『乃木夫人は発狂しそうだ』という噂にまでなった」という（福岡徹『華燭』）。

静子の哀しみをよそに、六月一日宇品を出帆した希典と第三軍司令部は、六日、第二軍の占領下にある金州湾に上陸。この日希典は、智将・児《こ》玉《だま》源《げん》太《た》郎《ろう》と共に陸軍大将に任じられた。

希典は、予定の陣地に行く前に勝典戦死の地である金州城周辺の新戦場を視察した。次の七言絶句は、この時賦《ふ》されたものである。

山川草木転《うたた》荒涼　十里風腥《なまぐさし》新戦場
征馬不レ前《すすまず》人不レ語《かたらず》　金州城外立ッ二斜陽ニ一

泣き崩れて息子の死を哀しむ母と、七言絶句に万感の思いをこめる父——感情表現の方法に隔たりこそあれ、子を悼《いた》む思いに径庭《けいてい》はなかった。しかし、乃木夫妻の舐《な》めるべき辛酸はこれだけではまだおわらない。行く手を阻む旅順のロシア軍大要塞により、乃木第三軍は日本の戦史上空前の戦死者を出すことになった。

——第一回総攻撃（八月十九〜二十四日）は、戦闘参加兵力五万五六二六人、死傷者一万四七三四人。

――第三回総攻撃（十月二十六日～十一月五日）は、戦闘参加兵力五万一七五二人、死傷者一万五二六〇人。

大江志乃夫『日露戦争の軍事史的研究』によれば、日露戦争における日本陸軍の総戦死者数は八万五二〇七人だから、乃木第三軍は右に見た二回の総攻撃だけで早くも全体の三五パーセント強にあたる死傷者を出したわけである（後の奉天《ほうてん》会戦で三万五八六五人中一万六三八七人を死傷させたことを加えれば、乃木第三軍はこれだけで何と四万六三八一人、全体の五四パーセント強の死傷者を出したことになる！）。

しかるに情報戦を致命的に軽視し、旅順要塞の比類なき堅牢性を察知していなかったため、

「乃木も大本営も一般国民も旅順の早期陥落を期待していた。八月十九日に（第一回）攻撃が始まると、報道陣は東京の陸軍大臣官邸の庭に天幕を張って寝泊まりし、一晩中前線からの報告を待っていた。新聞の中には、日時だけ残して、『公電只今到着、旅順陥落』と印刷した号外を準備しているものさえあった」（デニス・ウォーナー、ペギー・ウォーナー『日露戦争全史』）

しかし、三ヵ月経っても旅順は落ちない。その間にバルチック艦隊が至り、旅順艦

隊と合してしまったら万事休すである。一体、乃木第三軍は何をしているのか、乃木ほどの愚将に攻撃の指揮をとらせたのがそもそもの間違いだったのだ、という非難の声が、軍の内外から囂々《ごうごう》と起こりはじめた。留守宅の静子もいてもたってもいられない。

「乃木の馬鹿野郎！」

などと怒鳴り、乃木邸に投石したりする者が出現したのである。

「兵隊を片っぱしから殺しやがって！」

「さっさと腹を切れ！」

「乃木は露探（ロシアのスパイ）だ！」

静子は、人目につかぬように邸《やしき》を出、伊勢神宮に参拝したりした。伊勢で彼女は、いくさは勝たせてやるが汝の最愛の二児は取り上げる、という神の声を聞いたといわれる。この幻聴はまもなく現実となった。十二月一日、保典戦死。

参謀の一人がお悔《く》やみの言葉を述べると、希典は言った。

「いや、これでよかったのだ。多くの兵を殺し、陛下に対し奉り、また銃後の人々にも済まぬと思いつづけて来た。しかし保典が死んでくれたので……」

兵を死なせ、自分だけがのうのうとしている訳ではないことがこれでわかってもらえれば、と彼は言いたかったのだろう。しかし、それは言葉にはならなかった。

　静子が保典の死を知ったのは、その三日後のことである。静子はハンカチを目に当てながら親族に語った。

「勝典は厳格に育てすぎて可哀相《かわいそう》でしたが、保典はかなり自由にさせ、女親としての気持を注いでやりました。今となってはそれでよかったと思います……」

　そのちょうど一ヵ月後の明治三十八年（一九〇五）一月一日に児玉源太郎総参謀長の来援によってようやく旅順を落した乃木第三軍は、つづいて前述の奉天会戦を戦い、三十九年（一九〇六）一月十四日東京に凱旋《がいせん》した。旅順降伏式の際、ステッセル以下のロシア軍代表団に帯剣を許し、彼らの名誉のために映画撮影を禁じた行為によって、この時までに希典の名は、日本武士の典型として世界中に知られるようになっていた。

　凱旋行進後、希典は他の将軍たちとともに参内。明治天皇の御前で「復命書」を読み上げた。

「……斯《かく》の如き忠勇の将卒を以《もつ》てして旅順の攻城には半歳の長日月を要し、多大の犠牲を供し、奉天付近の会戦には攻撃力の欠乏に因《よ》り退路遮断の任務を全くするに至らず……」

読み上げながら希典はしばし絶句し、嗚咽《おえつ》の声すら放った。他の軍司令官たちの「復命書」が幕僚たちの手になる簡潔なものであったのに対し、希典のそれはみずから草した長文のものであり、その大半は右のような苛責《かしやく》の念に覆《おお》われている。

天皇は、涙ながらに読みつづけようとする希典を凝視するうち、希典が心中深く死を決していることを見抜いた。希典が悄然《しようぜん》と退出しようとした時、乃木よ、と天皇は声をかけた。

「奉公はまだおわっていない。すべからく自重して、朕《ちん》が命《めい》を待て」

希典が「三典同葬」を諦《あきら》め、両典のみを葬ることにしたのはおそらく天皇のこの言葉があったためである。

乃木邸では、親戚たちの手で凱旋祝賀会の用意がされていた。しかし、挙手しつつ邸内に入って来た希典の目は静子だけを求めていた。乃木高行と湯地定基の背後に隠れるようにして立っている静子を見つけ出すと希典は歩み寄り、その右手をしっかりと握りしめた。

「ただいま、帰りました」

彼が妻の手を握るところなど誰も見たことがなかったから、一座の人々は一驚した。希典は、二児を喪《うしな》い、一年半を孤独に生きて来た静子へのねぎらいの気持を、この動作にこめたのである。静子は黙って手を取らせたまま、夫を応接室へと導いた。

乃木夫妻がひっそりと両典の葬儀を営んだのは、それから二ヵ月後の三月十日のことである。柩が三つ揃《そろ》うまで葬儀を出すな、という夫の命令を守り、静子は両典の遺骨箱をそのまま邸内に安置していたのであった。

「……時しも門の両側に佇《たたず》み居られし大将夫人を始め親戚の婦人は遺骨を目送し、大将の後影を望み見ては何《いず》れも涙なきはなく、得堪へで手巾を目にせらるるさえ見受けたるも道理や、大将令息の葬儀と知りて急に跡に続きし数多《あまた》の道行く人もありしが、孰《いず》れも余りの質素さに多くの兵を殺したりと泣いて闕下《けつか》に復命されたる大将の心事を思い合せて湿りがちに従いぬ」（『報知新聞』明治三十九年三月十一日）

乃木夫妻の悲劇は、肉親の不幸によって初めて夫婦愛を確認したことにあるのではなかろうか。

明治天皇と乃木希典

第三軍が解散すると、希典は軍事参議官となり、三十九年（一九〇六）八月からは宮内省御用掛《がかり》を兼ねた。当然、希典が参内する機会はふえる。明治天皇は希典の参内を楽しみとし、ついにはその足音を聞き分けるようになったという。

もともと天皇は、この愚直な武人が好きであった。休職中であっても、陸軍大演習には必ず出て来る希典を見て、「乃木は感心である」と側近に語ったこともある。明治三十五年（一九〇二）、秋期大演習のため九州に下り、田原坂を過ぎた時には、次のように詠じて希典に与えたほどである。

もののふの攻め戦ひし田原坂松も老木《おいき》になりにけるかな

そういう天皇であったから、旅順攻城戦の最中に乃木第三軍司令部の無能が問題となり、司令官更迭説が大本営内で有力化した時も、「乃木を替えてはならぬ」と断じて希典に指揮を任せつづけたのである。希典が、更迭されておめおめと生き延びるような人間ではないことを、おそらく天皇はよく知っていた。

四十年（一九〇七）一月、希典は学習院長を兼務するよう命じられた。天皇は、二児を喪った希典に、代わりに沢山の子供たちを与えたのである。

いさをある人を教への親としておほし立てなむ大和撫子《やまとなでしこ》

この時、希典に賜った御製である。同年九月、希典は戦功により伯爵に列せられた。た。五十六歳。静子もすでに四十六歳になっていた。

ふたたび平穏な時が流れ出した。希典は毎日馬で七時半に学習院に登院し、院務の合間には教室を巡視する。ともすれば華美に流れがちなこれまでの慣例を廃して質朴を強く打ち出したため、女学部長・下田《しもだ》歌子《うたこ》が辞任するといった事件も起きたが、総じていえば、希典は生徒たちに陰で「おじいさん」と呼ばれるのをすら楽しんでいたように見える。

学習院本院が四谷尾張町から目白《めじろ》に移り、寄宿舎が設けられると、希典は生徒たちと一緒に寄宿舎に住むようになった。月に一、二回しか帰宅しないので、静子はまたも孤独になった。

淋しさを紛らわせるため、静子はこの頃から趣味に打ち込む。その一つは盆石だった。盆の上に自然石や砂を配して風景を作り、その趣を楽しむのである。華美にならない範囲で衣装にも凝《こ》った。襦袢《じゅばん》の半衿《はんえり》をおなじ色、おなじ模様で何枚も作らせたりもした。実姉・貞子に注意されると、

「希典から許しを得てるんですから、何枚着物をこしらえたって構わないの」と静子は答えるのだった。「それに私には、それ以外何の楽しみもないじゃありませんか」

静子は、撫子《なでしこ》をあしらった柄を好んだといわれる。希典も、両典を撫子にたとえる和歌をいくつか遺しているところを見ると、静子は撫子文様の和服を着けると、両典とともにあるような気持に浸《ひた》れたのではあるまいか。

明治四十二年（一九〇九）十一月、旅順白玉山に表忠塔が築かれ、その除幕式に参列することになると、希典は現地に静子を伴った。除幕式の後で、両典戦没の地を妻に見せてやりたかったからである。

この旅行で、静子には何かふっきれるものがあったのだろう。四十三年（一九一〇）正月には、次のようなエピソードを残している。

この年、静子はおせち料理をもらい物の重箱に詰めた。ところがこの重箱は不幸のお返し物であると気づき、希典がヘソを曲げた。年始の客が来ても、今年はあまりめでたくない、と言って屠蘇《とそ》も出さない。見兼ねた親族が、重箱を代えてはどうかというと、静子は答えた。

「あの重箱が不幸のお返し物だったこと、忘れているわけじゃありませんよ。大して多くもない料理だもの、あれが手頃の大きさだったのよ」「誰が取り替えるものかねえ。取り替えたからって、縁起の悪いのが直りゃしまいし」（福岡徹『軍神』）

福岡の書は、福田恆存の批判（「乃木大将は軍神か愚将か」）を受けたことからも知れるように、乃木夫妻に対する悪意の書である。だからここでは、鹿児島出身の静子が東京下町の蓮っ葉女のように話したごとく描かれている。そのような皮膜を外して考えれば、希典の頑迷さを笑って無視する静子の態度は、主婦としての自信に裏打ちされたものと考えられる。

静子の書いた「母の訓」

静子の「主婦としての自信」は、「母の訓《おしえ》」と題する文書に集約されている。これは、姪《めい》・柴てるの結婚（明治四十五年五月）に際し、静子が書いて渡した文章である。以下その全文を掲載した「乃木大将夫人の『母の訓』」（「文藝春秋」昭和三十七年四月号）より、若干の部分を引用する。まず「常の心得」と題する部分。

「一、女性は性順に礼儀正しく恥あるを淑徳《しゅくとく》と致《いたし》候。淑徳なければ公家《くげ》御大名の姫君にても下素《げす》に異なることなく、下賤《げせん》の卑女《はしため》にても淑徳備《そな》はり候へば公家大名の簾中《れんちゅう》の奥方とも仰がれ可申候《もうすべくそうろう》。（略）

一、色を以て男に事《つか》ふるは妾のことにして、心を以て殿御に事ふるは正妻の御務《おつとめ》に候。故《ゆえ》に御輿入《こしいれ》先の殿如何《いか》に多くの妾在《おわ》しまし候とも、色を以て之《これ》を争《あらそ》ふなど端《はし》たなき御振舞被遊間敷《おんふるまいあそばされまじく》候」

新婚時代、希典の芸者買いに悩まされつづけた静子が、懊悩《おうのう》のはてに本妻たる自己の尊厳を確信するに至った心理的プロセスが、この「常の心得」から痛いほど伝わって来る。

つづいて「閨《ねや》の御慎《おんつつしみ》の事」の部分は言う。

「一、閨中に入るときは必ず幾年《いくとせ》の末までも始《はじめ》ての如く恥《はず》かしき面色を忘れ給《たま》ふべからず。狎《な》れ恥かしき面色なれば、妾の如くなりて其《その》品格を失ひ、用事済《す》みて必ず殿御の心に嫌気起り度重《たびかさ》なるに従ひ、必ず愛想をつかされ申すべく候。(略)

一、(略)色は柔《やわらか》くして恥かしき内に味あるものにて恥かしき面色ある程情深くなり申候故に殿御閨《ねやい》入り給ふ時《とき》は、必ず恥を含《ふく》みて静かに入り、殿御より興に乗じて種々嬲《なぶ》り給ふことありとも荒々しく之《これ》を拒むは情を失ふを以て、只々《ただただ》殿御の胸に顔を差入れて恥かしく思ひ給ふべし。(略)

一、殿御の御寵愛勝《すぐ》れて昼《ひる》も房に入れ給ふ事あれども、無気に拒み給ふは情に背《そむ》き給ふなり、されば房事にても弥《いや》増して一倍深く慎み給ひ如何に御心地宜《よ》しとも襠《うちかけ》を解きたまふべからず。(略)」

この文章の題名は、前述のように「母の訓」という。母ならぬ静子が姪に与えた文章に「母の」と冠されているのは、静子が自分の結婚に際し、母・天伊子から与えられた文章を元にしていることを示すのかも知れない。

そうではあっても、特に「常の心得」の部分に静子の苦い経験が秘められていることを思えば、静子は天伊子の訓にみずからの体験から得たものを加味してこの文章を草したに違いない。

そう考えると、筆者はようやく安堵する。希典があまりに愚直な「乃木式」軍人であったため、静子もまた謹厳実直を絵に描いたような冷厳な女性と思われがちである。その静子が「殿御の御寵愛勝れて昼も房に入れ給ふ事あれども」等と記しているのを見ると、乃木夫妻の今に伝わらない愛情生活の一端を知ったように思い、静子のために何かほっとしたものを感じるからである。教条主義的性向を持つだけの女性だったら、本書に乃木静子を取り上げようとは思わなかっただろう。

さらに「朝夕の心得」の部分には、

「一、朝は必ず殿御に寝姿を見られ給ふべからず。疾《と》く起きて化粧を施《ほどこ》した顔にて殿に会ひ給ふべし。殿御は毎朝麗《うるわ》しき莞爾《かんじ》たる奥方の顔を見給ひなば、其日《そのひ》一日の苦難を忘れ給ふなり。（略）

一、殿御御心配の節または御災難ありしときは日頃より尚《な》ほ優しく御保護遊ばさるべく候。斯様《かよう》のときこそ最も奥方の内助を要する事に候」

等々、ゆかしい注意が書かれている。しかし筆者が注目するのは、その最後尾にあるという。

「一、御家大事ともならむ時は能《よ》く其心を鎮《しず》めて殿御に従ひ奉り、武門の習ひにて討死ともあらん時は女々しき御挙動なく、潔く殿御と共に御自害遊ばされ、末代の誉《ほまれ》を残し給ふべし」（傍点筆者）

ということばがある。まもなく我々は、静子がこの言葉を実践する光景を眺めるであろう。「和魂洋才」。学問その他に対するハイカラな好奇心と、古い「婦徳」に対する信仰とが、静子の内部にあっては矛盾することなく一体化していたかのようである。

懐剣と軍刀

明治四十五年（一九一二）七月三十日。午前零時四十三分に明治天皇が崩御した。参内し、ずっと廊下に待機していた希典は、一人特に許されて臨終直後の天皇を拝することができた。

「乃木よ、奉公はまだおわっていない」

戦場から死を決して帰って来た希典に、天皇はまだ死んではならぬ、と言ったのであった。しかし、奉公すべき方は亡くなられた。今や奉公をおわるべき時であり、死んでよい時が来たのである。

九月十三日の大葬の儀典までの間、希典は身辺整理に多忙だった。さり気なく門柱から表札を外し、二階自室にこもって書類の整理を行なう。なぜそのようなことを、と静子に尋ねられると、諒闇中《りようあん》は何もすることがないから整理しておくのだよ、と希典は答えるのだった。

自分の彫像を造らせ、乃木家の系図を筆写した。両典のすでに亡い今、乃木家は自分の死をもって断絶とすべきである、と希典は考えている。かつて乃木という一族が存在したことを伝えるために、正確な系図を残しておきたかった。

そのような希典の覚悟にまだ気づかず、静子はこの頃跡目問題について夫に相談を持ちかけている。

「天子様ですら御定命には勝てないのですから、あなたにもしものことがあれば私が困ります」

希典は笑って答える。

「何も困ることはないよ。もし困ると思うなら、お前もわしが死ぬ時に一緒に死ねばよいではないか」

すると静子は、「いやでございますよ」と大きな声で言った。

「私はこれからたんと長生きして、お芝居を見たりおいしいものを食べたりして楽しみたいと思っているのですから」

「そうか、そうか。その通りだ――」

希典は、ふたたび笑顔で答えた。

九月十一日。希典は十二歳の裕仁親王に拝謁《はいえつ》し、山鹿素行の『中朝事実』をみずから筆写したものを献上した。遺書を書いたのは、翌十二日の深夜である。

「　遺言条
第一　自分此度《このたび》御跡《あと》を追ひ奉り自殺候処、恐入候儀、其《その》罪は不軽存《かるからずぞんじ》候。然《しか》る処、明治十年役に於いて軍旗を失ひ、其後死処得度《えたく》心掛候も其機を得ず、皇恩の厚《あつき》に浴し今日迄《まで》過分の御優遇を蒙《こうむ》り、追々老衰、最早《もはや》御役に立つ時も無余日《よじつなく》候折柄、此度の御大変何共恐入候次第、茲《ここ》に覚悟相定め候事に候」（『国民新聞第一号外』大正元年九月十六日より、句読点を付す）

あけて十三日は、御大葬の当日である。

早朝、入浴の際、希典は特に静子を呼んで背を流させた。普段は書生にさせていることである。

その後、近所の写真屋を呼んで写真を撮らせた。希典は陸軍大将の礼装、静子は宮中における第一種礼装姿である。おわるとちょうど宮内省差し回しの自動車が来たので、二人はそれに乗って殯宮《ひんきゅう》参拝に出発した。車に乗る直前、静子の襟についていた糸くずを希典は黙って取ってやった。

参拝から帰ると、親戚たちを交えての昼食である。自家製のそばを食べている希典に、静子が聞いた。

「桃山《ももやま》の御陵まで、お供なさるのでしょう？」

「いや、行かん」

と希典は言下に答え、静子の顔をまじまじと見つめた。華族はすべて桃山まで行くことになっていたから、この答えは異様だった。静子も、この時までに夫の覚悟が薄々分かっていたからこそ、このようなことを聞いたのであろう。「行かん」という希典の答えは、自決の覚悟を妻に伝えたい気持と微妙なためらいとをふたつながら揺《よう》曳《えい》している。

食後、希典は二階自室に鍵をかけて閉じこもった。静子が行くと、襖《ふすま》越しに書生、女中はすべて葬列の拝観に出かけさせよ、と命じるのでそのようにした。ふたたび静子が上がって行くと、今度は鍵が外してあり、中に入ることができた。

二間続きの八畳間は、中の襖を取り払われて広々としている。両典が、生前勉強部屋としていた部屋であった。

東側の窓の下に、白布をかけた小机が置かれ、その上に明治天皇の写真が祀《まつ》られているのはいつも通りの光景だった。

ここから先のことは、証言者のいないことなので想像を交えて記述するしかない。静子は、天皇の写真の前に「遺言条」が置かれているのを知った時、すべてを了解したであろう。希典の「遺言条」は「第十」まであり、結尾に、

「右の外細事は静子へ申付置候。御相談被下度候《くだされたく》。伯爵乃木家は、静子生存中は名義可有之候得共《これあるべくそうらえども》、呉々《くれぐれ》も断絶の目的を遂げ度大切なり」

とある。「細事」を伝え、乃木家断絶のことを駄目押しするために、希典は静子を部屋に請じ入れたのである。

時に午後七時四十五分。御霊柩が宮城を出発する予定時刻は八時ちょうど。その合図の号砲とともに切腹する、と彼は静子に告げたであろう。やはり、と静子は思ったろうが、動揺は全く見せなかった。ほんの四ヵ月前、姪に凛然《りんぜん》と、

「御家大事ともならむ時は能《よ》く其心を鎮めて殿御に従ひ奉り、……潔く殿御と共に御自害遊ばされ、末代の誉を残し給ふべし」

と書き送った静子である。彼女は一度階下に降り、姉・貞子その他と顔を合わせているが誰にも異様さを気取られなかった。

静子は、ワインを持って二階に上がった。別れの盃《さかずき》を交すためである。彼女が、いつ自分も死ぬ、と夫に告げたのかはわからない。希典の葬儀をおえ、「細事」を托された者として遺言通りの措置をとった上で後を追おうと思い、そのように伝えた可能性もある。

しかし、後を慕ってくれるのであれば、今ともに死のうではないか、とおそらく希典は言った。

「今夜だけは！」

という静子の声を階下の貞子が聞いていることから、そうと察しられるのである。だが、ともに逝くと決まれば覚悟をするのに時間は費《かか》らなかった。

希典の辞世は、次のようなものである。

うつし世を神去りましし大君のみあとしたひて我はゆくなり

静子の辞世は左のごとし。

出でましてかへります日のなしときくけふの御幸に逢ふぞかなしき

こう書いて、その十五分後に静子は自害した。この時彼女は、白木綿の襦袢の上に白い麻衣を着け、さらにその上に橡《つるばみ》色の小袿《こうちぎ》を羽織って柑子《こうじ》色の袴をはいていた。この喪装のまま膝を紐《ひも》でくくり、死骸が乱れぬようにした後、懐剣で胸を突いたのである。検視の結果、静子は三度失敗、四度目に心臓を貫くことに成功して絶息したことが知れた。

四度目の刺突には、希典の介添えのあった可能性が強い。刺突は、繰返すに従い、気力が散じて浅くなる傾向があるからである。希典は、凱旋の日その手を握りしめたのとおなじやさしさから、あるいはこの日静子の糸くずを取ってやったのとおなじいたわりの気持から、静子の死を手助けしてやったのではなかったか。

その希典は軍刀を逆手に持ち、腹部を左から右へ、さらに下から上へ切り上げていわゆる「十文字腹」を切った。その後ふたたび軍服のボタンをかけ、軍刀で改めて咽《の》喉《ど》を突き、左頸動脈を切断して失血死したのである。

「嗚呼乃木大将」と題した『読売新聞』同年九月十五日の記事に言う。

「大将は短刀（軍刀の誤り）を摑める右手を半ば右方に張り、左手は左耳に添えて前方に投げ出したる儘《まま》、右頬を斜《ななめ》に俯伏《うつぶせ》となりて打倒れ、夫人は端然と坐《ざ》したる儘差組《ままさしぐ》みたる両手の上に額を当てて俯伏となり毫《ごう》も苦悶《くもん》の態なくして、眠るが如く絶命し居たりと」

夫妻の死は世界中に打電され、国外には中世的感動を、国内には賛否両論を巻き起した。当時の新聞を見ても、自殺を認めぬクリスチャンであるはずの新渡戸稲造《にとべいなぞう》が深い共感のコメントを述べたのをはじめ、さまざまな人がさまざまな意見を出している。希典と共に日露戦争に従軍した森鷗外は衝撃のあまり一夜にして『興津弥五右衛門の遺書』を執筆し、志賀直哉はその日記に、

「『馬鹿な奴だ』といふ気が、丁度下女かなにかゞ無考へに何かした時感ずる心持と同じやうな感じ方で感じられた」

と書いた（九月十五日）。

しかし、夏目漱石が『こゝろ』の登場人物「先生」に語らせている次のくだりが、もっとも当時の雰囲気を代表しているように思われる。

「……夏の暑い盛りに明治天皇が崩御になりました。其時《その》私は明治の精神が天皇に始まつて天皇に終つたやうな気がしました。最も強く明治の影響を受けた私どもが、其

後に生き残つてゐるのは必竟《ひつきよう》時勢遅れだといふ感じが烈しく私の胸を打ちました。私には（略）御大葬の夜私は何時もの通り書斎に坐《すわ》つて、相図の号砲を聞きました。私にはそれが明治が永久に去つた報知の如く聞こえました」

確かに、乃木夫妻は明治と共に「永久に去つた」。

考えてみれば、静子は両典の面影を偲《しの》び、夫の遺牌を拝しつつ伯爵家の未亡人として気ままに余生を楽しむこともできた。しかし、両典もおらず、夫も去った無表情な時の流れに身をゆだね、おのが死する時を乃木家断絶の時と知りつつ生き延びることにいかほどの意味があるというのか。今や「武門の習ひにて」「末代の誉」を残し得る方法を選ぶべき時ではないのか――十五分の間にそのように考えて、あえて静子は死を決意したように思えてならない。

陸軍大将・乃木希典伯爵六十四歳。同妻静子五十四歳。

近代を孕み、近代を生み、近代を育て、そして近代の矛盾を露呈しつづけた明治時代は、それぞれの内に育てた近代を捨てて、あえて反近代的行為を選び取った乃木夫妻の死をもって幕を閉じたのであった。

（文中に明示した文献以外に、戸川幸夫『乃木と東郷』その他を参考にしました）

あとがき

本来「1＋1＝2」ですが、このような数式で本書の成り立ちを表現するとすれば「1＋1＝1」となります。親本二冊の内容を再吟味し、ある程度の取捨選択をおこなって新たな文庫本一冊としたからです。

その「親本二冊」とは、かつて私の編著として出した『明治を駆けぬけた女たち』（ダイナミックセラーズ出版）と『還らざる者たち　余滴の日本史』（角川書店）を指しています。

前者は明治時代に活躍した九人の女性の小伝集で、私の担当したのは本書の「第六部」に収めた高橋お伝、川上貞奴、乃木静子の三編でした。

「なにか、うちの文庫にいただける御作はありませんか」

と編集者に問われ、こういうのがあるにはあるんですが、とこの本を示すと、いつもこういう答えが返ってきました。

「編著ではなく中村さんの単著ならいいんですが」

後者は一編十枚の歴史エッセイを三十六編、計三百六十枚から成っていましたが、すでに講談社文庫に収録されている『名将がいて、愚者がいた』所収の記事と同工異曲の作がやや目につきました。〆切に追われて書いたため、今読み直すと感心出来ないものも幾編かありました。

そこでこれら問題ありと感じられたエッセイは捨て、「第六部」としてこれまで文庫未収録のままだった『明治を駆けぬけた女たち』の三編を加える、という作業をおこなったので、私にはこの本が「1＋1＝1」のように感じられてならないのです。

右のようなやや面倒な作業を丁寧におこなって下さったのは講談社・文庫出版部の野村吉克氏でしたが、十月中に送られてきた初校ゲラには野村氏の所感が書きとめられていました。

「矜持を保って生きた人物ばかりではなく、今回、とくに前半では裏切り、敵前逃亡など、悪名をのこしてしまった人物評伝も多いですね」

この指摘がヒントになって、私は『義に生きるか裏切るか　名将がいて、愚者がいた』というタイトルを考えつくことができたのでした。

そんな次第ですから、野村氏に深く謝意を表して刊行の辞とします。

平成二十四年（二〇一二）晩秋　　中村彰彦

本書は、一九九九年一月に角川書店より刊行された『還らざる者たち　余滴の日本史』および一九八四年十月にダイナミックセラーズ出版より刊行された『明治を駆けぬけた女たち』にそれぞれ収録された著者の歴史エッセイより抜粋、再編集したものです。なお文庫化に際し、『義に生きるか裏切るか　名将がいて、愚者がいた』に改題いたしました。

|著者| 中村彰彦　1949年栃木市生まれ。東北大学文学部卒業後、文藝春秋勤務を経て、文筆活動に入る。'87年『明治新選組』で第10回エンタテインメント小説大賞を、'93年『五左衛門坂の敵討』で第1回中山義秀文学賞を、'94年『二つの山河』で第111回直木賞を、2005年には『落花は枝に還らずとも』で第24回新田次郎文学賞を受賞。『遊撃隊始末』『保科正之』『名君の碑』『名将がいて、愚者がいた』『知恵伊豆と呼ばれた男』『乱世の名将 治世の名臣』『幕末会津の女たち、男たち』など、江戸期から明治期にかけて題材をとった小説・評伝・歴史エッセイの著書が多い。丹念な史料の読み込み、いずれにも偏しない歴史観に基づく作品群に高い信頼が寄せられている。

義《ぎ》に生《い》きるか裏切《うらぎ》るか　名将《めいしょう》がいて、愚者《ぐしゃ》がいた

中村彰彦《なかむらあきひこ》

講談社文庫

定価はカバーに
表示してあります

2012年12月14日第1刷発行

発行者──鈴木　哲
発行所──株式会社　講談社
東京都文京区音羽2-12-21　〒112-8001
電話　出版部（03）5395-3510
　　　販売部（03）5395-5817
　　　業務部（03）5395-3615

Printed in Japan

デザイン─菊地信義
本文データ制作─講談社デジタル製作部
印刷───豊国印刷株式会社
製本───株式会社若林製本工場

ISBN978-4-06-277439-0

講談社文庫刊行の辞

二十一世紀の到来を目睫に望みながら、われわれはいま、人類史上かつて例を見ない巨大な転換期をむかえようとしている。

世界も、日本も、激動の予兆に対する期待とおののきを内に蔵して、未知の時代に歩み入ろうとしている。このときにあたり、創業の人野間清治の「ナショナル・エデュケイター」への志を現代に甦らせようと意図して、われわれはここに古今の文芸作品はいうまでもなく、ひろく人文・社会・自然の諸科学から東西の名著を網羅する、新しい綜合文庫の発刊を決意した。

激動の転換期はまた断絶の時代である。われわれは戦後二十五年間の出版文化のありかたへの深い反省をこめて、この断絶の時代にあえて人間的な持続を求めようとする。いたずらに浮薄な商業主義のあだ花を追い求めることなく、長期にわたって良書に生命をあたえようとつとめるところにしか、今後の出版文化の真の繁栄はあり得ないと信じるからである。

同時にわれわれはこの綜合文庫の刊行を通じて、人文・社会・自然の諸科学が、結局人間の学にほかならないことを立証しようと願っている。かつて知識とは、「汝自身を知る」ことにつきていた。現代社会の瑣末な情報の氾濫のなかから、力強い知識の源泉を掘り起し、技術文明のただなかに、生きた人間の姿を復活させること。それこそわれわれの切なる希求である。

われわれは権威に盲従せず、俗流に媚びることなく、渾然一体となって日本の「草の根」をかたちづくる若く新しい世代の人々に、心をこめてこの新しい綜合文庫をおくり届けたい。それは知識の泉であるとともに感受性のふるさとであり、もっとも有機的に組織され、社会に開かれた万人のための大学をめざしている。大方の支援と協力を衷心より切望してやまない。

一九七一年七月

野間省一

講談社文庫 最新刊

香月日輪
妖怪アパートの幽雅な日常⑧
絶体絶命！ 夏休みに起きた予想外の出来事。夕士はみんなの前で「あの力」を使うのか？

原案 山田洋次 平松恵美子 白石まみ
東京家族
子供たちに会いに老夫婦が東京を訪れ……。山田洋次監督50周年記念作品を完全小説化！

玄侑宗久
阿修羅
阿修羅のごとく交叉する三つの人格を生きる妻の、失われた「わたし」を探し求める物語。

海道龍一朗
真剣(上)(下)〈新陰流を創った漢、上泉伊勢守信綱〉
時は戦国、孤高の兵法者として道を究め「剣聖」となった漢《おとこ》の生き様を描く歴史巨編！

矢野龍王
箱の中の天国と地獄
各階の二つの箱、どちらを選ぶか？ それは生死の選択。戦慄《せんりつ》の傑作脱出ゲーム小説開幕。

加藤元
山《さん》姫《き》抄《しょう》
山に消えた女の「山姫伝説」が伝わる土地。流れてきた女と無骨な男の情念が絡《から》み合う。

中村彰彦
義に生きるか裏切るか〈名将がいて、愚者がいた〉
美名か汚名か、人物の真価を決めるのは何か。歴史好き上級者を唸《うな》らせ定評ある人物評伝。

遠藤周作
新装版 わたしが・棄てた・女
一〇〇万人が涙した、無垢な女の究極の愛。遠藤文学の傑作が待ちに待った新装版に！

町田康
猫のあしあと
町田家にまた一頭、二頭と猫たちがやって来た。今日もまた生きていく、人間と猫の日々。

上田秀人
天 下〈奥右筆秘帳〉
島津の野望を背に、死をおそれぬ女忍《おんなしのび》が潜入。権をめぐる暗闘も最高潮へ。〈文庫書下ろし〉

講談社文庫 最新刊

重松 清　**十字架**
いじめで自ら命を絶った少年。のこされた人人の魂の彷徨を描く吉川英治文学賞受賞作。

はやみねかおる　**都会《まち》のトム&ソーヤ(3)**〈いつになったら作戦《ミッション》終了?〉
頭脳明晰《めいせき》な創也《そうや》、自称普通の中学生の内人《ないと》の冒険とコメディ満載学園ストーリー第3弾!

田牧大和　**翔《と》ぶ梅**〈濱次お役者双六 三ます目〉
濱次《はまじ》にまさかの引き抜き話が。「縁《よすが》」など全3編の濱次シリーズ第三弾。〈文庫オリジナル〉

朝井まかて　**ちゃんちゃら**
江戸の庭師一家「植辰《うえたつ》」で修業中の元浮浪児「ちゃら」。その成長を描く、爽快時代小説。

石井睦美　**キャベツ**
中二で一家の主婦がわりとなったぼく。いびつだけれど愛すべき、家族の日常と恋を描く。

平谷美樹《よしき》　**藪の奥**〈眠る義経秘宝〉
探検家シュリーマンが「黄金郷平泉」の地図を手に抱く一攫千金の夢。〈文庫書下ろし〉

大江健三郎　**水死**
終生の主題に挑む老作家と女優の協同作業の行方。「森」の神話と現代史を結ぶ長編小説。

酒井順子　**こんなの、はじめて?**
年若い人を仕切る、叱る、奢《おご》る。大人の初体験のあれこれを綴《つづ》る週刊現代人気連載第5弾。

森 博嗣　**目薬 α《アルファ》 で殺菌します**〈DISINFECTANT α FOR THE EYES〉
真っ暗闇に倒れていた変死体が握り締めていたのは目薬「α」。純化し続けるGシリーズ。

リー・チャイルド　小林宏明 訳　**新装版 キリング・フロアー(上)(下)**
全米マスコミの絶賛を浴びたジャック・リーチャー・シリーズ第一作。アンソニー賞受賞作。

パトリシア・コーンウェル　池田真紀子 訳　**血霧(上)(下)**
9年前に起きた一家惨殺事件の証拠からドーンのDNAが!「検屍官」シリーズ最新作。

講談社文芸文庫

遠藤周作
遠藤周作短篇名作選
解説＝加藤宗哉
遠藤周作の純文学長篇小説の源泉となる短篇十二篇と、単行本未収録作品を新編集。遠藤の文学・人生・宗教観をこの一冊でわかるように凝縮させた珠玉の作品集。
978-4-06-290179-6
えA8

岩阪恵子
木山さん、捷平さん
解説＝蜂飼耳
長い不遇の時を過ごしながらも、飄逸としたユーモアを湛えた反俗の私小説作家。いまなお読者を魅了してやまない木山捷平への敬愛を込めて綴る、傑作長篇評伝。
978-4-06-290181-9
いF3

木山捷平
落葉・回転窓　木山捷平純情小説選
解説＝岩阪恵子
市井の人として日常に慈しみを含む視線を向けていた木山捷平。短篇の名手であった彼の真骨頂ともいえる、さりげない男女の出会いと別れの数々を編纂した作品集。
978-4-06-290182-6
きC12

中原まこと　笑うなら日曜の午後に
中島京子　FUTON
中島京子　イトウの恋
中島京子　均ちゃんの失踪
奈須きのこ　空の境界(上)(中)(下)
中島かずき　髑髏《どくろ》城の七人
内藤みか／尾谷幸憲　LOVE※(ラブコメ)
永田俊也　落語娘
中村彰彦　名将がいて、愚者がいた
中村彰彦　義に生きるか裏切るか〈名将がいて、愚者がいた〉
中村彰彦　知恵伊豆と呼ばれた男〈老中松平信綱の生涯〉
長野まゆみ　簞笥のなか
長野まゆみ　となりの姉妹
長野まゆみ　レモンタルト
長嶋有　夕子ちゃんの近道
長嶋有　電化文学列伝
永嶋恵美　転落
永嶋恵美　災厄
永嶋恵美　擬態

中川一徳　メディアの支配者(上)(下)
永井均／内田かずひろ 絵　子どものための哲学対話
なかにし礼　戦場のニーナ
中路啓太　火ノ児の剣
中路啓太　裏切り涼山
中路啓太　己惚れの記
中島たい子　建てて、いい？
中村文則　最後の命
中田整一　トレイシー〈日本兵捕虜秘密尋問所〉
中田整一 編／解説　真珠湾攻撃総隊長の回想〈淵田美津雄自叙伝〉
中村江里子　女四世代、ひとつ屋根の下
南淵明宏　異端のメス〈心臓外科医が教える病院のウソを見抜く方法！〉
中野美代子　カスティリオーネの庭
中野孝次　すらすら読める方丈記
西村京太郎　天使の傷痕
西村京太郎　D機関情報
西村京太郎　名探偵が多すぎる
西村京太郎　ある朝海に
西村京太郎　脱出

西村京太郎　四つの終止符
西村京太郎　おれたちはブルースしか歌わない
西村京太郎　名探偵も楽じゃない
西村京太郎　悪への招待
西村京太郎　名探偵に乾杯
西村京太郎　七人の証人
西村京太郎　ハイビスカス殺人事件
西村京太郎　炎の墓標
西村京太郎　特急さくら殺人事件
西村京太郎　変身願望
西村京太郎　四国連絡特急殺人事件
西村京太郎　午後の脅迫者
西村京太郎　太陽と砂
西村京太郎　寝台特急あかつき殺人事件
西村京太郎　日本シリーズ殺人事件
西村京太郎　L特急踊り子号殺人事件
西村京太郎　寝台特急「北陸」殺人事件
西村京太郎　オホーツク殺人ルート
西村京太郎　行楽特急《ロマンスカー》殺人事件

西村京太郎　十津川警部の怒り
西村京太郎　新版　名探偵なんか怖くない
西村京太郎　十津川警部「荒城の月」殺人事件
西村京太郎　宗谷本線殺人事件
西村京太郎　奥能登に吹く殺意の風
西村京太郎　特急「北斗1号」《スーサイド・トレイン》殺人事件
西村京太郎　十津川警部「悪夢」通勤快速の罠
西村京太郎　十津川警部　五稜郭殺人事件
西村京太郎　十津川警部　湖北の幻想
西村京太郎　九州新特急「つばめ」殺人事件
西村京太郎　九州特急「ソニックにちりん」殺人事件
西村京太郎　十津川警部　幻想の信州上田
西村京太郎　高山本線殺人事件
西村京太郎　十津川警部　金沢・絢爛たる殺人
西村京太郎　伊豆誘拐行
西村京太郎　東京・松島殺人ルート
西村京太郎　秋田新幹線「こまち」殺人事件
西村京太郎　十津川警部　トリアージ　生死を分けた石見銀山
西村京太郎　悲運の皇子《みこ》と若き天才の死

西村京太郎　十津川警部　長良川に犯人を追う
西村京太郎　新装版　殺しの双曲線
西村京太郎　十津川警部　西伊豆変死事件
新津きよみ　スパイラル・エイジ
西村寿行　異常者
新田次郎　新装版　武田勝頼　㈠陽の巻　㈡水の巻　㈢空の巻
新田次郎　新装版　聖職の碑《いしぶみ》
日本文芸家協会編　愛染夢灯籠〈時代小説傑作選〉
日本推理作家協会編　零時の犯罪予報〈ミステリー傑作選46〉
日本推理作家協会編　殺人の教室〈ミステリー傑作選〉
日本推理作家協会編　孤独な交響曲《シンフォニー》〈ミステリー傑作選〉
日本推理作家協会編　犯人たちの部屋〈ミステリー傑作選〉
日本推理作家協会編　仕掛けられた罪〈ミステリー傑作選〉
日本推理作家協会編　隠された鍵〈ミステリー傑作選〉
日本推理作家協会編　セブン ミステリーズ〈ミステリー傑作選〉
日本推理作家協会編　曲げられた真相〈ミステリー傑作選〉
日本推理作家協会編　ULTIMATE MYSTERY 究極のミステリー、ここにあり〈ミステリー傑作選〉
日本推理作家協会編　MARVELOUS MYSTERY 至高のミステリー、ここにあり〈ミステリー傑作選〉
日本推理作家協会編　Play《プレイ》推理遊戯〈ミステリー傑作選〉

日本推理作家協会編　Doubt《ダウト》きりのない疑惑〈ミステリー傑作選〉
日本推理作家協会編　Bluff《ブラフ》騙し合いの夜〈ミステリー傑作選〉
日本推理作家協会編　Spiral《スパイラル》めくるめく謎〈ミステリー傑作選〉
日本推理作家協会編　1ダースの殺意〈ミステリー傑作選・特別編1〉
日本推理作家協会編　殺しのルート13〈ミステリー傑作選・特別編2〉
日本推理作家協会編　真夏の夜の悪夢〈ミステリー傑作選・特別編3〉
日本推理作家協会編　57人の見知らぬ乗客〈ミステリー傑作選・特別編4〉
日本推理作家協会編　自選ショート・ミステリー〈ミステリー傑作選・特別編5〉
日本推理作家協会編　自選ショート・ミステリー2〈ミステリー傑作選・特別編6〉
日本推理作家協会編　謎001〈東野圭吾選スペシャル・ブレンド・ミステリー〉
日本推理作家協会編　謎002〈宮部みゆき選スペシャル・ブレンド・ミステリー〉
日本推理作家協会編　謎003〈恩田陸選スペシャル・ブレンド・ミステリー〉
日本推理作家協会編　謎004〈京極夏彦選 スペシャル・ブレンド・ミステリー〉
日本推理作家協会編　謎005〈伊坂幸太郎選 スペシャル・ブレンドミステリー〉
日本推理作家協会編　謎006〈今野敏選スペシャル・ブレンド・ミステリー〉
日本推理作家協会編　謎007〈桜庭一樹選 スペシャル・ブレンドミステリー〉
西木正明　極楽谷に死す
二階堂黎人　地獄の奇術師
二階堂黎人　聖アウスラ修道院の惨劇

講談社文庫　目録

講談社文庫　目録

早瀬詠一郎　平手 造酒《みき》
早瀬　乱　三年坂 火の夢
早瀬　乱　レイニー・パークの音
初野　晴　1/2の騎士
原　武史　滝山コミューン一九七四
濱　嘉之　警視庁情報官〈シークレット・オフィサー〉
濱　嘉之　警視庁情報官 ハニートラップ
濱　嘉之　警視庁情報官 トリックスター
濱　嘉之　鬼《き》手《しゅ》〈世田谷駐在刑事・小林健〉
濱　嘉之　警視庁情報官 ブラックドナー
橋本　紡　彩乃ちゃんのお告げ
馳　星周　やつらを高く吊せ
早見　俊　双子同心捕物競い
早見　俊　右近の鯔背《いなせ》銀杏《いちょう》〈双子同心捕物競い㈡〉
早見　俊　同心の鑑《かがみ》〈双子同心捕物競い㈢〉
畠中　恵　アイスクリン強し
はるな愛　素晴らしき、この人生
葉室　麟　風 渡 る
長谷川　卓　獄《がく》神《じん》〈上・白銀《しろがね》渡り〉〈下・湖底の黄金〉

HABU　誰の上にも青空はある
幡　大介　猫間地獄のわらべ歌
原田マハ　夏を喪くす
平岩弓枝　花嫁の日
平岩弓枝　結婚の四季
平岩弓枝　わたしは椿姫
平岩弓枝　花祭
平岩弓枝　青の伝説
平岩弓枝　青の回帰 (上)(下)
平岩弓枝　青の背信
平岩弓枝　五人女捕物くらべ (上)(下)
平岩弓枝　はやぶさ新八御用帳㈠〈大奥の恋人〉
平岩弓枝　はやぶさ新八御用帳㈡〈江戸の海賊〉
平岩弓枝　はやぶさ新八御用帳㈢〈又右衛門の女房〉
平岩弓枝　はやぶさ新八御用帳㈣〈鬼勘の娘〉
平岩弓枝　はやぶさ新八御用帳㈤〈御守殿おたき〉
平岩弓枝　はやぶさ新八御用帳㈥〈春月の雛〉
平岩弓枝　はやぶさ新八御用帳㈦〈寒椿の寺〉
平岩弓枝　はやぶさ新八御用帳㈧〈春怨 根津権現〉

平岩弓枝　はやぶさ新八御用帳㈨〈王子稲荷の女〉
平岩弓枝　はやぶさ新八御用帳㈩〈幽霊屋敷の女〉
平岩弓枝　はやぶさ新八御用旅㈠〈東海道五十三次〉
平岩弓枝　はやぶさ新八御用旅㈡〈中仙道六十九次〉
平岩弓枝　はやぶさ新八御用旅㈢〈日光例幣使道の殺人〉
平岩弓枝　はやぶさ新八御用旅㈣〈北前船の事件〉
平岩弓枝　新装版 おんなみち (上)(中)(下)
平岩弓枝　極楽とんぼの飛んだ道〈私の半生、私の小説〉
平岩弓枝　ものは言いよう
平岩弓枝　老いること暮らすこと
平岩弓枝　なかなかいい生き方
平岡正明　志ん生的、文楽的
東野圭吾　放 課 後
東野圭吾　卒 業〈雪月花殺人ゲーム〉
東野圭吾　学生街の殺人
東野圭吾　魔 球
東野圭吾　十字屋敷のピエロ
東野圭吾　眠りの森
東野圭吾　宿 命

2012年12月15日現在